LÄRLINGEN

DÖDENS SKVADRON

MORGAN HÖGBERG

DEL 2

LÄRLINGEN

Förlag: BoD – Book on Demand, Stockholm, Sverige
Tryck: BoD – Book on Demand, Norderstedt, Tyskland
Omslag: Caroline Johansson
ISBN: 978-91-7699-858-8

Prolog

Aram Trasher smög försiktigt genom gångarna. Han såg försiktigt runt varje hörn innan han rundade det. Den här platsen var inte som den stora Labyrinten under jord, men ändå var det något som gjorde honom olustig att vandra genom den. Det var ett virrvarr av gångar som gick åt alla håll.

Han stannade till vid ännu ett vägskäl och stirrade på dem fyra öppningarna framför honom. Trasher hade för längesedan tappat allt vad tid var. Hade han varit inne i berget i tre eller fyra timmar nu? Eller var det ännu mer?

Han höjde sin fackla och försökte se in i gångarna. Muttrande plockade han fram sin karta igen. Det var egentligen inte någon karta utan det var nerskrivet hur han skulle gå. Mannen som han fått den av hade varit halvt galen.

Han tittade på pappret och gick vidare genom gången längst till höger. Han rundade ett hörn och helt utan förvarning lystes gången upp av ett skarpt ljus. Han höjde handen som skydd och blinkade osäkert. Det var så starkt ljus att han inte kunde se ordentligt. Försiktigt gick han vidare och steg ut ur grottan.

När ögonen vant sig vid ljuset stirrade sig Trasher förbluffat omkring. Dalen sträckte sig så långt han kunde se. Långt borta såg han hur bergen reste sig mot skyn. Sakta snurrade han runt och försökte följa bergen med blicken. Bakom honom sträckte sig bergen åt båda håll så långt han kunde se.

Dalen var enorm! Det var omöjligt! Han hade rest till länderna runt dem här bergen tidigare och bergskedjan var inte stor. Gick man över bergen kunde man passera dem på bara några få dagar. Sedan tvekade han. Det gick inte att nå dalen om man gick över bergen. Med en olustig känsla höjde han blicken. Allt han såg var några moln som stilla gled över himlen ovanför honom. Han sänkte blicken igen och drog efter andan.

"Det är ingen vanlig dal", viskade han för sig själv. "Detta är Dödens dal, dit dem dödas själar kommer innan dem far vidare till sin sista vila. Allt är under kontroll."

Han tog ett tveksamt steg framåt och snodde runt igen. Rädd för att grottans öppning och bergen skulle försvinna bakom honom. Han slappnade av en aning när han såg att dem fanns direkt bakom honom. Han vände sig om och skulle just ta ett steg till när han fick syn på den lilla stugan.

Snabbt tog han skydd bakom en stor sten och drog sitt svärd. Det skulle inte finnas några byggnader här. Irriterat tänkte han på den galne mannen som gett honom vägbeskrivningen. När han kom tillbaka skulle han leta upp mannen och döda honom.

I nästan en timma satt han på huk bakom stenen och iakttog stugan. Det vare sig kom eller gick någon från den. Ingen rök kom från skorstenen heller. Till slut började han sakta att resa sig och gick fram från sitt gömställe. Svärdet höll han stadigt i sin hand medan han gick med vaksamma steg fram till stugan.

Försiktigt kikade han in genom ett av fönstren, men det var mörkt där inne. Långsamt gick han fram till dörren och kände på den. Den öppnades genast och han tog ett skutt tillbaka medan den gled upp. Ingen kom ut genom den och allt fortsatte att vara tyst i dalen.

Misstänksamt smög han runt dörren och gick in. Med en grymtning lät han svärdet glida in i skidan igen. Rummet var tomt så när på ett litet bord, två stolar och en säng. Endast en liten tekopp stod på bordet och en liten gryta hängde i den öppna eldstaden. Det var lite kyligt i rummet så ingen hade varit här på ett tag. Flera dagar verkade det som minst. Inte längre än kanske två veckor för ännu hade det inte blivit mycket damm på golvet. Den som bodde här verkade ändå städa regelbundet. Han vände sig om och lämnade stugan. Med en smäll stängde han dörren igen.

Utanför stugan såg sig Trasher om igen. Han fick syn på en prydlig rad med mindre stenar ligga på marken inte långt från stugan. Han gick nyfiket fram till dem, men stannade bara ett steg från dem.

"Gå inte för långt in i dalen när du finner den", hade Asharak sagt. "Går du för långt kommer du aldrig kunna lämna dalen igen. Du kommer att vandra omkring där inne för all framtid. Aldrig komma ut från den, aldrig dö."

Trasher studerade stenarna. Dem måste vara någon from av gräns. Om han passerade dem skulle han bli fast här inne för evigt. Han såg upp och blickade in i dalen. Han kastade en snabb blick över axeln. Han såg grottan fortfarande så ännu var han inte i fara. Han såg framåt igen, men stannade där han stod.

"Marish!" ropade han.

Dödens dal var tyst. Trasher rynkade bekymrat pannan. Inget eko hördes från hans röst. Han såg upp i himlen. Trotts fågelsången syntes inga fåglar på den blå himlen. Han svalde, den här platsen gjorde honom mycket olustig.

"Marish!" ropade han igen. "Jag kallar på dig, Marish! Jag kallar på din själ!"

Tystnaden var tryckande runt honom. Nästan som om dalen höll andan. Nästan som om den var rädd för den själ som han ropade efter. Än en gång ropade Trasher ut över dalen.

Sakta verkade någon eller något komma mot honom från dalen. Han ropade efter Marish igen. Plötsligt stod något framför honom. Precis på andra sidan av raden av stenar.

Med en svordom kastade sig Trasher bakåt och drog sitt svärd. Men uppenbarelsen bara stod där och betraktade honom. Sakta började den ta formen av en man. Trasher bet ihop käkarna när uppenbarelsen började se ut som den man som han avskydde med hela sin själ. Marish stirrade bistert mot honom, men helt utan att verka känna igen honom. Över hans hals löpte ett ärr och hans vänstra hand saknade tre fingrar.

"Jag har kommit för att hjälpa dig åter till de levandes värld, Marish", sa Trasher.

Mannen framför honom lade huvudet på sned och hans läppar började röra sig.

Varför skulle jag vilja återvända?

Trasher flämtade till och tog ett steg bakåt. Genast började visionen av Marish att dallra och upplösas. Snabbt tog han ett steg framåt och uppenbarelsen stabiliserades igen. Det var omöjligt, inget hade hörts när varelsen talade. Men lik väl...

"Du förstår mig?"

Självklart. Det som förvånar är att du kan förstå mig. Jag frågar ännu en gång. Varför skulle jag vilja återvända?

Trasher tryckte ner oron han kände när han såg anden.

"Min herre, Asharak", sa han, "han kan ge dig livet åter. Göra dig starkare än innan."

Jag vill inte veta av de levande längre. Mitt sinne blir mörkt när jag är där ute. Här är det klart och jag har frid. Så ännu en gång, varför?

"Drashin", sa Trasher. "Så att du kan få din hämnd på honom. För att han fängslade dig här, för att han dödade dig."

Anden sträckte på sig och stirrade på något ovanför Trashers huvud. *Drashin… Ja, det kan jag gå med på. Men… du kan inte göra det här.*

"Hur ska jag göra?"

Marish höjde sin hand framför ansikte på sig.

Hitta mina fingrar. Tirasine Nariba högg av dem när jag mötte henne i Laker, en dagsritt söder från ruinstaden Harash. De borde ligga kvar nära vattnet.

"Men resten av din kropp?"

Bränd till aska inne i Dödens dal. Du skulle ändå inte ha någon nytta av den. Men fingrarna ska ha något kvar av mig. Med tanke på att jag ännu saknar dem här. Hitta dem och jag skall hjälpa er mot Drashin.

Trasher flinade när han vände sig från anden och började promenera mot grottan. Han såg inte det flin som anden hade när den betraktade honom när han lämna dalen.

Jag minns dig, Aram Trasher. Men du kan knappast minnas vem jag är. Du mötte aldrig den riktige Marish. Finn mina fingrar och Drashin skall äntligen ge mig frid.

Aylia As'Laynai följde sin mor med blicken, som irriterat vandrade fram och tillbaka framför stolarna. Salmera As'Laynai var högsta häxa och regent över Spökriket. Aylia gjorde allt för att inte visa några känslor trots att hon kände en oro gnaga inom henne.

"Vi vet ännu inte varför det är så svårt att få kontakt med andarna, Salmera", muttrade Hayans. "Det kan bero på oroligheterna i omvärlden."

Aylia gav den äldre häxan en sval blick. Hayans var stark, nästan lika stark som Salmera, det var därför som hon kunde hålla en sådan ton mot högsta häxan. Men ingen av dem kom i närheten av Aylias styrka med magin. Salmera hade varit så stolt när hennes styrka visat sig. Aylia skulle bli den starkaste häxan på flera hundra år. Kanske till och med den starkaste magikern utanför drakriddarnas order.

Det knackade på dörren och Aylia, som var yngst, lämnade sin stol. Hon kände en viss lättnad över att få något annat att göra än stirra på sin mor som vankade av och an. Hon öppnade dörren och såg på soldaten utanför. Det var en medelåldersman, med mörkt hår och bruna ögon. Näsan var krokig efter att blivit knäckt för länge sedan. Vid högra axeln av den svarta rocken fanns en uggla i silver. Han bugade och höll fram ett i hopvikt papper mot henne.

"Meddelande från andarnas torn, ers nåd", sa han lugnt. "De sa att det var brådskande."

Aylia tog pappret och stängde dörren. Hon höll det försiktigt med båda händerna när hon gick tillbaka till sin mor. Hon neg med nerböjt huvud och räckte över pappret till Salmera. Sedan återvände hon till sin stol, satte sig, rättade till den svarta kjolen och knäppte händerna i knät. Hon utstrålade lugn och var noga med att inte röra en min.

Hennes mor vek upp pappret och läste. Hon blinkade till och läste det en gång till.

"Någon har lyckats hitta in till Dödens dal", sa hon.

Aylia spärrade upp ögonen och stirrade gapande på sin mor. Dödens dal. Den dal som häxorna försökt finna i århundranden. De fem andra häxorna i rummet såg lika förbluffade ut som hon kände sig.

"Hur är det möjligt?" utbrast Hayans. "Inte ens vi har lyckats finna den."

"Inte nog med att denna man lyckats finna dalen", fortsatte Salmera bistert. "Han skall även försökt och lyckats få kontakt med Marish."

Aylia lyfte ena handen mot munnen och stirrade skräckslaget på sin mor. Marish dog för flera år sedan. Drashin dödade honom, det var vad alla sa.

"Marish?" viskade Jali. "Omöjligt!"

Flera andra häxor började prata i mun på varandra. Aylia förblev tyst och stirrade på Salmera. Hennes mor såg bistert på dem andra. Pappret i hennes hand knycklades ihop.

"Tror ni att Drashin känner till detta ännu?" frågade Aylia med hög röst och alla tystnade genast.

Drashin var ett känsligt ämne hos häxorna. Salmera försökte alltid få honom till Dran'Kar så snart han var i närheten av Spökriket. Hon ville, som alla andra häxor, veta var Dödens dal låg någonstans och få kontrollen över den. Alla häxor inom Spökriket ansåg att Dödens dal var något som tillhörde dem. Nå, nästan alla häxor. Aylia höll det för sig själv, men hon ansåg inte att dalen var något för Spökriket.

"Det borde han göra", muttrade Salmera. "Dödens dal är trots allt hans domän. Även om den borde tillhöra oss."

Flera muttrade samma sak och Aylia suckade trött. Dem skulle aldrig ändra sig. Jali reste sig från sin stol. Hon slätade till sin svarta kjol innan hon lyfte blicken och såg på Salmera.

"Vad skall vi göra?" undrade hon. "Skall vi skicka ett sändebud till Terabelle för att söka upp honom?"

Aylia såg hur röda fläckar dök upp på hennes kinder och skakade på huvudet. Kvinnan skulle säkerligen erbjuda sig själv som budbärare. Det var känt att Jali var förtjust i Drashin. Lite väl förtjust tyckte Aylia. Dem få gånger Drashin verkligen varit i Dran'Kar hade Jali varit honom i hälarna som en hund. Aylia hade bara träffat honom en gång, nog för att han såg bra ut, så var han nog inte en man som hon skulle bli förälskad i.

"Det vore inte en så dum idé", sa Salmera fundersamt och knackade sig på näsan.

Aylia suckade tyst och skakade långsamt på huvudet. Hennes mor tänkte säkert att det skulle göra det enklare för henne att få kontrollen över dalen. Jali sken upp och strök händerna över kjolen igen. Jali hoppades säkerligen kunna få tillfälle att bli ensam med Drashin.

"Jag kommer..." började Jali.

"Givetvis kommer vi att skicka Aylia", sa Hayans och log stort mot henne. "Vad skulle vara mer hedersamt för generalen än att få besök av den som ska bli vår nästa ledare."

Aylia blinkade till och stirrade vantroget på Hayans. Jali rörde på munnen men fick inte fram några ord. Aylia såg all hennes färg försvinna i ansiktet och hur besvikelsen lös i hennes ögon. Aylia reste sig hetsigt från stolen.

"Jag vägrar", sa hon med hetta i rösten. "Jali erbjuder sig som sändebud. Varför inte skicka henne som är frivillig?"

Jali gav henne en tacksam blick och ett matt leende. Flera av häxorna började prata i mun på varandra igen. Vissa skällde på Aylia för att hon inte visade respekt mot de äldre, medan andra gav Jali sitt stöd för att hon var frivillig. Salmera höjde handen och alla tystnade, om än motvilligt.

"Aylia och Jali åker båda två", sa hon skarpt. "Aylia som sändebud och Jali som hennes beskydd där soldater inte kan gå."

Aylia såg bestört på henne. Hon ville inte åka någonstans. Speciellt inte till Amdoria och Terabelle. Jali såg först på henne och sedan på Salmera. Hon verkade inte veta vad hon skulle göra.

"Med er kommer vi att skicka femhundra soldater som eskort", fortsatte hennes mor. "Ni ska inte berätta för general Drashin vad som sagts här. Undersök vad han vet om detta besök i Dödens dal, innan ni avslöjar något för honom."

Aylia försökte febrilt komma på något att säga för att komma ur det här uppdraget utan att tappa någon heder. Men hennes mor hade stängt in henne i ett hörn. Hon hade ingen utväg. Jali kom fram till henne och ställde sig vid hennes sida.

"Jag ska beskydda henne med mitt liv, högsta", sa hon och neg för Salmera.

"Jag ska göra som ni önskar, högsta", sa Aylia sammanbitet och neg.

Hennes mor visade med handen att de två kunde lämna salen. Sida vid sida gick Aylia och Jali ut ur salen och vandrade genom korridorerna mot Aylias rum. Jali skulle inte lämna hennes sida förrän hon var i rummen, precis som hon sagt skulle hon beskydda Aylia med sitt liv. Vid sitt rum vände Aylia sig mot Jali.

"Jag är ledsen att det blev så här, Jali", sa hon. "Jag har ingen önskan att resa, men jag kan inte gå emot min mor."

"Det är ingen fara, Aylia", sa Jali med ett litet leende. "Det kanske ändå är bäst så här. Jag vet inte om jag hade kunnat vara ett bra sändebud när det gäller honom."

Aylia höjde ena ögonbrynet och den andra kvinnan rodnade våldsamt. Så hon var medveten om hur hon blev i hans närvaro. Aylia skrattade till och kramade hastigt om henne. Jali såg förbluffat på henne när hon backade undan igen.

"Jag kanske ser till att du får lite tid ensam med honom, Jali", sa hon och skrattade igen när hon såg den andras högröda ansikte. "Skynda nu, Jali. Gå till dina rum och packa dina väskor. Kom sedan tillbaka hit så går vi tillsammans till vagnarna. Mor ser säkerligen till att soldaterna är klara inom en timma."

Jali böjde lätt på nacken och skyndade iväg mot sina egna rum. Aylia gick in i sina rum och skyndade sig att göra sig klar för att resa. Hon tog av sig sin svarta osmyckade klänning och tog istället på sig en svart med silverblixtar fram och på armarna. Tjänare kom och hämtade hennes bagage medan hon satt i en fåtölj och väntade på Jali.

Snart kom den andra kvinnan och tillsammans gick de två mot borggården. Aylia sneglade på den andra kvinnans klänning. Det var inte ovanligt att häxornas kläder hade andra färger, även om svart användes flitigast. Dock var det sällan som kläderna hade några färgkombinationer. Jali klänning var blå med röda ärmar och både runt livet och fållen fanns blad i gult. Aylia mindes svagt att det var samma färger som fanns på Drashins kishara.

"Kom ihåg, Jali", sa Aylia tyst när de två kättrade in i vagnen. "Vi är bara sändebud. Vi ska inte vinna någons hjärta."

"Man vet aldrig vad som kan hända, Aylia", sa Jali med ett litet leende. "Man vet aldrig."

Aylia kunde inte låta bli att skratta när vagnen började röra sig. Sakta lämnade dem Dran'Kar bakom sig och påbörjade sin färd mot Terabelle. Även om hon var ovillig att lämna Dran'Kar och Spökriket, så kände Aylia ändå någon form av upphetsning av att ge sig av. Hon undrade vad för äventyr som väntade på henne utanför rikets gränser. Skulle mötet med Drashin leda till att hennes värld vändes upp och ner? Aylia såg faktiskt fram emot att få träffa honom, om än inte lika mycket som Jali gjorde.

Hon sneglade på kvinnan som satt mittemot henne. Jali var kortare än henne, och hennes svarta hår slutade vid skuldrorna och hölls samman med ett band i rött. Näsan var aningen stor, men hennes stora bruna ögon såg drömmande ut genom vagnens fönster. Hennes klänning följde hennes former perfekt och dolde väldigt lite för fantasin. Hon ville verkligen visa upp sig för honom.

Aylia log mot sin följeslagare. Jali var en god människa, hon var inte menad att vara en av häxorna i Dran'Kar. Kanske skulle hon verkligen finna något utanför rikets gränser. Aylia hoppades det, Jali förtjänade något bättre än dessa dystra salar.

<u>1</u>

Liana Darik föll flämtande ihop i en hög. Den vita skjortan låg klistrad av svett mot hennes rygg. Hon hörde svagt hur andra föll till marken runt henne och hur några få passerade henne med tunga steg.

"Tio minuters vila!" Krashaks röst ekade över den lilla dungen när han ropade ut ordern.

Med tacksamma suckar och stön sjönk resten av de unga männen till marken. Liana hörde flera klaga på värkande fötter, själv var hon tyst. Under de två åren hon varit lärling under Krashak och dem andra i Dödens skvadron hade hon tidigt lärt sig att inte klaga, hur trött hon än var. Ett klagomål hade bara resulterat med ännu hårdare träning utan vila.

Hon lyfte huvudet och fick syn på klipptrollets bistra ansikte. Han var minst huvud och axlar högre än någon annan i gruppen. Ansiktet var kantigt med bred näsa och mun, ögonen stora och mörka, nästan svarta. Huvudet var renrakat så när som en kortklippt hårkam som löpte över huvudet till nacken. Han var klädd i en kortärmad vit skjorta som spände över hans stora muskulösa kropp, samt en svart kilt som slutade strax nedanför knäna på honom så hans kraftiga vader syntes, det färgade triangulära tygstycket, kishara, med röd bakgrund och ett blått tjurhuvud med gula horn började vid midjan där den spetsiga delen slutade strax nedanför kilten, och ett par kortskaftade svarta kängor satt på hans fötter.

"Lugn, överste", sa Hamares Loras skrockande. "Låt dem klaga lite."

Generalen hade mörkt axellångt hår och ett kort skägg. Han var klädd i en blå skjorta och mörka byxor. Hans kishara hade en flygande trana i blått med en svart yxa i klorna på en grön bakgrund. Hamares var känd bland lärlingarna att ha ett lugnt sinne och inte jaga dem. Dock var det sällsynt att han eller någon av de andra generalerna beblandade sig med lärlingarna.

Krashak grymtade surt och vände sig ifrån gruppen. Hamares log snett och såg ner i sin pipa.

"Hinner jag röka färdigt min pipa tror du?" frågade han och stoppade den i munnen igen.

"Tveksamt", svarade Krashak och spanade genom skogen. "Överste Manros borde snart vara ikapp oss."

13

"Alram Manros?" undrade Hamares och puffade lite extra på sin pipa.
"Han har inga lärlingar vad jag vet. Varför är han på väg hitåt?"

"Alram brukar hålla god form på sina krigare", skrockade Krashak. "Det kräver åtminstone generalen."

"Är det officiellt nu då?"

Krashak såg sig om över axeln mot general Loras och på några av de närmaste lärlingarna. Liana försökte se ut som om hon inte lyssnade. Hon undrade om generalen de pratade om var Drashin.

Hon visste väldigt lite om överste Manros. Han var ledare över en grupp drakriddare som brukade kallas för den svarta legionen. Den enda gruppen bland drakriddarna som hade medlemmar från alla skvadronerna, utom från Drashins. Dödens skvadron hade enbart åtta medlemmar, varav överste Krashak Do'shank var en av dem.

Den svarta legionen brukade vara den grupp som oftast fick dem allra svåraste uppdragen. De uppdrag som ofta krävde våldsamma sammandrabbningar med fiender eller svåra räddningsuppdrag. Dock hade Liana hört att de ofta samarbetade med Dödens skvadron och att dem kom väldigt bra överens med varandra.

Liana reste sig upp med ett litet stön och Krashak vände genast blicken mot henne. Hon svalde hårt och öppnade munnen. Men innan hon sagt något hördes ett dovt dunsande komma nedanför vägen dem just kommit ifrån. Ett rytmiskt dunsande från fötter som samtidigt slog i marken. Hon vred på huvudet och stirrade nedför vägen. Hon såg hur flera av lärlingarna stirrade utefter vägen.

Strax dök de första upp runt hörnet av dungen en liten bit bort. Snart var hela kollumen av män synliga för lärlingarna. Män klädda i likadana skjortor och byxor som general Loras, med kisharas i många olika färger som ledigt svängde med i takten som benen rörde sig och fullt beväpnade med svärd, yxor, bågar och stavar hängandes på sina ryggar.

Liana gapade stort när hon såg de två männen som sprang i täten för kollumen. Den kraftige, ljushårige Alram Manros hade hon endast sett en gång tidigare, men det var mannen bredvid honom som fick henne att spärra upp ögonen. Huvudet längre och med slankare kroppsbyggnad rörde han sig smidigt bredvid översten. Det ljusbruna håret var kortklippt och dem gröna ögonen såg rakt fram. Det var nästan ett år sedan hon hade sett honom senast. General Drashin samtalade ledigt med överste Manros där han sprang. Dem båda nickade som hastigast mot Krashak och Hamares när dem passerade gruppen med lärlingar.

Liana kände nästan hur marken skakade när kollumen sprang förbi. Hon såg hur krigarna samtalade sinsemellan och hörde rent av några korta skratt från vissa när de passerade. Hon följde dem med blicken när de på lätta steg sprang förbi. Över trehundrafemtio krigare sprang förbi dem med lediga steg. Hon undrade om det var så hon snart skulle bli om hon klarade lärlingstiden och blev en drakriddare.

"Det gick snabbt för dem att komma ikapp oss", sa Hamares och knackade ur pipan mot stövelklacken.

"Skulle tro att de började för en timma sedan", skrockade Krashak.

Liana blinkade till. En timma? Själva hade dem varit ute i nästan tre timmar. Hon visste att överste Manros och den svarta legionen hade varit på samma plats som dem.

"Kan det vara Drashin som driver på dem, överste?" undrade Hamares och stack pipan i en ficka.

"Skulle kunna vara han", sa Krashak tvekande. "Dock brukar han inte lägga sig i hur Alram tränar sina krigare. Det gör ingen av er, general.",

Liana hörde hur generalen skrockade medan han ställde sig på vägen igen. Krashak vände sig mot lärlingarna igen.

"Uppställning på vägen igen!" röt han. "Gör er redo för avfärd!"

Med höga stön började lärlingarna att ställa upp igen. Liana upptäckte att hon nu hade hamnat i främsta ledet direkt bakom Krashak och Hamares. Hon sneglade på klipptrollet där han stod och såg över hur alla började komma på plats. Han rörde inte en min, men alla tystnade så snart de fick syn på honom. När allt var tyst och han verkade nöjd med resultatet började han gå mot Hamares.

Men innan han hunnit till sin plats kom någon springandes mot dem från det håll den svarta legionen försvunnit. Liana spanade mot mannen som kom snabbt emot dem. Rörelserna visade att han sprang ledigt och även om det gick fort hade han inte bråttom. Hon flämtade till när hon fick se vem det var.

"Åh, ni har inte kommit iväg ännu, så bra."

Drashin stannade upp bredvid Hamares och tog dennes hand. Generalen räckte över en flaska åt honom. Drashin tog emot den med en nick och drack tacksamt.

"Jag visste inte att du var tillbaka, Drashin", sa Hamares när han tog tillbaka flaskan.

Drashin sträckte sig upp och klappade vänskapligt Krashak på axeln. Klipptrollet grymtade till svar. Generalen såg som hastigast Liana i ögonen innan han vände sig mot Hamares.

"Jag kom för några dagar sedan", sa Drashin. "Jag har suttit tillsammans med Asama och gått igenom hur allt är i världen. Jag har dessutom besökt Taurklanen, Krashaks far önskade träffa mig."

"Just nu är allt lugnt", grymtade Hamares.

"För lugnt enligt Asama", fnös Drashin irriterat. "Något kommer att hända snart. Asharak måste börja röra på sig nu."

Liana bet bistert ihop käkarna. Asharak, mannen som var ansvarig för hennes familjs död och ödeläggelsen av hennes hemland. Hon hade bara träffat honom en gång, på hennes väg från Balden i Fakari till Terabelle i Amdoria. Asharak hade flytt efter striden vid Terabelle och ännu hade ingen kunnat hitta var han gömde sig någonstans.

"Varför står dem kvar här?" frågade Drashin plötsligt.

"Samtliga framåt i språngmarsch!" röt Krashak genast.

Genast började alla springa igen efter översten. Liana sneglade som hastigast på Drashin och Hamares där de båda stod och såg på lärlingarna när dem sprang förbi. Snart koncentrerade Liana sig enbart på Krashaks rygg och att hålla jämnt tempo med honom. De här löpningarna bland kullarna runt Terabelle var oftast rena tortyren. Speciellt nu när det var nästan lika varmt som på högsommaren och inga moln syntes på himlen.

Diriska fläktade irriterat med sin solfjäder. Värmen störde henne inte nämnvärt utan det var de enfaldiga kvinnorna som satt framför henne. Bara för att hon hade en svit i drakriddarnas hus verkade varje adelsdam i hela Terabelle tro att hon var av adligt blod. Att hon hade tillbringat de senaste åren boendes på en gård verkade ingen tro på.

"Ni måste verkligen tycka att det är varmt idag, ers nåd Diriska", kvittrade Anamila från andra sidan bordet. Hon var ganska fyllig med håret uppsatt i en hård knut i nacken. Några få strån av brunt syntes fortfarande i det nästan helt gråa håret. Hon var hustru till fursten av huset Ramsar

"Det är ju självklart den varmaste dagen på året hittills", sa Ina som satt bredvid henne. Mycket yngre än sin väninna, kanske i tjugofem års åldern. Det gyllenblonda håret var uppsatt i en invecklad fläta med vita blommor i. Det var inte första gången Diriska undrade varför flickan hade flätat in blommorna i sitt hår.

"Så varmt är det nog ändå inte", mumlade Mira och smuttade på sitt te.

Diriska sneglade på den brunhåriga helerskan som satt bredvid henne i den fina soffan. Mira var vacker, med håret utsläppt utefter ryggen. Hon dolde ett leende bakom solfjädern när hon såg adelsdamernas sura miner mot Mira. Drakrytterskan ignorerade deras miner och smuttade lugnt vidare på teet. Hade det inte varit för att hon var en aktad och högt uppsatt helerska som var mycket populär bland drakriddarna och av kungahuset, skulle adelsdamerna aldrig accepterat henne. Att hon dessutom var gift med Ca´Draak, Asama Mashok, *och* verkade stå nära honom, vilket verkade väga tyngre än vem hon var gift med, gjorde att hon blev vänligt mottagen av alla adels husen.

Dessutom kände Diriska att hon kunde vara någorlunda sig själv i Miras närhet. Hon verkade vara en person som hon skulle kunna lita på och kanske, i en nära framtid, berätta sin största hemlighet för, utan att oroa sig för att den skulle komma ut.

"Så klart inte", sa Anamalia snabbt. "Sommaren är ju ännu inte så långt gången ännu."

"Sant, sant", fyllde Ina genast i.

Flickan lyfte sin tekopp och smuttade på teet. När hon sänkte koppen såg hon blygt upp mot Diriska och Mira.

"Har han kommit tillbaka ännu?" frågade hon försiktigt.

Diriska spände blicken i flickan och slog ihop solfjädern med en smäll. Både flickan och den äldre kvinnan mittemot henne hoppade till vid den plötsliga smällen.

"Vem då?" fråga Mira oberört och ställde försiktigt ner sin kopp.

Diriska såg irriterat på henne. Inte skulle hon behöva fråga vem denna enfaldiga flicka frågade efter. Nu förstod hon även varför blommorna fanns i hennes hår.

"Han har inte setts till på över ett år, ers nåd", sa Diriska avmätt. "Dessutom varför ställa den frågan till mig?"

Ina öppnade och stängde munnen utan att få fram något svar. Diriska ångrade till viss del sitt utbrott. Det var allmänt känt i staden nu att han ofta höll sig i hennes sällskap om han drack te. Det var dessutom känt att Liana var hennes enda nuvarande levande släkting. Hon grinade lilla vid den tanken. Liana var hennes skyddsling, inget annat. Men han var... Vad var han egentligen?

"Ah, Drashin", sa Mira och skrattade till. "Åh, jag träffade honom här om dagen i Olasi."

Diriska stirrade på helerskan. Det kände hon inte till. Var han tillbaka igen?

"Oh", sa Anamila, "så trevligt."

"Inte i huvudstaden då?" undrade Ina spänt.

"Han skulle hit inom kort sa han", sa Mira och lyft sin kopp igen. "Han hade något ärende så han ville låna Samare någon dag."

Diriska såg tillfredsställt hur de båda adelsdamerna lutade sig förskräckt bakåt. Hon klandrade dem dock inte. Samare gjorde även henne illa till mods ibland.

"Nå", fortsatte Mira obekymrat. "Samare kom till staden nu på morgonen utan honom så han borde vara i staden eller strax utanför den."

Dem båda kvinnorna mittemot nickade upphetsat och såg uppmärksamt på Mira. Diriska grymtade bara irriterat och såg ner i sitt te.

Det hördes en del uppståndelse utanför dörren till hennes svit. Hon visste att de flesta överstarna inom ordern delade våning som henne. General Drashin och general Asama Mashok hade sina rum på våningen under. Det verkade som om överste Manros hade kommit tillbaka från sin runda.

Diriska önskade att de båda kvinnorna framför henne kunde resa sig och lämna henne ifred nu. De båda hade suttit här i tre timmar nu och svamlat om allt möjligt utan något som helst intresse för att helt plötsligt nu ta upp om Drashin hade kommit tillbaka eller inte. Hon öppnade munnen för att säga att hon kände sig trött och ville vila lite.

"Alram!" hördes en välbekant röst från andra sidan dörren och vad hon skulle säga var som bort blåst. "Vad det en sådan här du ville ha av mig?"

"Det var en konstig luta, Drashin", svarade översten längre bort ifrån.

"Det är en gitarr, ditt fån", sa Drashin. Rösten tonade bort lite när han passerade dörren. "Kan du spela på den?"

"Född musiker, pojk. Vad är det som står på baksidan?"

"Käften och ta den bara."

"'Macky'?"

"Käften."

Mira fnittrade till. Diriska såg på henne med rynkad panna. Att höra Mira fnittra var något ovanligt. De båda andra kvinnorna sken upp när dem hörde konversationen. Ina skruvade lite på sig och slätade till sin klänning. Den äldre kvinnan log stort och klappade henne uppmuntrande på handen.

"När man talar om dem", mumlade Mira ner i sin tekopp och blinkade mot Diriska.

"Kan du spela, Drashin?" frågade Alram.

"Vems gitarr tror du att det är?" sa Drashin. "Spelade för min syster förra veckan på hennes födelsedag."

"Mycket trevligt av dig."

"Kanske du skulle spela för Mira någon gång, Drashin", hördes Krashak säga.

Diriska och Mira såg undrande på varandra. Överstens röst lät oerhört oskyldig. Anamila och Ina stirrade på helerskan.

"Inte en chans", sa Drashin när han passerade dörren igen. "Jag tänker hålla mig borta från henne ett tag."

Diriska var ganska säker på att Krashak visste att Mira var i hennes rum just nu och höll tillbaka ett litet leende. En vass glimt tändes i Miras ögon och hon spände käkarna.

"Varför då?" undrade Krashak med oskyldig röst.

"Din far fyllde mig ganska väl igår och när jag återvände till Olasi i morse för att lämna Samare råkade jag ramla i hennes grönsaksland."

Mira ställde ner sin kopp med en smäll och for upp från soffan.

"Verkligen" skrockade Krashak.

"Tog några morötter som frukost däremot."

Diriska höjde handen för att hindra Mira, men den rasande helerskan var redan framme vid dörren.

"Drashin!" vrålade hon, slet upp dörren och rusade ut.

"Helvete!" ropade Drashin och springandes fötter hördes. "Krashak, ditt as!"

Krashak vrålade av skratt och Diriska skakade skrattandes på huvudet. De båda adelsdamerna stirrade förskräckt efter Mira när hon sprang efter generalen. Diriska skrattade ännu mer när hon såg deras miner.

Hon visste att Mira och Drashin höll av varandra precis som syskon och han tog varje tillfälle att reta upp henne. Samtidigt som Mira gladdes åt att han råkade bli bortgjord på något sätt. Adelsdamerna visste verkligen inte hur nära dem båda stod varandra.

Hon reste sig upp och ledde damerna mot dörren. Hon tackade dem hjärtligt för deras besök. Från våningen under hördes ropen från Mira och Drashin när han försökte skylla på Samare eller någon annan.

Krashak bugade kort mot damerna innan han skrockande vände sig om. Han torkade bort en tår ur ögonvrån. Han ryckte till när han fick syn på Diriska och bugade med en knuten hand mot bröstet.

"Diriska", brummade han muntert, "allt väl?"

"Krashak", svarade hon och besvarade bugningen, "allt väl."

Det var en sed bland drakriddarna hade hon märkt att den som talade först alltid frågade 'allt väl' medan den tilltalade svarade 'allt väl', aldrig ställdes frågan tillbaka.

"Varför denna uppståndelse, överste?" frågade hon. "Ni visste att Mira befann sig inne hos mig."

"En liten hämnd för tidigare idag", skrockade Krashak. "Jag visste att min far skulle ställa till med fest när Drashin hälsade på klanen. Jag visste att han skulle se till att både Drashin och Samare skulle få ordentligt med öl att dricka. Dessutom brukar han alltid göra någon dumt när han återvänder från bergen, av någon anledning drabbar det alltid Mira."

Diriska log stelt. "Men vad har det med din hämnd att göra?"

"Pojken lyckades övertala Samare och hans syster att hjälpa till med vår löprunda idag", sa överste Manros och ställde sig bredvid Krashak.

Den kraftige mannen såg knappast ut som en drakriddare borde göra tyckte Diriska, men han hade ett vida rykte om sig som en duktig krigare och befälhavare.

"Min grupp hade i alla fall fått vila lite, men Krashak här och lärlingarna hade knappt hunnit fram innan Samare dök upp och började jaga oss tillbaka mot staden."

"Lärlingarna kan knappt stå på benen så vi har gett dem ledigt resten av dagen", fyllde Krashak i. "Inte för att jag tror att de kommer göra något annat än att sova."

Diriska grimaserade när hon hörde på dem. Liana var en lärling nu och ibland tyckte hon att drakriddarna pressade henne lite väl hårt. Det var inte ofta, men ibland kom flickan och hälsade på henne. Då berättade hon hur hennes träning var, hon brukade sänka rösten en aning när hon klagade. Tydligen brukade man låta henne arbeta dubbelt så hårt om dem hörde henne klaga.

"Om ni ursäktar mig, överste Do'shank, överste Manros", sa Diriska och böjde på nacken. "Jag skulle vilja se hur det är med Liana."

De båda överstarna bugade kort mot henne med knuten hand över bröstet när hon lämnade dem. Oväsendet nedanför hade tystnat och hon kände en viss nyfikenhet över vad Drashin hade för sig. Hon motstod impulsen att vända mot hans rum utan fortsatte ner för trappan. När hon kom fram till sista trappan stannade hon.

Där nere såg hon Mira tillsammans med Drashin. Helerskan stod lutad mot det spjut som drakryttarna alltid använde. Skaftet var lika långt som Mira och svärdsklingan som gjorde dess spets gick minst två fot ovanför hennes huvud. Drashin stod med ryggen mot trappan och bar sina två svärd på ryggen och den långa dolken vid sidan. Diriska rynkade på pannan när hon såg att han även bar på två uppsättningar av packning på ryggen. Hans ljusblå skjorta skymtade under packningen de svarta byxorna var en aning pösiga. Han stod vänd så att hans kishara inte syntes, men Diriska visste hur den såg ut. En bakgrund i rött, två stora horn i gult och en blå ädelsten mellan hornen.

Inte långt från de båda stod hennes nåd Anamalia och hennes nåd Ina. De två stirrade oavbrutet på Drashin och den yngre kvinnan förde hela tiden handen mot sitt hår. Diriska fnös. Enfaldiga barn.

"Varför måste jag bära din packning också, Mira?" klagade Drashin buttert. "Jag har bett om ursäkt och du har slagit på mig en stund. Räcker inte det?"

"Tror du att det förlåter allt?" sa Mira vasst och lutade sig närmare honom.

Asama stannade upp bredvid Diriska och såg ner på sin hustru och Drashin. Draken studerade honom ur ögonvrån. Han var en stilig man, lika gammal som Mira, med kort blont hår och klara ljusblå ögon. Han var nästan lika lång som Drashin, men lite bredare om axlarna. Han var drakriddarnas ledare, Ca'Draak. Han såg snabbt mot Diriska och gav henne en kort nick.

"Mor Diriska", sa han.

"Ca'Draak", sa Diriska och böjde lätt på nacken.

När han fortsatte ner för trappan såg hon att även han hade sina vapen på sig och en packning över axeln.

"Jag kan bara inte förstå varför jag ska behöva följa med", sa Drashin där nere. "Det borde väl räcka med bara Asama."

"Han majestät sa uttryckligen att både du och Asama skulle resa", sa Mira trött. "Dessutom skulle jag följa med som stöd."

Drashin bara stirrade på henne.

"Stöd?" utbrast han. "Du vet att vi tre kallas för de mäktigaste krigarna i världen, Mira." Han skrattade till. "Vi har ju till och med rivit en borg tillsammans."

Diriska blinkade. Det var något hon aldrig hört tidigare. Att Drashin och Asama skulle vara det hade hon tidigt kommit underfund med. Men att Mira, denna vänliga, omtänksamma helerska, skulle vara en krigare hade hon aldrig trott.

"Ni kan komma att behöva tas om hand om det blir strider" fortsatte Mira lugnt. Sedan log hon stort och lutade sig fram mot honom en aning. "Dessutom älskar jag dig för mycket att lämna dig ensam, Drashin."

Diriska ryckte till vid hennes ord. Hon älskade honom? Drashin ryckte till och stirrade på helerskan. Så vände han sig tvärt mot trappan och började gå mot den.

"Jag stannar hemma", sa han bestämt. "Tänker inte lämna mina rum eller min säng på en vecka."

"Du ska med", sa Asama lugnt och grep tag i Drashin skjortkrage.

Drakriddarnas ledare släpade med sig honom mot utgången. Mira skrattade högt och vinkade upp mot Diriska innan hon vände sig om.

"Men, Asama", protesterade Drashin hetsigt. "En gång när hon sa så till mig hamnade jag i en fängelsecell i fyra dagar. En gång föll jag ner för Kameral. Jag råkar alltid ut för något när hon säger så!"

Diriska skakade på huvudet och log. Så Mira hade något som alltid fick Drashin att försöka fly. Det var en ovanlig egenskap när det gällde honom. Diriska visste att Drashin aldrig brukade fly undan något.

När hon började gå ner för trappan såg hon hur de två adelsdamerna lämnade riddarhuset. Hon kunde inte låta bli att le när hon såg Inas lite besvikna min. *Han skulle inte välja dig ändå, flicka.* Tanken fick henne att blinka till. Varför kände hon en sådan tillfredsställning över det? Varför tänkte hon så? När hon kommit nerför trappen vände hon blicken mot entrén.

"Kom tillbaka oskadd", viskade hon innan hon vände mot lärlingarnas baracker. Hon undrade så varför hon sagt så.

Liana begravde ansiktet i kudden och skrek ner i den. Hon kände sig frustrerad. Hon hade känt en viss lättnad över att äntligen tagit sig till målet av deras löpträning. När hon sett drakriddarna ur den svarta legionen ledigt sitta och prata med varandra hade hon skymtat både Kalar och Ranin i gruppen. Hon hade sett framemot att få en möjlighet att prata med de två drakriddarna igen. Men innan ens lärlingarna hade hunnit sätta sig ner för vila hade Samare och ytterligare en vild dvärgdrake kommit och börjat jaga dem.

Under stort kaos hade drakriddare och lärlingar rusat tillbaka mot Terabelle. Liana hade sett som hastigast hur Drashin och Hamares stått vid sidan av vägen och tittat på dem när de passerade de två generalerna.

Dvärgdrakarna hade inte slutat jaga dem förrän de nästan varit framme vid stadsporten. Där hade de två plötsligt slagit ut sina vingar, lyft från marken och flugit iväg.

Det enda som var positivt nu var att hon hade fått resten av dagen ledigt. Hon satte sig upp i sängen med ett stön. Det värkte i hela kroppen efter att ha sprungit så mycket. Hon stirrade ner i kudden framför henne. Hon funderade på att säga vad hon tyckte till Drashin när hon träffade honom. Men han skrämde henne fortfarande, även om hon rest med honom från Fakari och tillbringat mer tid med honom och Tirasine än någon annan drakriddare.

Det knackade lätt på dörren och Diriskas röst hördes utanför.

"Är du där inne, Liana?"

"Kom in", svarade hon och klev upp ur sängen med ett stön.

Diriska öppnade dörren och steg in. Liana log strålande upp mot sin äldsta vän. Hon hade blivit glad när Diriska beslutat sig för att stanna i Terabelle tillsammans med henne, och att hon hade fått en mycket fin svit i riddarhuset. Trots detta hade de två inte fått tid att träffas så ofta som Liana hade velat. Hennes träning tog upp nästan all hennes vakna tid och på kvällarna var hon oftast så trött att hon nästan somnat innan hon lagt sig ner i sängen. Dessutom när Drashin var i staden brukade Diriska ägna mycket av dagarna tillsammans med honom.

"Jag hörde om er träning idag", sa Diriska och log medlidsamt mot henne. "Är allt väl med dig?"

Diriska var mycket vacker när hon förvandlade sig till människa. De stora, mörkblå ögonen glittrade alltid när ljuset föll in i dem och det långa håret, även det mörkt blått, hängde idag fritt ner för hennes rygg. Liana trodde inte att det var avsiktligt, men som människa var Diriska ganska lång. Längre än de flesta kvinnor och nästan lika lång som en man. Dock inte riktigt lika lång som Drashin.

"Det är bra med mig, Diriska", svarade Liana sammanbitet. "Lite trött efter allt springande, men jag klarar mig. Tirasine var lite upprörd när hon fick höra vad som hänt och ska tala med general Drashin. Hon hade tänkt att vi skulle öva med svärden idag."

Att Tirasine blivit upprörd var en underdrift. Hon hade blivit rasande och rusat iväg för att hitta Drashin. Diriska grymtade till när Liana nämnde Drashin.

"Hon kommer inte att hitta honom på några dagar", sa hon lugnt, men ögonen blixtrade till en aning av irritation. "Asama och Mira tog med honom på något uppdrag från kung Makar. Av deras packning verkar dem inte vara tillbaka på ett tag."

Liana blinkade till. Det var inte ovanligt att kungen skickade iväg drakriddare på uppdrag ovanjord, så länge de inte var nere i Labyrinten. Men då hade det alltid handlat om att det var mellan femtio och hundra drakriddare som gav sig av. Inte bara två och en av drakryttarnas helerskor.

"Vad kan det kunna vara för ett uppdrag?" undrade Liana och såg fundersamt ner i golvet.

"Vad det än är för något så har det inte med oss att göra, Liana", sa Diriska och lutade sig fram. "Drashin sa att det var för att dem var de mäktigaste krigarna i världen. De tre mäktigaste..."

Liana såg upp mot Diriska. Drakens blick hade glidit iväg mot fönstret när hon mumlade det sista. Liana hade aldrig hört talas om de tre mäktigaste krigarna. Hon visste att Asama och Drashin var de två skickligaste krigarna inom drakriddarnas order. Hon misstänkte dessutom att Krashak inte stod långt ifrån dem. Men Mira? Liana trodde att hon bara var en helerska.

"Diriska..."

Draken ryckte till och vände sig mot henne igen. Med ett tveksamt leende strök hon undan en lock av Lianas hår.

"Om du har dagen fri, vännen", sa hon tyst. "Skulle du vilja göra mig sällskap i staden?"

Liana sken upp.

"Gärna, Diriska."

Med ett skratt kysste draken henne i pannan och krokade sin arm i hennes. Liana log stort när de båda småpratandes gick mot riddarhuset. Vid trappan upp till drakriddarnas rum stod Tirasine Nariba och Kalar Dobai och såg dem lämna huset.

2

Drashin suckade tungt och blängde på byggnaden framför dem. För tionde gången undrade vad han gjorde här. Asama låg för tillfället och sov, Han skulle ha vakten om två timmar. Drashin hade precis tagit över för Mira som ännu inte bäddat ner sig i sina filtar. Hon satt inte långt från honom med korsade ben. Hon hade bytt kläder strax efter dem lämnat Terabelle och bar nu ett par svarta pösiga byxor och en mörkgrön skjorta. Helerskan höll försiktigt i tennmuggen för att inte bränna sig. Drashin var ändå glad att hon var med. Då kunde de få sig lite varmt att dricka utan att behöva tända någon eld och riskera att bli upptäckta. Han höll i en egen mugg och smuttade på det bittra teet.

"Hur länge skall vi sitta här, Mira?" frågade han tyst för att inte väcka Asama.

"Förhoppningsvis kommer vi att få lite svar imorgon", svarade hon lika tyst. "Jag vet inte hur man lyckats få reda på att fursten här ska vara allierad med Asharak, eller om det bara är tomma ord."

"Furst Karanin är en bra karl", muttrade Drashin ner i koppen. "Att han skulle vända sig mot kungen låter lite väl otroligt. Han stod ju på samma sida i kriget mot de Röda."

Det var ett löjligt namn på en organisation som varit ute efter att styra världen. Men folket i den här världen var udda tyckte Drashin.

"Vi får hoppas att det fortfarande är så", suckade Mira. "Jag har inte träffat fursten så många gånger innan."

Drashin grymtade och spanade mot byggnaden igen. Han hade heller inte träffat furst Karanin mycket, men hade en bild av att det var en rättvis man som såg efter folket som bodde på hans mark. Men även den bäste av dem kunde falla. Han hade sett det förr.

Han hörde Mira mumla för sig själv över sin kopp. Han ignorerade henne och studerade huset. Det låg lite i utkanten av den lilla staden Doga. Staden var så liten att den inte ens hade någon mur runt sig. Runt detta hus fanns en låg mur däremot. Dock inte så hög. Två män kunde stå på varandras axlar för att komma över den. Det fanns bara en ingång och den fanns i murens södra del. Den lilla skogsdunge som Drashin och dem andra gömde sig i var den enda samlingen med träd i närheten av huset, och låg inte långt från ingången. Huset i sig var inte så stort. Tre våningar högt, de två värdshusen i staden var större. Just nu var lamporna tända i de flesta fönstren, men dem slocknade ett efter ett. Sakta men säkert.

"Drashin", sa Mira plötsligt. "Vem är egentligen Diriska?"

Han ryckte till och vände sig mot henne. Detta var ett samtalsämne han inte var beredd på.

"Diriska?" undrade han. "Varför…?"

"Jag vet att hon utger sig att vara Liana Dariks släkting eller något", fortsatte Mira. "Men de är inte lika på något sätt. Som en släkting borde hon kanske försöka lägga sig i mer i flickans träning? Ifrågasätta mer i hur ni behandlar henne. Men förutom att ibland se ogillande ut, gör hon inget."

Drashin stirrade på helerskan framför honom. Vad misstänkte hon? Visste hon något? Drashin själv var inte säker, men något gnagde i hans medvetande angående Diriska. Det var något Liana hade sagt under deras resa från Fakari mot Terabelle. Han hade sina misstankar, men han hade inga planer på att avslöja dem ännu. Inte förrän han var helt säker. Utan att tänka på det gled hans blick västerut, mot Terabelle.

"Vad är du?" viskade han.

"Jag har frågat Samare", sa Mira. "Han påstår att hon inte luktar som en normal människa. Men det är så mycket dofter runt henne att han inte kan urskilja just hennes."

"Jag har inte tänkt på det", ljög Drashin och vände sig mot huset igen. "Att hon och Liana inte är släkt vet jag redan. Diriska… Liana är hennes skyddsling. Mer än så har jag inte brytt mig om att ta reda på."

"Trots att ni tillbringar så mycket tid med varandra har du inte funderat på det", sa Mira med ett skratt. "Du är hopplös, Drashin. Om det inte har något med demoner eller strider att göra lägger du ingen energi i det."

Han fnös och stirrade intensivt på murens öppning. Det var lögn och Mira visste om det. Hon visste att han alltid gav allt när han ville lösa något och att han alltid höll sina löften. Oavsett vem han gav dem till. Striderna tyckte han egentligen inte om. Han blev bara drabbad av dem.

Drashin sträckte på halsen en aning och sträckte sig efter sin kikare. Han förde den till ögat och studerade scenen framför sig.

"Nu börjar det hända saker, Mira", sa han sammanbitet. "Väck Asama. Vi har fått sällskap."

Mira hällde snabbt ut resterande av sitt te och stoppade undan koppen. Hon ruskade snabbt liv i Asama innan hon greppade sitt spjut och smög fram till Drashin igen. Asama var snabbt på hans andra sida och spanade mot muren.

"Nå", viskade Ca'Draak. "Vad händer?"

Mira hade redan sin kikare mot ögat och studerade ingången. Drashin räckte över sin till Asama och väntade tills han tittade genom den.

"Mannen till höger där nere är Gora", förklarade Drashin snabbt. "Han är Trashers högra hand och utför allt möjligt av smutsigt arbete. Vilka de andra tre är vet jag inte."

"Om han är här", började Asama.

"Så tror jag inte att fursten tänker vända sig mot kungen", sa Mira. "De tänker döda honom."

"Med tanke på hur ledigt dem pratar med vakterna så är det någon innanför murarna som är allierade med Asharak och Trasher", muttrade Asama

"Det kan betyda att vi inte är på ett upplysnings och fånga uppdrag", sa Drashin när han fick tillbaka kikaren.

"Jag tror att det precis blev ett räddningsuppdrag", instämde Asama.

Mira grep hårdare i sitt spjut och började röra sig ner mot muren.

"Ska vi röra på oss, mina herrar?" viskade hon över axeln.

Drashin grymtade till svar och gled efter henne. I skydd av mörkret skyndade dem sig mot muren. Karanin kunde vara i fara och de måste få ut fursten och hans familj ur huset. Drashin hoppades att det skulle finnas några lojala vakter där inne. Han kände ett starkt behov av att komma tillbaka till Terabelle snabbt.

Salaam Najdjin hukade sig bakom den stora stenen och kikade försiktigt runt den. Det var något som inte stämde med det här nomadlägret. Det var stort nog för kanske femhundra personer, men allt han kunde se var kanske tjugo hästar som planlöst vandrade omkring. Om det nu fanns femhundra människor i lägret skulle nog minst trehundra vara i stridbar ålder och minst tvåhundra duktiga krigare. Men lägret verkade i det närmaste dött. Det var fortfarande tidig morgon så ännu hade det inte börjat bli varmt. Kanske var det fortfarande folk som sov där nere.

Han vände sig mot Haram, sin närmaste man, och tecknade åt honom att ta halva styrkan till andra sidan. Han nickade snabbt och kravlade sig långsamt bakåt. Salaam vände sig mot lägret igen.

Det var ett vanligt rutinuppdrag, en patrullering längs med Somas östra berg. Det hade kommit in oroande rapporter från området och kung

Lamas ville ha mer information om läget. På andra sidan av bergen låg Kitara, med sin långa kust.

Sakta började Salaam dra sig tillbaka mot sin egen grupp. Han hade tusen soldater med sig. Samtliga stod bredvid sina hästar och väntade tålmodigt på honom. Vartenda ett av de mörka ansiktena var vända mot honom, redo att följa vilken order han än gav. Han gick snabbt bort till sin egen häst och satt upp.

Han undrade förstrött om Haram hade hunnit fram till sin position när han sträckte ut handen. Ett horn lades i hans öppna hand. Han lyfte upp det och studerade det medan han lyssnade på knarret när de andra satte sig tillrätta i sina sadlar.

Det var gjort av ett horn från en väldig buffel som hans farfar hade fällt för nästan hundra år sedan. Det var vackert snidat med ett lejonhuvud på vardera sida och med vackra guldornament. Han log när han såg lejonen. 'Somas lejon' brukade armén kallas. Han brukade kallas för 'vindens lejon'. Från hans ungdom när han anföll och drog sig tillbaka lika snabbt som vinden.

"Ungdom", mumlade han. "Jag blir femtiotvå om en månad."

"Far", viskade Isham bredvid honom.

Salaam nickade kort mot honom. Med sin mörka, nästa svarta hy, axellånga hår och korta skägg var sonen nästan en kopia av fadern. Vissa sa att Ishams utseende var exakt samma som Salaams när han var i samma ålder.

Salaam höjde hornet till läpparna och blåste. En lång dov ton som ekade mot bergen. Genast började hans soldater att röra sig mot nomadernas läger. En andra ton hördes från motsatt sida av lägret. Haram var på plats.

Med dundrande hovar red man in i lägret. Strax stannade man och Salaam stirrade vantroget omkring sig. Inte en människa syntes till i lägret. Det var tomt. Haram kom honom till mötes från andra hållet.

"Någon från ert håll?" frågade Salaam.

"Inget", svarade Haram kort. "Det är nästan som om man satt upp lägret bara för att lämna det igen. Däremot fann vi det där."

En av hans soldater kom ridandes med ett baner i handen. Soldaten gled ur sadeln och sjönk ner på knä när han räckte över baneret. Salaam tog emot det och stirrade på det. Det röda baneret var prytt med en örn i svart med utspridda vingar. Ena hörnet hade en grön kvadrat med ett rött lejon, en avbild av Somas fana.

”Detta är furst Barans baner”, muttrade Salaam. ”Detta är ett lojalt läger, inget rövar läger.”

”Men var är alla?” undrade Isham högt.

Ett högt rop längre in i lägret fick alla att hoppa till. Salaam vände sin häst, men innan han fick fart på den kom en soldat springandes. Soldatens ansikte var blek av fasa.

”Ers nåd!” utbrast han. ”I lägret… Ni kommer inte…”

”Tala ordentligt karl!” röt Salaam. ”Om du inte kan tala ordentligt visa mig!”

Soldaten nickade ivrigt och tecknade åt dem att följa med. Salaam undrade bistert vad det var som kunde få soldaten att tappa sinnet så. Alla som red med honom var hårda krigare som hade stor erfarenhet inom strider. Dock spärrade han upp ögonen när dem kom fram till vad hans soldater hade hittat. Förskräckt gled han hur sadeln och gick några steg fram.

”Vad är detta?” viskade han och stirrade på scenen framför honom.

I en enda stor hög låg hundratals döda människor. Vissa slitna i stycken, andra med djupa sår i bröst eller mage. Män, kvinnor och barn låg om varandra. Salaam hörde hur någon bakom honom kräktes ljudligt och han svalde hårt.

”Ers nåd”, sa Haram och grep tag i hans arm.

Salaam såg på honom och följde sedan hans blick. En liten bit bort stod en kropp på knä. Det som höll upp den var spjutet som den höll i. På spjutet var en varg med blottade tänder spetsad. En varg vars tänder aldrig hade varit dolda och som hade alldeles för långa klor. En varg med ögon som, när den levde, var glänsande röda.

”Marulak”, andades Salaam. ”Furst Baran…”

Baran hade lyckats döda demonen, men något hade dödat honom strax efter. Han måste blivit attackerad av två samtidigt. Salaam svalde hårt igen och vände sig bort från scenen.

”Vi måste genast bege oss till Karash”, sa han. ”Kung Lamas måste genast informeras om detta.”

Haram bugade hastigt och började genast ropa ut order.

Salaam såg på sin son innan han åter vände blicken till sin döde vän. Detta var något dem inte skulle kunna göra själva. De behövde hjälp.

”Isham”, sa han och lade en hand på sonens axel. ”Ta med dig tjugo soldater. Det är något jag vill du ska göra.”

”Far.”

"Far till Amdoria, hitta Drashin och för honom hit. Vi kommer att behöva honom."

Salaam vände sig bort från liket igen. Dem skulle behöva Drashin och hans Dödens skvadron för det här.

Drashin tryckte sig mot väggen och spanade försiktigt runt hörnet. Han drog snabbt tillbaka huvudet när ännu en pil slog i väggen. Han synade pilen i det lilla armborstet innan han förde det runt hörnet och sköt iväg den. Han hoppades att Mira och Asama skulle skynda sig med fursten.

Det hade blivit vild förvirring när dem tre hade kommit in i huset. Lojala vakter och förrädare hade nästan genast börjat slåss och dödat varandra. I kalabaliken hade Drashin, Mira och Asama lyckats ta sig nästan hela vägen till furstefamiljens kammare. Där hade de slutligen stött på Gora och hans hantlangare. Där hade de sedan blivit sittande på varsin sida om dörren till furstens rum. Skjutandes pilar på varandra. Drashin hade lyckats döda två av dem, men Gora och fem till var fortfarande vid liv.

Asama hade muttrat om att hitta en annan väg in i rummet och tagit Mira med sig för att leta. Drashin hade stannat kvar för att hålla fienden sysselsatt.

"Gora", ropade Drashin. "Kan du inte bara ge upp?"

"Aldrig!"

"Tala om för mig var Trasher och Asharak gömmer sig så kanske jag låter dig leva."

"Herre Asharak kommer att härska över världen! Furst Aram kommer att stå strax under honom och jag kommer få allt jag någonsin önskar!"

Drashin fnös. En trashank som Gora dög bara till en sak. Trasher använde honom enbart för att göra smutsiga jobb. En sådan person som Gora skulle bli kastade åt gamarna när han inte var användbar längre. Drashin såg bort mot det håll som Mira och Asama försvunnit från.

"Kom någon gång då", muttrade han och skickade iväg ännu en pil runt hörnet.

Nästan som om dem hört hans ord dök de två upp runt ett hörn. Med sig hade dem tre personer som gömde sig i mörka mantlar. De kom hastigt fram till honom och sjönk ner på knä bredvid honom.

"Allt klart?" frågade han.

"Familjen är säkrad", sa Asama. "Nu måste vi ta oss ut."

”Vi har fullt med fiender bakom oss”, sa Mira och pekade mot Goras gömställe. ”Enda vägen ut är förbi dem på den sidan. Hur många är de?”

”Sex”, svarade Drashin och drog fram sitt andra armborst. ”Jag tror att jag kan ordna en väg ut om jag bara kommer tillräckligt nära dem. Kan jag få era pilar?”

Mira såg skeptiskt på honom innan hon tveksamt räckte över honom sitt koger med armborstpilar. Asama fnös bara och kastade sitt till honom.

”Jag kommer inte ha tid att hela dig”, morrade helerskan till honom. ”Så gör inget dumt.”

Drashin skrattade till och tog sig smidigt upp på fötter.

”Se bara till att dem kommer ut oskadda”, sa han.

Han lutade sig mot väggen och såg på sin högra hand. Där flisan från Tigers öga fanns. Han viskade tyst till den och ett blått sken lyste upp handen. Han ignorerade flämtningen som kom från de tre personerna bakom Asama.

”Sar Ma'sharos'tian ki niorta!” ropade han och kastade sig ut från sitt gömställe. ”Ki niorta!”

Genast slog en pil in i väggen han lämnat. Han höjde sina armborst och började skjuta pil på pil. Tack vare stenen som fanns i hans hand behövde han aldrig bry sig om att ladda om. Det skötte stenen om åt honom. Allt han behövde göra var att skjuta tills pilarna tog slut. Genast föll bågskytten till marken med en pil i halsen.

Drashin hörde hur Gora svor till och springande steg som försvann. Morrande kastade han sig förbi hörnet och sköt iväg fler pilar. En man skrek till när en pil träffade honom i ögat och en annan föll ihop när två pilar satte sig i hans bröst.

Drashin såg Gora och två andra män rundade ett hörn längre bort. Han vände sig som hastigast och vinkade åt Mira att skynda sig efter honom innan han satte iväg efter sitt villebråd.

När han kom till hörnet dem rundat stannade han som hastigast med ryggen mot väggen. Försiktigt kikade han runt hörnet. Han såg hur en av männen siktade med pilbåge mot hans håll. Bågen darrade. Drashin visste inte om det var av rädsla eller av ansträngning. Men så som den darrade borde han missa.

Han höjde sina armborst och skyndade runt hörnet. Samtidigt som han rundade det släppte bågskytten sin pil. Drashin hann skjuta fyra pilar innan skyttens pil träffade honom i vänstra axeln. Han stönade till av smärta och han tappade kraften i armen. Bågskytten föll till golvet med tre pilar i bröstet.

Mira rusade förbi honom med en bister blick på pilen.

"Jag tar över nu", morrade hon och kastade iväg ett eldklot genom korridoren.

Drashin fnös, men nickade ändå tacksamt till Asama när denne tog armborstet från hans vänster hand.

"Nu tar vi oss ut härifrån, Mira", ropade Asama. "Visa vägen."

Dem rusade i samlad grupp genom korridorerna. Gora och den siste av hans hantlangare syntes inte till någonstans. Men de hörde strider som pågick över allt i huset. Drashin undrade förstrött vad som egentligen pågick. Varför var fursten så viktig för fienden?

Det värkte i hans axel och han ville få ut pilen ur den. Men det fick vänta. Nu ville han bort från det här huset. Han såg som hastigast på pilen.

"Hon kommer bli arg nu", muttrade han och sprang vidare.

"Demoner inom rikets gränser?" utbrast Lamas. "Hur är det möjligt?"

Salaam knäböjde framför sin kung och såg ner i golvet. Att det fanns demoner i Soma var inte ovanligt. Dock var det ovanligt att dem befann sig ovan jord. Senast dem hade gjort det var sex år sedan. Då hade Drashin och Asama befunnit sig i Soma tillsammans med Amdorias kung och prinsessan Marin. Då hade drakriddarna hjälpt till att besegra demonerna och drivit tillbaka dem. Men det hade kostat många liv i kampen. Tre tusen soldater och femtio drakriddare hade fått sätta livet till innan man lyckats.

"Vet ej, min konung", sa Salaam. "Men likväl var det en död marulak på platsen. Furst Baran dödade den innan han själv förlorade livet."

När kungen inte sade något lyfte Salaam på huvudet och såg på honom. Lamas stirrade på honom med sina mörka ögon. Han var lika mörk i hyn som alla andra i Soma. Det lilla hår han hade kvar var mer grått än svart. Han var lika gammal som Salaam och de båda hade varit goda vänner sedan dem var barn. När han var yngre hade han varit muskulös, men nu började han lägga ut lite mer. Han var inte någon som man skulle kunna kalla tjock ännu, men han var inte lika mager som han varit som ung.

"Har vi tid att kalla på hjälp från drakriddare, Salaam?" frågade han dröjande.

"Jag tog mig friheten, ers majestät, att skicka iväg budbärare till Tera-
belle", sa Salaam. "Jag hoppas dem kommer förstå att det är brådskande
då jag skickade min egen son."

"Det är bra", sa kungen med en suck. "Du har alltid varit en man som
jag kan lita på. Ända sedan vi var unga." Med ett litet flin tillade han.
"Även om du gärna går till anfall först."

Salaam skrattade till. Det hade varit orsaken till att han och Drashin
inte hade kommit så bra överens i början. Han sneglade på prinsessan
Shiina som stod bredvid sin far. Hon hade varit orsaken till att han och
drakriddaren hade börjat komma bra överens och respektera varandra.
Prinsessan var fortfarande ung, endast tjugotre år gammal. Han mindes
fortfarande helt klart hur de två krigarna hade samarbetat för att rädda
prinsessan från demonerna den gången. Hur han och Drashin turats om
att bära henne på sina ryggar medan den andre kämpade för att bana
väg genom grottorna i östra bergen.

"Kommer dem att kunna komma hit i tid, ers nåd?" frågade prinsessan
svalt.

"Ers höghet", sa Salaam och sänkte blicken igen. "Det finns aldrig
några garantier. Det är långt mellan Amdoria och Soma. Men jag har stort
förtroende för min son. Och jag litar på att han kommer kunna övertala
general Drashin att komma till oss."

Salaam såg upp igen och såg ett litet leende över prinsessans läppar.

"Jag ser fram emot att få träffa generalen igen", sa hon innan hon
vände sig om och lämnade tronsalen.

Salaam stirrade efter henne innan han kom på vad han gjorde. Hon
hade heller inte glömt vad som hade hänt i grottorna. Hon klagade ibland
över att hon inte fått tack generalen personligen för hans insats den da-
gen. Drashin hade inte talat med henne efter att de kommit tillbaka till
Karash, och dagen efter hade han lämnat staden och Soma för att resa
hem igen. Salaam själv hade bara träffat honom några få gånger efter
det. Alla gånger hade varit i Terabelle.

"Frågan är om generalen kommer se fram emot det lika mycket",
mumlade kungen. Han vände sig mot Salaam. "Res dig, gamle vän. Vi
måste planera och se över armén. Det blir vårt enda hopp tills vi får
hjälp."

Salaam reste sig och följde med kungen till hans arbetsrum. På vägen
skickades budbärare för att kalla samman rikets generaler.

Trasher satt på en sten och såg förstrött ner över det nu övergivna nomadlägret. Han hade förlorat några få demoner där nere varav en marulak, men det gjorde honom föga. Hela lägret hade blivit utplånat och hans demoner hade lyckats smita tillbaka till grottorna under berget. Nu behövde han bara hitta resten av grottorna här i bergen. Dem få grottorna han hade hittat hade bara fem eller sexhundra demoner. Han visste att det borde finnas större grottsystem här i bergen. Det borde finnas tusentals demoner som var instängda i bergen. Det hade Asharak sagt till honom.

Han bet ihop käkarna. Det hade tagit honom fyra förbannade år att förklara för den fallne ängeln hur viktigt Soma var. Fyra förbannade år, innan Asharak ville lyssna på honom. Riket var det största i regionen runt Dromadaöknen och om det skulle gå ut i krig och om dem skulle be de andra ökenrikena om hjälp skulle dessa genast sluta upp. Även om de var i krig mot varandra.

"Soma måste krossas", sa Trasher och kliade sig på hakan. "Somas lejon måste utplånas från världen. Det skulle bli en nagel i ögat för dem förbannade drakriddarna."

Det var välkänt att Soma stod på vänlig fot med Amdoria och att Somas ledande general var god vän med drakriddarnas högsta ledare. Den vänskapen måste brytas, och det enda sättet att göra det på var att utplåna Soma.

Han beklagade lite att han inte tagit chansen när general Salaam Najdjin befann sig i lägret. Men han hade bara femtio demoner med sig då. Salaam hade haft över tusen soldater till häst. Det hade behövt mycket tur att lyckas döda mannen då. Nå, han skulle få fler chanser att döda 'vindens lejon', han kunde vara tålmodig.

Trasher vände blicken norrut och undrade förstrött om Asharak fick användning av fingrarna han hittat. Han undrade om det verkligen var rätt fingrar. Hade de verkligen tillhört Marish? De hade visserligen leget exakt där som anden sagt att de skulle. Ängeln hade blivit mycket upphetsad när han fått dem av honom. Kunde han verkligen återuppliva Marish?

"Det kommer att bli problem", muttrade Trasher och reste sig. "Vi kommer inte kunna kontrollera honom."

Han vände sig mot demonerna som stod en bit ifrån honom. Dem var av alla möjliga sorter. Vissa hade två ögon, några tre. En hade rent av bara ett enda gult öga. Men det de alla hade gemensamt var att de var små. Ingen var större än att de nådde honom till bröstet. Han såg bistert på dem. Så små demoner hade han inte användning för. De stora hade redan återvänt till sina grottor och väntade på nya order.

Än hade han inte tillräckligt många för att anfalla några städer. Kanske någon mindre by eller något nomadläger, om det inte var för stort. Det hade krävts alla demoner han haft för att utplåna lägret nedanför.

Han vände sig om när han hörde fotsteg komma bakom honom. En stor demon kom gåendes mot deras gömställe. Dess fötter var formade som väldiga hovar och bakbenen av en kraftig tjur. Från midjan och uppåt var den byggd som en muskulös man med bar överkropp, armarna var nästan lika kraftiga som hos klipptrollen. Huvudet såg ut som en tjur med alldeles förstora horn. Hornen gick nästan två fot upp över huvudet, ändå var det inte hornen som den använde i strid. Dess ögon glimmade röda från den nedåtgående solen. Det var en taur. Fruktade kämpar, även bland demonerna, men fruktansvärt korkade. Dock verkade de kunna följa order.

"Vad har du hittat?" frågade Trasher barskt.

"Ny grotta", svarade tauren kort. "Trai visa var ny grotta är. Den kanske stor."

Trasher flinade. En stor grotta kunde betyda många demoner. Han tecknade åt demonen att leda vägen. Utan ett ord vände Trai om och började leda honom ner för klippan. Efter en liten stund följde de andra demonerna efter.

3

Diriska var på väg tillbaka till riddarhuset tillsamman med majorkaptenerna Dobai. Hon hade träffat på alvtvillingarna på marknaden och dem hade slagit följe med henne. Kalar och Sareas var trevliga och hon tyckte bra om de båda. Båda klädda i svarta, pösiga byxor, som alla riddare bar, och mörkt röda skjortor. Deras kishara kunde vara varandras spegelbilder. Röd bakgrund och en blå pilbåge och en gul stav korsade över det. På Kalars var det bågen överst och på Sareas var det staven. Hade det inte varit för att Sareas var kortklippt skulle Diriska aldrig kunna skilja dem två åt. Kalar lät sitt svarta band med guldplattan fungera som hårband och höll undan det axellånga håret från ansiktet.

De båda bar varsin lång dolk vid sidan. Det var det enda vapen som någon drakriddare bar inne i staden. Det var ytterst sällsynt att de vandrade fullt beväpnade genom staden.

Det såg ut som om de gick och småpratade med Diriska på vägen mot riddarhuset, men hon kunde se hur deras blickar aldrig vilade speciellt länge på något. Kalar bar hennes korg med frukt under ena armen medan Sareas bar på ett paket med tyger som hon hade köpt. De lät henne inte bära något utan hon fick promenera mellan dem båda.

Hon kände sig en aning lättad av att hon träffat på dem. Hon var fortfarande, trots två år i staden, lite orolig när hon gick ut ensam. Alla olika människorna i staden gjorde henne osäker.

Kalars yngsta dotter, Nala, gick mellan Diriska och Kalar. Hon höll Diriska stadigt i handen. Det var en söt flicka på sex år som överöste Diriska med en massa frågor. Flickan fick henne att slappna av en aning.

"Balden är en mycket lite by", svarade Diriska på hennes fråga.

"Besökte du någonsin några andra städer?" frågade Nala. "Andra riken?"

"Lugn, Nala" mumlade Kalar med ett leende. "En fråga i taget."

"Jag lämnade mycket sällan gården vi bodde på", berättade Diriska och log mot flickan. "Men jag besökte Fakaris huvudstad en gång, Kalat. Jag trodde att det var en av dem största städerna i världen tills jag besökte Garatur och Terabelle."

Flickans blå ögon glittrade mot henne när hon stirrade upp på Diriska.

"Far reste en gång till Drashins värld", sa hon upphetsat. "Jag önskar jag fick resa dit en dag. Då ska jag hälsa på hemma hos Drashin."

Diriska skrattade till och sneglade mot Kalar. Han fnös till och skakade trött på huvudet. Det verkade vara ett återkommande ämne hos familjen Dobai. Och Drashin verkade vara något som flickan gärna pratade om. Hon hade redan berättade hur Drashin en gång hade räddat en prinsessa, eller hade det varit en furstinna, det kunde också varit en bondflicka.

"Vi gav honom den där dolken när han fyllde år", sa Nala stolt.

"Dolken?" undrade Diriska och såg ner på flickan.

"Jag och Rani gjorde en dolk i guld till honom."

Diriska stirrade frågande på Kalar.

"Flickorna gjorde en dolk med förgyllt handtag och skida", förklarade Kalar. "Dolkens blad gjorde en mästersmed. Men resten gjorde dem nästan helt själva. Jag fick stå för allt guld och det var en god vän till familjen som övervakade det hela. Han satte sedan ihop bladet och skaftet. Sedan avslutade han arbetet."

"Flickorna tvingade Norek att göra mönstret på bladet", skrattade Sareas. "Han arbetade i fyra dagar under sträng uppsikt från Rani. Han grät nästan av lycka när hon äntligen sa att hon var nöjd."

"Han fick den när han fyllde år", sa Nala. "Drashin blev jätteglad!"

"Jag tror inte att jag sett den dolken", sa Diriska försiktigt.

Han hade fått den när han fyllde år...

"Du måste vara tydligare än så, Nala", bannade hennes far. "Det var några år sedan nu. Innan vi träffade er. Han fyllde tjugofem och flickorna ville ge honom något speciellt."

"Han blev jätteglad!" utbrast flickan igen, men så sjönk hon ihop lite. "Men han använder den aldrig..."

"Han bär aldrig på dolken?" undrade Diriska.

"Inte på uppdrag, nej", sa Sareas. "Den står alltid på en hylla i hans rum. Däremot bär han den om det är något speciellt tillfälle."

"Till exempel alltid om han ska vara runt prinsessan Marin", fyllde Kalar i.

Diriska undrade om hon skulle titta efter dolken nästa gång hon besökte hans rum.

Det var mycket folk runt ingången till riddarhuset när de rundade sista gathörnet. Diriska såg hur Asama klev in genom dörren. Så de var tillbaka igen. Innan hon hann fundera mer utbröt ett mindre tumult.

"Drashin!" utbrast Nala och rusade iväg.

Diriska såg en förvånad Drashin vända sig om. Hon spärrade upp ögonen när hon såg att hans arm var omplåstrad. Innan han lyckades komma på vad det var som kom rusande mot honom hoppade Nala upp i hans famn och fick honom att ramla baklänges på gatan.

"Nala!" hördes Miras röst i tumultet. "Försiktigt, Nala, han är skadad! Du kan skada dig!"

Diriska skyndade sig fram till dem. Kalar och Sareas skyndade sig efter henne. Hon fann Mira lutad över Nala med utsträckta händer. flickan satt på Drashins mage och stirrade ner på honom.

"Skadad?" utbrast Nala. "Var har du ont? Mira hela honom. Han kan dö. Snälla Drashin dö inte!"

Mira drog skrattande upp flickan från generalen. Han grinade illa när han satte sig upp och såg sammanbitet på Nala.

"Om jag så stod med ena benet i graven, Nala", sa han med en suck. "Så skulle du nog lyckas dra mig upp ur den igen. Bara genom all den energi du bär på. Den har du knappast fått från din far."

"Han kommer att klara sig, Nala", sa Mira och kramade om flickan. "Pilen satt i axeln, och vi drog ur den så snart vi var utom fara."

Drashin grymtade surt och gned sig över vänster axel. Han sneglade mot Diriska, men vände genast bort blicken igen. Han vände sig mot riddarhuset och började gå uppför trappen.

"Du kommer förbi senare, eller hur, Mira", sa han. "Du lovade att göra något åt det här när du vilat."

"Egentligen borde jag inte", svarade helerskan vasst. "Med tanke på hur du bar dig åt för att bli skadad. Men så som världen ser ut i dag behöver vi dig. Jag kommer om en timma."

Generalen nickade och gick vidare in i riddarhuset. Diriska såg efter honom med rynkade ögonbryn.

"Hur gick det till?" frågade Kalar.

"Det var kaos i huset vi gick in i", sa Mira kort och drog handen genom det långa håret. "Vi fick ut fursten och hans familj oskadda. Den vägen vi var tvingade att fly genom hade några av Trashers män belägrat. Drashin tog ledning och försökte göra en väg för oss. Vid en korridorkorsning lyckades fienden sätta en pil i hans vänstra axel."

"Det gick ju ganska väl ändå", sa Sareas muntert.

Diriska gav honom en vass blick. Väl? Han hade ju blivit skadad. Hur kunde dem låta detta ske?

"Senast ni tre var på ett uppdrag var han ju halvdöd", sa Kalar med ett kort skratt. "Dessutom var ni andra två svårt skadade."

Diriska blinkade till. Halvdöd? Hon vände blicken mot riddarhuset igen.

"Det här är inte rätt plats att prata om det sådant här", fnös Mira och tittade menande mot Diriska.

Det var helt klart att hon räknade Diriska som en utomstående fortfarande. Vissa uppdrag som drakriddarna gjorde var inte för utomstående. Diriska bet ihop för att inte berätta vad hennes verkliga identitet var. Om de visste att hon var en drake skulle de nog se annorlunda på saken. De tre från Draktand togs alltid emot med öppna armar och de visste om alla uppdrag som drakriddarna gjorde.

"Ah, ni är tillbaka igen, Mira."

Diriska vände sig spänt och såg kallt på den nyanlände. Lindramas böjde lätt på huvudet mot henne med ett litet leende. Han log nästan alltid och hans gyllene ögon verkade kunna borra sig in i människors huvuden för att ta reda på deras innersta hemligheter. Det blonda håret var kort. Hade det inte varit för de onaturliga gula ögonen skulle Diriska kunna tro att han var en ung man strax över trettio år. Men ingen människa hade sådana ögon. Han var en av de tre vise från Draktand. Över trehundra tusen år gammal var han en av de tre drakarna som vakade över drakriddarna och Amdoria.

"Farbror Lindramas", sa Mira glatt. "Jag var precis på väg till er."

Diriska hade svårt att inte rycka till. Även om hon hade hört Mira kalla de tre för hennes farbröder i två års tid nu besvärade det henne en aning. Att Mira hade vuxit upp hos två av dem innan hon hamnat som lärling hos helerskan i byn Olasi gjorde det inte lättare.

"Låt oss då gå till värdshuset", sa Lindramas vänligt.

Diriska såg efter dem båda när de gick iväg. Sareas och Kalar stod tysta och väntade på henne. Till och med Nala hade tystnat och såg spänt på henne. Med ett leende tog hon korgen från Kalar.

"Jag ska inte uppehålla din far längre, Nala", sa hon och klappade flickan på kinden. "Det räcker om Sareas hjälper mig den sista biten."

"Som ni önskar, frun", sa Kalar och bugade lätt. Han tog Nalas hand i sin och började leda henne tillbaka in i staden. "Kom Nala, mor undrar säkert var vi är någonstans."

Diriska gick före Sareas till sina rum och tackade honom hjärtligt för hans hjälp. Han log stort och bugade mot henne innan han lämnade henne.

Hon väntade bara en kort stund innan hon öppnade dörren och stack ut huvudet. Korridoren var tom och samtliga dörrar var stängda. Hon tvekade bara en aning innan hon stängde dörren bakom ryggen och började gå mot trappan. Hon kände både en viss oro och irritation ju närmare hon kom trappan.

Hon skyndade nerför den och började gå mot hans rum. Utanför hans dörr tvekade hon en aning igen. Han kanske inte ville se någon nu. Inte henne, med tanke på hur han reagerat utanför. Irriterat ruskade hon på sig. Detta var fånigt. Varför oroade hon sig för vad han tyckte? Han var en människa, hon var en drake. Hon knackade på dörren.

"Kom in" hördes hans dämpade röst där inne.

Hon drog efter andan och steg in. Hans rum var sparsamt möblerat. Ett skrivbord, och fem stolar. Det var tydligt att han mycket sällan var här inne. Hon fick syn på hyllan som Sareas nämnt. Mycket riktigt stod en mycket vacker dolk på ett litet ställ där. Guldet på den glimmade i ljust från fönstret. Den stod så att han kunde se den från skrivbordet när han satt vid det. Inte konstigt att hon inte hade sett den tidigare. Men själv fanns han inte i rummet.

"Du kom tidigare än väntat, Mira", sa han från det inre rummet. "Trodde jag skulle få vila lite."

Diriska fnös och gick fram till den andra dörren. Drashin stirrade förvånat på henne när hon öppnade den. Hans stövlar stod prydligt bredvid sängen, men annars låg han fullt påklädd i sängen. Vänster armen låg stilla över bröstet. Han blinkade till och satte sig upp med ett dämpat stön. Hon ställde sig med armarna korsade över bröstet.

"Jag väntade mig inte det här", sa han sakta och drog höger handen genom håret.

"Du ger dig ut på ett uppdrag, kommer tillbaka skadad och beter dig som om inget har hänt", sa Diriska skarpt.

Han blinkade till och såg generat på sin skadade axel.

"Det är inte så farligt", sa han försiktigt. "Det var bara en pil och den träffade mig i axeln. Jag missbedömde skytten."

"Den kunde träffat dig någon annanstans", sa hon skarpt. "Tänk om den träffat i huvudet, eller i bröstet. Du kunde varit död nu."

Hon kände hur hon rodnade när hon sa det. Men hon stirrade stint på honom. Varför brydde hon sig så mycket om hans säkerhet? Det var Liana som var viktig, inte han.

"Tanken slog mig", sa han utan att titta upp. "Det är faktiskt första gången som den tanken någonsin slagit mig när jag varit ute på uppdrag. Vare sig det varit nere i Labyrinten eller ovan jord." Han gav till ett kort skratt. "Inte ens de gånger då jag faktiskt kommit från ett uppdrag och varit död, har det känts speciellt viktigt."

Hon stirrade på honom. Han hade varit... död? Vad var det här för en man? Hon suckade och satt sig på sängkanten bredvid honom.

"Vad pratar du om?" frågade hon.

"En del av den ed som jag har svurit, och som Liana senare kommer att svära, lyder 'mitt liv för ditt'."

"Vad?"

"Som drakriddare är jag beredd att offra mitt liv så att du och alla andra kan fortsätta leva. Jag kanske inte vill dö, men jag är ändå redo att offra mig för andras. Det är var det betyder att vara en drakriddare."

"Drashin..."

"Utav hundra drakriddare", sa han och lyfte blicken, "så lever kanske bara tjugofem eller trettio så länge att de kan dra sig tillbaka. Det var så innan jag slöt mig till ordern. Nu är siffran kanske femtio eller femtiofem av hundra."

Diriska såg på honom. Han stirrade in i väggen framför sig med en fundersam min. Hon lyfte handen och tvekade.

"Kommer jag vara en av dem femtio", sa han plötsligt. "Eller kommer jag att mista mitt liv i Labyrinten eller i någon kommande strid."

"Nej!" sa Diriska hetsigt och lade handen på hans friska hand.

Drashin blinkade till. Han såg ner på hennes hand och följde den sedan upp mot hennes ansikte. Hans gröna ögon såg stadigt in i hennes. En undran verkade finnas i dem.

"Du kommer inte att dö", sa hon med hetta och kramade hans hand. "Du får inte dö."

Hon flämtade till när hon hörde vad hon sa. Hon drog tillbaka handen och satte den för munnen. Hon stirrade med uppspärrade ögon in i hans. Han rynkade pannan och nu gick det inte att ta miste om han tysta fråga. Han nickade sakta.

"Jag tänker inte dö", sa han och tog varsamt hennes hand. "Inte ännu."

Han tittade förvånat på sin hand. Hon gjorde det samma. Sedan såg han henne i ögonen igen.

"Vem är du, Diriska Darik?" frågade Drashin plötsligt. "Vad är du?"

Hon flämtade och stirrade honom i ögonen. Hon öppnade och stängde munnen men inget ljud kom ut ur den. Vad skulle hon svara? Vad kommer han göra om hon berättade vad hon var? Han var kall och avvisande mot de andra tre, Asmaji, Sultan och Lindramas. Skulle han bli likadan mot henne? Paniken började stiga inom henne. Vad skulle hon göra?

Innan hon hann svara slogs dörren upp med ett brak.

Mira steg upp för trappan till andra våningen till riddarhuset. Lindramas hade utförligt frågat ut henne om deras uppdrag. Han hade nästan verkat nöjd över att det bara var Drashin som blivit skadad. Det hade irriterat Mira en aning. Hon tyckte inte om att någon blev skadad. Dessutom var Drashin nästan som en bror för henne. Hon älskade honom verkligen, dock inte på samma sätt som Asama, hennes make.

Hon skulle titta in hos Asama efter att hon helat Drashin. Asama skulle skriva rapport om uppdraget för att ge den till kungen. Det var hans roll som Ca'Draak att skriva den. Även om de tre såg sig som likvärdiga när de var på uppdrag tillsammans, så var Asama den teoretiske ledaren.

Bara några få gånger hade andra drakriddare varit tillsammans med dem på uppdrag. Krashak var den ende som varit med fler gånger än en.

"Att se er tre på uppdrag är ett riktigt skådespel", hade klipptrollet sagt andra gången han varit med. Då hade han burit en medvetslös Drashin över ena axeln och en medvetslös Asama under den andra armen. "Innan striden grälar ni om vem som ska ta befälet och vem som ska göra vad. Men under striden håller ni varandra om ryggen och glider genom den som om ni vore på en bal. Byter motståndare, byter vapen, använder magi eller armborst som ni aldrig gjort något annat. Jag skulle aldrig gå i strid mot er utan hela min klan, nej utan att ha alla klanerna samlade mot er *och* ha drakriddare på min sida. Ändå skulle jag tro att ni tre skulle gå segrande ur striden."

Mira log av minnet. De brukade aldrig ha någon klar plan för hur deras strider skulle se ut. Allt fick bara flyta på. De hade klarat av mycket värre uppdrag än det senaste. Hon bet ihop käkarna. Att Drashin blivit skadad kan bara bero på att han inte var koncentrerad på uppdraget. Hon undrade kort vad som kunnat få honom ur fattningen.

"Diriska" mumlade hon.

Mira hade nämnt henne alldeles innan dem gått ner mot furstens hus. Drashin hade försökt dölja det, men när hennes namn hade nämnts fick han en fundersam min. Mira hade låtsat att hon inte sett, men han hade omedvetet vänt blicken mot Terabelle. Mot henne.

När hon tänkte efter mindes hon att i andra kriget mot Marish, hade han också betett sig lite konstigt en kort period. Han hade varit iväg tillsammans med resten av Dödens skvadron till Fakari. De hade rest genom en liten by där alldeles innan han började bli frånvarande i sitt agerande. Vad hade byn hetat nu? Balden? När Lindramas hade nämnt att han skulle ner till Fakari för två år sedan, hade Drashin genast anmält sig att följa med och föreslagit att de skulle resa till Balden. Ingen reagerade på det då, men Mira drog sig till minnes hur han sedan efter förslaget sett förvånad ut som om han undrade varför han föreslagit just den byn.

När Mira tänkte efter, kom inte Liana Darik från byn Balden i Fakari? Då borde även Diriska komma därifrån. Vid närmare eftertanke. Liana måste varit för liten när Drashin och dem andra passerade genom byn första gången. Men Diriska… När Mira funderade mer på det så betedde sig även Diriska underligt när Drashin var frånvarande eller när hans namn nämndes. Hon kunde antingen bli frånvarande eller helt omedvetet börja titta mot väggar eller så.

"Vad är du för något?" muttrade Mira. "Vad betyder din närvaro här?"

Hon nådde dörren intill Drashins rum. Hon gjorde som hon alltid gjorde öppnade dörren utan att knacka. Det första rummet var tomt, han hade kanske lagt sig på sängen, så hon gick mot sovrummet. Hon lade handen på dörren, men hindrade sig.

Hon hörde röster där inne. Han var inte själv. Försiktigt lade hon örat mot dörren. Den ena rösten var Drashin. Det gick inte att ta fel på honom. Den andra verkade vara Diriska. Mira blinkade till. Kvinnan måste gått hit nästan omedelbart efter att Mira lämnat riddarhuset.

"Du kommer inte att dö ännu", sa Diriska hetsigt. "Du får inte dö."

"Jag tänker inte dö", svarade Drashin vänligt. "Inte ännu."

Mira rynkade pannan. Dö? Så illa var inte såret. Och om han hade planer på att försöka offra sitt liv så skulle hon dra honom tillbaka från dödsriket i öronen!

"Vem är du, Diriska Darik", sa han plötsligt. "Vad är du?"

Innan konversationen kunde fortsätta kastade Mira upp dörren och steg in. Hur mycket hon själv ville veta vem denna kvinna var så behövde han helas. De både hoppade till när dörren slog i väggen. Mira ställde sig framför Drashin och satte händerna i sidorna. Hon lutade sig fram och stirrade intensivt in i hans gröna ögon.

"Diriska är Diriska", sa hon rappt. "Glöm inte det, Markus Bergström!"

Han ryckte till när hon tilltalade honom med hans riktiga namn. Hon var en av få som kände till det. Hans egen skvadron gjorde det självklart och Asama. Troligen gjorde även de tre drakarna det och givetvis Ma'sharos'tian. Diriska blinkade till och stirrade först på henne och sedan på honom.

"Jag har inte gjort något", svarade han automatiskt och höjde sin friska hand. "Enda gången du använder det namnet är när jag gjort något!"

Miras ögon smalnade en aning och lade sin hand mot hans panna. Han var en aning varm. Hon sände en sökande tanke genom hans kropp. Snabbt hittade hon skadan där pilen träffat honom. Som hon misstänkte, det var infekterat och det satt något kvar i såret.

Hon rätade på sig och suckade.

"Diriska skulle du kunna ta av honom skjortan", sa hon och tog fram en lite tygpåse.

"Vad?"

Diriska ryckte till när hon blev tilltalad.

"Jag behöver se såret för att kunna hela det ordentligt", förklarade Mira. "Med den armen kan han ha lite svårt att göra det själv."

Hon vände dem ryggen. Hon tog en mugg från det lilla bordet och hällde upp lite vatten i den. Ur påsen tog hon fram några torkade örter, malde ner dem i vattnet, sedan värmde hon försiktigt upp vattnet med magi. Hon såg sig om efter något att röra med och grymtade irriterat. Hon drog sin långa smala dolk och rörde försiktigt ut örterna i det varma vattnet.

När hon vände sig om satt Drashin med bar överkropp och stirrade på henne. Diriska höll hans skjorta i sitt knä och stirrade på hans rygg som om hon glömt bort den. Mira misstänkte att hon såg på draken som löpte över hans rygg. Det var ingen tatuering utan ett resultat från när Lindramas hade försökt hela honom. Det var helt enkelt en del av hans hud. Drashin tyckte inte om den.

"Drick", sa Mira och räckte över muggen till honom. "Den mildrar febern som du fått."

Diriska rycktes upp från sina tankar och såg oroligt på honom. Mira gjorde sitt bästa för att inte le. Kvinnan var osäker på sina känslor över honom, precis som han var över henne. Drashin nickade kort, tog muggen och svepte innehållet. Han frustade över den bittra smaken, men svalde allt. När han var klar gav han tillbaka den till henne. Hans ögon var redan en aning matta. Bra, det var en stark dos hon hade gett honom.

"Du är verkligen duktig på att köra med oss drakriddare, Mira Mashok", sa han och skrattade matt. "Det finns nog bara en till som jag känner som skulle klara av det."

"Det säger du", sa hon ömt. "Sov, Drashin."

Hon satte ett finger mot hans panna och gav honom en lätt knuff. Han gjorde lätt motstånd innan han sakta föll bakåt i sängen. Hon såg på honom en stund där han låg.

Sedan sjönk hon ner på sängen bredvid honom och lade örat mot hans bröst. Hon hörde Diriska grymta till, men ignorerade kvinnan. Hon lyssnade efter hans andetag och slagen från hans hjärta. Hon lyfte huvudet och nickade nöjt. Allt lät bra. Hon såg upp mot såret i hans axel och suckade. Nu måste hon få ut den sista biten av pilen. Hon vände sig mot Diriska.

"Kan du hjälpa mig nu, Diriska?" frågade hon.

Diriska tvekade kort innan hon nickade. Hon verkade osäker på vad Mira visste. Nå, bra. Kvinnan kunde få sväva i ovisshet en stund till. De båda tvättade sina händer noga, sedan höll Diriska sina händer runt såret och öppnade upp det mer. Drashin muttrade en aning i sömnen men rörde sig inte. Båda kvinnorna såg vaksamt på honom.

När Mira var nöjd tog hon fram dolken igen. Den var lång och smal. Perfekt för att kunna stickas in i ett sådant litet sår. Hon lade den bredvid hans arm. Hon lutade sig fram och synade såret noga på nära håll. När hon stack fingret i det spände Drashin sig en aning innan han slappnade av.

"Är det nödvändigt?" frågade Diriska oroligt. "Han har ont och skadan kan bli ännu värre."

"Ama sa en gång till mig att ibland måste man göra en skada värre innan den kan göras hel", sa Mira sammanbitet.

Hon hade inte förstått varför Ama hade sagt så. Den gången hade de helat en dvärgdrake som brutit vingen. Ama hade slagit på den med en spade innan hon lagt den till rätta och helat vingen.

Mira roterade inne i såret med fingret. Hon gav ifrån sig en liten triumferande grymtning. Hon hade hittat flisan. Den var inte så djupt in som hon hade befarat. Hon höll fingret på flisan och grep tag i kniven.

"Var stadig nu, Diriska", sa hon och förde försiktigt in kniven i såret. "Minsta darrning skulle kunna göra den här skadan ännu värre och kanske till och med så illa att den dödar honom."

Kvinnan bredvid henne grymtade oroligt till svar, men hennes händer var överraskande stadiga. Mira kunde inte låta bli att le en aning. Kvinnan var lugn och säker i vilket sällskap som helst, visst adelsdamerna som besökte henne verkade reta henne, de retade Mira också. Men runt denne man, Drashin, blev hon genast osäker. En gång hade han försvunnit ur riddarhuset utan ett ord. Mira hade varit med henne den gången. Man hade nästan kunnat ta på Diriskas irritation då. Mira hade föreslagit en promenad i staden för att lugna ner henne. De hade tagit med sig Liana för hon hade eftermiddagen ledig. Det hade fått Diriska att bli på lite bättre humör.

De hade gått planlöst genom staden och tittat på allt från kläder till bakverk. Plötsligt hade Diriska gjort en tvär sväng vid en korsning och gått raka vägen mot en guldsmed. När Mira frågat varför blev svaret att hon hade ett behov av att gå hit. Innan de hunnit fram till butiken hade dörren öppnats. Drashin hade klivit ut och hållit upp dörren för prinsessan Marin.

Varken generalen eller prinsessan hade sett dem och hade gått motsatt riktning. Diriska hade stannat tvärt och stirrat efter dem med förbluffad min. Drashin hade en gång vridit huvudet en aning, men försvann sedan runt ett hörn. Prinsessan hade hela tiden pratat med honom.

Mira kände kniven röra vid hennes finger och pressade den mot flisan i såret. Hon kände med fingret hur spetsen smidigt gled genom träet. Försiktigt för att inte skära sig drog hon ur fingret ur såret. Sedan med en grymtning drog hon långsamt ut flisan.

Hon studerade den lilla biten trä som hon plockat ur såret.

"Varför har dem börjat skjuta med skadade pilar?" muttrade hon och såg ner mot Drashin som sov. "Pilen var inte ämnad för att döda honom. Den skulle bara skada och göra att han aldrig skulle kunna strida igen."

Diriska lyfte sina händer och tog fram en handduk. Hon torkade varsamt bort blodet som sipprade ur såret. Hon arbetade lugnt och stadigt och det fanns en mild beslutsamhet i hennes ansikte. Mira iakttog den andra kvinnan i ögonvrån medan hon kastade flisan i tvättfatet och gjorde rent kniven. Hon tvättade sina händer och torkade sig. När hon var färdig visade hon med en gest att Diriska kunde tvätta sig. Kvinnan såg tvekande mot Drashin innan hon gick bort till tvättfatet.

Mira tog hennes plats vid hans axel. Hon såg på hans stillsamma ansikte och lade handen mot hans panna. Hon nickade. Örterna hade haft bättre verkan än vad hon hade väntat sig. Febern hade redan gått ner. Hon förde händerna till såret och slöt ögonen. Hon mumlade fram orden som Ama lärde henne för många år sedan. Hon kände hur såret slöt sig under sina händer och hur orden drev bort infektionen ur det.

När hon var färdig kände hon sig lite matt som hon alltid gjorde. Men bara hon fick lite att dricka skulle hon snart känna sig bra igen. Hon rätade på sig och såg kritiskt på Drashins axel. Såret var borta nu och endast lite torkat blod visade at det någonsin varit något sår där. Han sov fortfarande stilla.

När hon vände sig om såg hon hur Diriska studerade henne med huvudet på sned. Kvinnan höll fortfarande en handduk i händerna.

"Det låg en filt i det andra rummet", sa Mira dröjande. "Jag ska hämta den. Du kan väl tvätta av honom. Han får byta lakan själv när han vaknar."

Hon inväntade inte den andra kvinnans nick innan hon lämnade rummet. Varför hade hennes forskande blick stört henne så? Den påminde henne om hur Lindramas och Sultan tittat på henne första gången det visat sig att hon kunde använda magi.

Hon fick syn på filten som låg prydligt i hopvikt på stolen vid skrivbordet. Hon lyfte upp den och tvekade. Precis som Drashin ville hon veta vem Diriska verkligen var. Men hennes syfte var mer att få reda på om hon behövde komma på något för att skydda människor från kvinnan.

Hon vände sig mot sovrummet igen och stannade till. Ett lågt nynnande hördes från rummet. Sjöng Diriska för honom? Mira gick försiktigt fram till dörren och kikade försiktigt in i rummet. Hon spärrade upp ögonen och gapade över vad hon fick se.

Diriska stod bredvid sängen och betraktade en bubbla av blod, som svävade framför henne. Hon gjorde en äcklad min och viftade bort den med handen. Bubblan svävade bort mot tvättfatet där den sedan landade och sprack. Drashin svävade lågt ovanför sängen. Diriska såg kort på honom innan hon granskade lakanet i sängen. Hon nickade, svepte med handen igen och täcket gled undan. Sakta sjönk Drashin ner i sängen igen. Kvinnan granskade hans ansikte med orolig blick. Så vinkade hon till sig täcket och stoppade försiktigt om honom igen. Diriska granskade honom med ett litet leende. Tveksamt lyfte hon handen mot hans kind, men lät den sjunka igen utan att röra honom. Hela tiden nynnande hon.

Med ett nästan sorgset leende vände hon sig om. Hon ryckte till, slutade nynna och stirrade förskräckt på Mira när hon fick syn på henne i dörren. Dem blå ögonen sken av panik.

"Vem är du?" viskade Mira.

4

Diriska stirrade ner i bordet. Tekoppen var som bortglömd för henne. Hon satt i den bekväma soffan i sitt stora sällskapsrum. Mira satt på en av stolarna mittemot henne och stirrade intensivt på henne. Helerskan höll i sin kopp och smuttade då och då på sitt te. Vid en snabb blick skulle man kunna ta henne för en ung kvinna som lugnt drack sitt te. Men den skarpa blicken och stränga minen visade att hon var allt annat än lugn.

Diriska hade blivit oförsiktig. I sin lättnad över att han blivit helad hade hon börjat använda magin för att göra iordning hans säng och bädda ner honom ordentligt. Hon trodde det skulle ta längre tid för Mira att hitta filten, men under tiden hon gjort iordning sängen glömde hon bort sig. Hon hade till och med dragit fram täcket under honom och lagt det över honom.

"Du är inte någon vanlig kvinna", sa Mira plötsligt med mild röst.

Diriska ryckte till. Det var de första orden som helerskan sagt sedan dem lämnat Drashins rum. Hon lyfte blicken och mötte den andra kvinnans ögon. De stora bruna ögonen såg stadigt på henne. Hon nickade utan att säga något. Hur mycket misstänkte hon?

"Jag har aldrig sett någon gör så många olika saker med magi på en och samma gång", fortsatte Mira. "Varken jag eller Sareas, som är starkast inom drakriddarna kan göra så mycket."

Diriska grep hårt i klänningens tyg. Hon önskade nästa att hon hade ett krus av Dareks brännvin framför sig istället för te. Hon var inte förtjust i stark sprit, men ibland hade hon druckit lite.

"Jag kan bara komma på tre personer som skulle kunna göra något sådant", fortsatte helerskan obarmhärtigt.

Diriska spärrade upp ögonen ännu mer. Mira rörde inte en min och ögonen blixtrade till av irritation. Diriska undrade om det var så här ett bytesdjur kände sig när ett rovdjur jagade det. Hon försökte desperat tänka på något att säga. Hon öppnade och stängde munnen, men fick inte fram ett ljud. Mira bara tittade på henne.

"Det får vänta lite", suckade Mira. När Diriska öppnade munnen höjde hon handen och spände sina bruna ögon i hennes blå. "Det finns en till som måste få veta."

49

Diriska kände paniken stiga igen. "Nej", viskade hon.

Hon hoppade till när det knackade på dörren.

"Kom in", sa Mira utan att släppa Diriska med blicken. "Vi har väntat på dig."

Dörren öppnades och Diriska kände en viss lättnad när Asama steg in i rummet. Han var klädd i vit skjorta och svarta byxor. För ovanlighetens skull bar han inte sin kishara, ibland gjorde inte drakriddarna det i huset. Han var obeväpnad så när som den långa dolken vid hans sida.

Han bugade kort mot henne med sin knutna hand mot bröstet. Det var drakriddarnas vanligaste hälsning. Sedan såg han sig lite nyfiket omkring i rummet.

"Det är första gången jag är här inne", sa han muntert. "Visste ni att man gjorde iordning den här sviten för prinsessan Liana." Han skrattade till. "Prinsessviten kallas den."

Mira visade mot stolen bredvid henne att han skulle sätta sig. Han såg fundersamt på henne och Diriska innan han satte sig ner. Helerskan hällde upp te till sin make och räckte honom koppen med ett litet leende. Han mumlade ett tack och smakade på det. Han sneglade på Mira ännu en gång. Helerskan hade åter vänt sin hårda blick mot Diriska.

"Löjtnanten du skickade visste inte varför jag skulle komma, Mira", sa Asama och ställde ner sin kopp. "Bara att jag genast skulle komma till mor Diriskas svit."

"Jag tror att du gärna vill känna till detta också, käraste", sa Mira utan att släppa Diriska med blicken.

Diriska sänkte blick ner i knät igen och knep ihop ögonen hårt igen. Varför hade hon varit så oförsiktig? I två år hade hon lyckats dölja vem hon var. Varför just nu? Varför var han tvungen att bli skadad?

Hon drog upp axlarna mer och mer när Mira berättade vad hon hade sett Diriska göra. Asama sa inte ett ord. Det klirrade en aning när en tekopp lyftes. Diriska var säker på att det var drakriddaren, för Mira slutade aldrig prata. När hon väl gjorde det var det helt tyst i rummet.

Diriska var skräckslagen över vad som skulle kunna hända nu. Hon kände hur ögonen började tåras. Skulle dem kasta ut henne ur Terabelle? Skulle hon inte få vara nära Liana längre? Hon träffade inte flickan så ofta längre, men hon var allt hon hade kvar från Balden. Den enda som fanns kvar av hennes familj. Varför skulle han behöva gå och bli skadad?

"Lyft på ansiktet", sa Asama lugnt.

Hon knöt händerna ännu hårdare i knät, men gjorde som han sa. Hon vågade inte öppna ögonen och se på honom, men hon lyft på huvudet. Hon kände tårarna rinna ner från hennes kinder.

"Öppna ögonen och se på mig."

Hon knep ihop ögonen ännu mer och rös. Men sakta gjorde hon som han sa.

Asama satt med höger foten över vänster knä. Vänster handen vilade på den kraftiga, kortskaftade stöveln i högra handen höll han sin tekopp. Han studerade henne. Hans blå ögon var nyfikna, hårda men nyfikna. Hans läppar var krökta till ett litet leende, men just nu nådde det inte hans ögon. Mira bredvid honom log inte och hennes bruna ögon var lika hårda som innan.

"Mira har rätt", sa Asama lugnt. "Av det som hon berättade kan det omöjligt finnas någon lika stark magiker i riddarhuset just nu."

Mira öppnade munnen, men han tecknade åt henne att vara tyst. Hons slöt ogillande munnen igen och hon såg ännu bistrare på Diriska.

"Mira är den starkaste i huset som jag känner till just nu", fortsatte Ca'Draak. "Sareas Dobai är ute tillsammans med Kalar och hans familj. Hade han varit inne skulle han varit den starkaste. Även om det inte skiljer mycket mellan honom och Mira, så *är* han den starkaste av dem två. Han är den starkaste drakriddaren på nästan trehundra år.

Men varken han eller hon skulle klara av att göra så mycket som du gjorde där inne hos Drashin. Precis som Mira, känner jag bara till tre som skulle klara av det, och ingen av dem är människa."

Han satte ner foten på golvet, lutade sig framåt och ställde varsamt ner koppen på bordet. Leendet var nu borta och nyfikenheten i ögon med. Nu stirrade hans hårda blå ögon rak in i Diriskas ögon.

"Så nu ställer jag den frågan som Mira troligen ställde innan mig", sa han barskt. "Vem är du, Diriska?"

Tårarna strömmade ner för Diriskas kinder när hon slöt ögonen igen. Hon tänkte på Liana. Skulle hon förlora henne igen, som hon gjorde i Balden?

"Jag... kan inte", snyftade hon ner i bordet.

Hon hoppade till när Asama satte dolken i bordet framför henne med en smäll. Hon spärrade upp ögon och stirrade först på den och sedan på honom. Mira stirrade också förbluffat på dolken. Asama lutade sig närmare Diriska. Hon försökte luta sig tillbaka, men han kom så nära att deras näsor nästan rörde vid varandra.

"Detta har pågått länge nog, Diriska", morrade han. "Om det nu är ditt namn. Du kanske inte vill berätta för Drashin eller att han får reda på något. Men nu är du i mitt hus, kvinna. Du ska berätta allt för mig nu."

Han släppte dolken där den satt i bordet. Diriska stirrade på den. Skaftet var långt och enkelt snidat av trä. Hon hade nästan trott att det skulle vara fullt med guld eller silver, med tanke på vem han var. Klingan var nästan dubbelt så lång som skaftet och var lätt böjd. I stålet var en drake graverad.

Hon såg upp på Mira. Helerskan grimaserade ogillande mot dolken och lade armarna i kors under brösten. Men blicken som hon gav till Diriska var fortfarande hård. Diriska såg på Asama. Hans ögon blixtrade av vrede nu, men händerna låg lugnt i hans knä.

"Vem jag är", viskade Diriska och såg ner på dolken igen. "Människor skrämmer mig."

"Vad…" började Mira förbluffat.

"I nästan tretusen år har människorna skrämt mig", fortsatte Diriska och torkade bort tårarna med darrande händer. "När… Sarek fann mig för snart tusen år sedan… t-t-trodde jag först a-a-att han skulle döda mig. Men han t-t-tog mig hem. Han g-g-gav mig en familj."

Hon gömde ansiktet i händerna. Hon kunde inte stoppa tårarna längre. De båda framför henne gjorde henne skräckslagen. Skulle de försöka döda henne? Hon visste att drakar stod högt i Amdoria, men hon var en främling här. De kanske såg henne som ett hot.

Varken Asama eller Mira sa något. Diriska såg upp på dem igen. Båda stirrade stumt på henne. Miras ögon glänste av medlidande.

"För t-t-två år sedan t-t-trodde j-j-jag att jag förlorat den", snyftade hon. "För första gången…" Hon tog ett djupt andetag. "För första gång på tusen år så förvandlade jag mig inför främmande människor. Jag hade förlorat min familj, jag brydde mig inte längre om vad människorna gjorde med mig.

När jag sedan lyckades finna Lianas doft, blev jag så lycklig att hon levde. Men även rädd för vad jag gjort. Men tvånget att finna henne var större än rädslan. När jag sedan fick reda på att hon var med honom… Då kände jag hopp…"

Mira reste sig upp från stolen och Diriska rykte till. Hon såg förskräckt hur helerskan kom runt bordet till henne. Den andra kvinnan satte sig ner intill henne och lade en arm om hennes axlar.

"Ingen kommer att skada varken dig eller Liana" sa Mira tröstande. Hon gav Asama en vass blick. "*Han* kommer inte bli glad om någon av er blir skadade."

Han nickade med en grymtning och tog sin dolk. Diriska kröp ihop en aning medan hon såg hur han stoppade tillbaka den i skidan. När han släppte den slappnade hon av en aning.

"Dock kvarstår en fråga", sa Asama och lutade sig tillbaka i stolen. "Nu vet vi lite bättre vem du är, Diriska. Men du sa att människor skrämt dig i tretusen år, du har levt med Lianas familj i tusen år och att du kan förvandla dig. Så nu är frågan istället. *Vad* är du?"

Diriska blinkade bort några tårar och såg på honom. Hon förde fram handen och vinkade med två fingrar. Hans dolk gled ur skidan av sig själv. Hon kände hur Mira stelnade till bredvid henne, men armen om hennes axlar försvann inte. Asama stirrade misstänksamt på den svävande dolken.

Med en liten rörelse fick Diriska den att sväva till mitten av bordet. Där vred hon den tills hon såg draken på klingan. Hon satte pekfingret på den.

"Detta är vad jag är", sa hon och drog ut en kopia av draken från dolken.

Mira flämtade till och Asama stirrade gapande på den svävande bilden. Diriska släppte dolken och lät den falla till bordet. Nu var hela hennes koncentration på den svävande bilden. Hon ändrade lite på den, gjorde dess skin blått och dess lilla öga likaså. Sedan lät hon den växa tills den stod med alla fyra kloförsedda benen på bordet. Nu var den stor som en hund.

"Omöjligt", viskade Asama och reste sig från sin stol.

"Det finns bara tre kvar", viskade Mira. "Asmaji, Lindramas och Sultan. Det är de enda som finns kvar."

"I över tvåhundra tusen år trodde jag att *jag* var den enda kvar", sa Diriska och torkade bort dem sista tårarna. "Vi var tre överlevande som gömde oss i grottan. Men dem andra dog. Den första av sina skador från striderna och den andra av sjukdom. Sedan var jag ensam. Det var därför jag blev så lycklig än Sarek och Jalina välkomnade mig till sin familj."

Hon lät bilden skimra till och försvinna. Hon lade ner sina darrande händer i sitt knä igen och såg ner på dem. Hon väntade på dolken nu. Hon hörde hur Asama satte sig tungt på stolen.

"En fjärde drake", viskade han förbluffat. "En fjärde vis."

Hon blinkade till, lyfte blicken och stirrade på honom. Han stirrade på henne och skakade på huvudet

Mira skrattade till. "Tänk vad förvånade alla kommer att bli när vi talar om detta."

Diriska ryckte till och stirrade på henne. Hon log stort mot draken.

"Ma'sharos'tian kommer bli mycket glad över att få träffa dig, Diriska", höll Asama med. "De tre från Draktand kommer att ta emot dig. Amdoria kommer att ta emot dig."

"Jag…" tvekade Diriska. "Ta emot mig? Träffa mig?"

Mira klappade uppmuntrande hennes hand.

"Mina farbröder har ofta pratat om hur de saknar andra drakar", sa Mira och tillade med ett skratt. "Du skulle bli min faster."

Diriska ryckte till igen och Asama skrattade till.

"Fast…er", stammade Diriska förskräckt. "Nej, snälla. Säg inget till någon. Jag vill inte att *de* ska få veta."

Asama såg frågande på henne. Mira knackade sig fundersamt på hakan.

"Samare sa till mig att han inte riktigt kunde få ordning på din doft", sa hon fundersamt.

"Jag lärde mig tidigt att dölja min doft", förklarade Diriska. "Människor har hundar. De använder hundar för att jaga. Jag ville inte bli jagad av människorna, så för att hundar inte skulle kunna spåra mig blandade jag min doft med alla människor och djur som jag träffade på."

Mira såg på Asama som nickade stilla. Diriska såg generat ner i knät igen. Kanske var det här början till något. Det kändes konstigt att var så öppen mot människor som hon inte kände väl. Liana visste allt om henne, men hon hade vuxit upp med Diriska på gården. Kanske när det kändes mer naturligt att de här två visste vem hon var. Men han skrämde henne fortfarande. Trotts att han aldrig visat någon fientlighet mot henne.

"Det kan bli svårt att dölja det länge i riddarhuset", sa Asama fundersamt.

"Hon har klarat det i två år, Asama", sa Mira.

Jag blev oförsiktig, tänkte Diriska och slöt ögonen. *Jag blev oförsiktig när han blev skadad.*

"De andra generalerna behöver få veta", sa Asama bestämt. Så skrattade han till. "Drashin kommer att bli förvånad."

"Nej!" utbrast Diriska och for upp.

Mira och Asama stirrade förbluffat på henne.

"Men..." började Asama.

"Bara ni två", sa Diriska och grep hårt i klänningens tyg. "Snälla, inte han. Jag vill inte att han ska få veta. Jag är rädd för hur han kommer att reagera."

Mot slutet sjönk hennes röst till en viskning. Hon hade sagt för mycket. Varför gjorde han henne så oförsiktig? Varför kunde hon inte tänka ordentligt? Han var bara en människa. Men människor var skrämmande.

Asama reste sig upp och såg på henne.

"Sant, han tycker inte om de tre vise från Draktand. Han föraktar dem nästan", sa han sakta och gav Mira en snabb blick. Diriska fick en känsla av att han visste varför Drashin inte tyckte om de tre. "Drashin kan vara oberäknelig ibland." Han höjde handen när Mira öppnade munnen för att protestera. "Du vet att det stämmer, Mira. Ja, han håller alltid sina löften, oavsett hur omöjliga de verkar. Kommer du ihåg när prinsessan fick honom att lova att ge henne en måne i gåva? Han grämde sig i en månad över det löftet."

Diriska blinkade till och stirrade på honom. Hur kunde man ge någon en måne i gåva? Asama log mot henne.

"Det tog honom ytterligare en månad innan han kom på en lösning", fortsatte han och pekade mot halsen. "Ni har sett halsbandet som hon bär ibland? Diamanten i smycket kallas rasni, eller Somas månsten. Han köpte den av Salaam när han var i Soma."

"Han lovar alltid sin syster att komma hem vid liv", fyllde Mira i och såg upp på Diriska.

Diriska nickade sakta. Han hade nämnt en syster på deras färd genom Spökriket för två år sedan. Då hade han inte vetat att hon varit vaken.

"Dock", fortsatte Asama, "han kan göra saker som av en nyck. Till exempel, för två år sedan kunde han lika gärna lämnat Liana kvar i Fakari efter att räddat henne från narkierna. Han skulle kunna, och gör det gärna, sparka ut någon av de vise från deras grottor på Draktand."

"Han grälar gärna med kung Makar över små saker", sa Mira stillsamt. "Han har till och med grälat med Ma'sharos'tian. *Ingen* grälar med den vita Tigern, Inte ens drakarna. Drashin grälar med alla."

"Vi skulle kunna räkna upp hur mycket som helst för dig, Diriska", suckade Asama. "Men vi ska hålla tyst, så som du önskar. För tillfället blir det bara jag och Mira som vet om din hemlighet. Du bestämmer när du är redo att berätta den."

Mira reste sig upp bredvid Diriska och tog hennes händer i sina. Hon log vänligt mot draken och tryckte varsamt hennes händer. Hon gick sedan bort till sin make. Asama bugade, lite djupare den här gången än när han kommit, sedan lämnade de två henne ensam.

Diriska såg efter dem två en lång stund innan hon sjönk utmattat ner i soffan igen. Hon kände sig helt tom inombords. Hon visste inte om hon skulle känna sig glad eller förskräckt. Nu visste två människor i huset vad hon var för något. Hur länge till skulle det dröja innan hon gjorde något nytt som avslöjade henne? Hon måste bli försiktigare. Hon måste veta hur han kommer att reagera innan han får veta.

Hon begravde ansiktet i händerna igen. På sätt och vis kände hon sig lättad. De här två hade välkomnat henne. Utan att kunna göra något åt det, började hon gråta igen. Lättnaden över att få dela sin hemlighet med någon fick det att brista inom henne. Kanske var inte människor så skrämmande ändå.

Hon lade sig ner och begravde ansiktet i en av prydnadskuddarna. Kanske skulle hon snart kunna gå runt i staden utan att känna oro över alla människor. Kanske skulle hon våga berätta för honom vad hon var för något utan att vara rädd för hur han skulle reagera.

"Varför?" grät hon ner i kudden. "Varför var du tvungen att bli skadad?"

Drashin grinade illa när han slog upp ögonen. Han stirrade upp i taket i sitt sovrum. Han smackade med tungan för att få lite saliv i munnen. Den bittra smaken fanns fortfarande kvar. Han satte sig upp i sängen och kände en viss förvåning när täcket gled ner. Hade han inte legat på det?

Han rörde vid hans vänstra axel. Såret var borta och han grymtade belåtet. När han behövde helas kunde han lita på Mira. Hur arg han än gjorde henne tog hon alltid hand om honom.

Han hörde hur dörren in till det andra rummet öppnades. Tysta steg gick över golvet och något ställdes ner på hans skrivbord. Stegen försvann igen och dörren stängdes. Han log i dunklet. Någon kom med mat.

Han svepte undan täcket och svängde benen över sängkanten. Han stirrade på lakanen en stund. Dem kunde väl ändå inte bytt lakanen under honom? De måste varit blodiga. Han såg skjortan som hängde över det lilla tvättstället. Den var blodig och hålet efter pilen syntes tydligt.

"Den kunde de väl ändå kastat", muttrade han och reste sig.

Han gick fram till garderoben och plockade fram en mörkt blå skjorta. Han klädde sig snabbt och stampade fötterna i sina stövlar. Han tänkte frånvarande att han behövde besöka en skomakare och skaffa nya.

Han steg ut ur sovrummet och satt sig vid skrivbordet. Han lyfte på brickans duk och grinade illa. Varför envisades alltid Mira att han skulle serveras buljong så fort han blivit helad? Han fick syn på några papper som låg bredvid brickan. Han lyfte upp dem och läste snabbt.

Det var en rapport från Meeko, Ranin och Norek. De hade varit nere i Labyrinten och måste kommit tillbaka medan Drashin sov. Han bröt en bit av brödet, doppade det i buljongen och började läsa.

Frånvarande undrade han varför Diriska blivit så panikslagen innan Mira kommit in. Vad var det som hon var så rädd att han skulle få reda på?

Liana bugade för alla drakriddare som hon mötte genom korridoren. Det var inte ofta nu som hon besökte Diriska i hennes rum, men när Tirasine talat om för henne att hon hade en fri eftermiddag tänkte hon överraska draken.

Hon hade blivit lite orolig när hon hörde att Drashin kommit tillbaka skadad efter ett uppdrag tillsammans med Mira och Asama. Men de andra drakriddarna hade försäkrat henne om att Mira hade helat honom vid det här laget.

Att Samare hade legat vid övningsgården idag, visade att Mira fortfarande var kvar. Den ärrade dvärgdraken skrämde Liana en aning. Den verkade alltid studera henne ingående. Och han låg alltid så att hans långa ärr på kinden var vänt mot henne. Ärret gick från mungipan till strax under högra ögat. Den bistra blicken han hade gjorde att det alltid såg ut som om han log ondskefullt mot alla.

Liana ruskade på sig och bugade igen mot en av majorerna. Hon ville inte tänka på Samare nu. Eftermiddagen ville hon bara ha det lugnt och trevligt tillsammans med Diriska.

När hon kom upp till tredje våningen mötte hon Asama och Mira. Hon bugade djupare för dem båda än för de andra drakriddarna.

”Ca'Draak”, sa hon. ”Mor Mashok.”

Dem båda nickade kort mot henne.

”Jag måste säga att jag inte hade väntat mig det här”, sa Asama när dem två passerade Liana.

"Det hade kommit fram förr eller senare, Asama", svarade Mira och gav Liana en fundersam blick. "Någon skulle upptäckt det. En av dem hade blivit oförsiktig och agerat eller sagt något. Det var nog ändå bra att det var jag som var där när det hände."

"Tycker ändå att de andra generalerna borde få veta", muttrade Asama.

"Vi lovade, Asama. Endast vi två. Hon behöver tid."

Liana rätade på sig och stirrade efter dem två. Vad var det som hade uppdagats? Diriska? Hon skyndade på stegen och sprang nästan fram till dörren till Diriskas rum. Hon tvekade bara ett ögonblick innan hon knackade på dörren. Det var tyst. Hon knackade en gång till lite hårdare denna gången.

"Kom in", hördes en dämpad röst där inne.

Liana kastade nästan upp dörren och rusade in. Hon stängde den snabbt bakom sig och såg på draken som stod vid det lilla bordet. Diriska blinkade mot henne. Händerna var hårt knutna mot klänningslivet och ögonen såg oroligt mot Liana. När hon såg vem det var slappnade hon av en aning och sjönk matt ner i den stora soffan.

"Liana", sa hon med ett tvunget skratt, "du skrämde mig en aning där."

"Vad har hänt?" frågade Liana hetsigt.

Diriska såg frågande upp på henne.

"Jag mötte Asama och Mira vid trappan", förklarade hon. "De pratade om något som kommit fram. Vad har hänt, Diriska?"

Draken stirrade på henne en stund. Sedan såg Liana hur tårar började rinna ner för hennes kinder.

"De vet, Liana", viskade hon. "De vet och det skrämmer mig så."

Liana stirrade gapande på draken framför henne. Senast Liana sett henne gråta var när hennes farfar Horak dog för två år sedan. Innan narkierna anfallit Fakari.

Hon skyndade fram och kramade om draken. Hon hade aldrig trott att hon skulle trösta Diriska. Det var alltid draken som tröstade henne.

"De kommer inte att göra något", viskade Liana. "Drashin skulle kunna..."

"Nej", sa Diriska hetsigt och drog sig undan henne. "Han vet inte. Han får inte veta. Inte ännu!"

Liana såg ner på drakens ansikte. Paniken lyste i hennes ögon. Det var något med Drashin som skakade om Diriska helt. Vad hade han gjort med henne? Liana drog sig till minnes för kanske fem år sedan. Då drakriddare hade dykt upp i Balden. Diriska hade betett sig underligt efter den händelsen också. Tirasine hade berättat att det hade varit dem i Dödens skvadron som besökt Balden. Drashin hade också varit underlig strax efter besöket.

Liana hade hört viskat i riddarhuset att Drashin var lite underlig ibland nu också. Inte högt så att han eller de andra i skvadronen hörde. De var också försiktiga med viskningarna runt den svarta legionen av någon anledning. Det var allmänt känt att Alram Manros och Drashin arbetade när varandra.

"Vad har han gjort med dig, Diriska?" frågade Liana bestört.

Diriska stirrade in i Lianas ögon. En drakes blå ögon som mötte en människas bruna.

5

sham var glad att resan till Terabelle hade gått så fort. De hade haft stor tur att stötta på en av de vise i Fakaris huvudstad Kalat. Asmaji hade gladeligen fört dem till Amdoria. Dock inte till Terabelle, men till Draktand. Resan hade ändå blivit flera veckor kortare. Han och hans soldater hade kommit till Terabelle sent på eftermiddagen kvällen före.

Nu gick han på gatan mot riddarhuset tillsammans med Boras, sin närmaste man, och de två vise, Sultan och Asmaji. Dem två hade mött upp honom vid värdshuset, 'Vildgalten' direkt efter frukosten.

Han sneglade på de båda där de gick intill honom. Han hade bara träffat dem en gång tidigare. Båda var längre än honom själv. Dock skiljde det så mycket mellan dem två att det var svårt att tro de var bröder. Asmaji hade axellångt eldrött hår och röda ögon. De breda axlarna kunde nästan höra hemma hos en smed. Ansiktet var kantigt och hade alltid en något beslutsam min, men det var ändå svårt att bestämma hur gammal han var.

Sultan var slankare byggd, mer som Isham själv, Det bruna håret var även det axellångt och ögonen bruna. Ansikte hade kunnat passa in i vilken amdoriansk by eller stad som helst. Han såg lugn och harmoniskt ut där han med lediga steg promenerade fram.

Isham passade på att se sig omkring medan de närmade sig riddarhuset. Det var inte många, men lite här och där såg han någon mörkhyad person skymta förbi i folkvimlet. Annars var nästan alla bleka i hyn. Han hade aldrig sett så många vita människor på en och samma plats innan.

"Lindramas skyndade i förväg och talade om för Asama och Drashin att ni var på väg, furst Isham", sa Asmaji. Han hade en sträv röst.

"Vi kommer att närvara och givetvis kommer även kung Makar att bli informerad om vad som sägs på det här mötet", fyllde Sultan i med sin något ljusare röst.

"Jag tackar ödmjukast, vise", sa Isham och bugade lätt.

De steg uppför trappan mot riddarhuset. Strax innanför stod ett klipptroll och en kraftigt bygg man och väntade på dem. Isham log snett. Så dem lät överste Krashak Do'shank komma och möta honom. Vem den andre mannen var visste han inte.

"Vise", sa Krashak och bugade med näven mot bröstet. Han bugade aningen mindre mot Isham. "Ers nåd. Var vänliga och följ med mig och överste Manros. Vi ska visa vägen till general Drashin och Ca'Draak."

De gick tysta förbi den stora stenen som fanns i entrén. När Isham vred huvudet en aning fick han syn på en kvinna som betraktade dem från andra våningen. Hon var vacker med, långt mörkt hår. Han blinkade till en aning då det tycktes glänsa till av blått. Hennes hy var lika blek som alla andra nordbor. Han trodde inte att hon var viktig och avfärdade henne som någon släkting till en drakriddare.

Han följde efter överstarna och de två vise in biblioteket. Vid ett bord mitt inne i rummet satt Drashin, Asama och Lindramas. Framför sig hade de en stor karta som dem studerade. De tre såg upp och reste sig när de nyanlända närmade sig.

"Hans nåd Isham Najdjin", förkunnade Manros och slog näven mot bröstet med en kort bugning. "Som ni befallt har vi visat honom till er."

"Tackar, överste", sa Asama och bugade kort mot Isham. "Välkommen ers nåd. Jag beklagar att vi inte kunde ta emot er igår när ni anlände till staden."

"Det är ingen fara, Ca'Draak", svarade Isham och besvarade bugningen. "Jag är glad att ni kunde möta mig så här snart ändå."

Vise Lindramas med sitt korta blonda hår, och gula ögon nickade och började studera kartan igen. Isham såg att det var en karta över Soma.

"Visa oss var lägret var beläget", sa den gulögde vise. "Berätta allt du kommer ihåg från det."

Isham berättade om hur de hade fått rapporter om att något inte stod rätt till vid dem östra bergen. Han talade om hur hans far hade delat upp sina styrkor för att gå in i lägret från två håll. När han kom till dem slaktade människorna svalde han vid minnet. Han skämdes en aning över att ha kräkts vid tillfället. Han avslutade sin berättelse om hur de hade funnit furst Baran och den döda marulaken.

De båda överstarna grymtade till när han nämnde demonvargen. Han kände att spänningen i rummet blev skarpare. Dem två generalerna stirrade stint på honom. Ett par blå och ett par gröna.

"Min far önskar drakriddarnas hjälp", sa Isham och rätade på sig. "Han önskar få hjälp av general Drashin och Dödens skvadron."

"En mycket specifik önskan", sa Sultan fundersamt. Han lade ett finger på kartan och lät det följa hela den östra bergskedjan.

"Är inte bergen fulla med grottor?" frågade Lindramas.

”Ja, vise”, svarade Isham. ”Men samtliga ingångar skall vara stängda. Senast någon grotta var öppen var när general Drashin och min far var inne i en av dem. Då de räddade prinsessan Shiina.”

Drashin nickade frånvarande och såg ner på kartan.

”Dödens skvadron”, sa Asama lågt. ”Tror han att det räcker med bara dem?”

”Det kommer att räcka, Asama”, sa Drashin och såg Isham rakt i ögonen med ett litet leende. ”Åsneröv vill ha Dödens skvadron, då ska han få Dödens skvadron. Hela skvadronen.”

”Så det är dags”, sa Asama bara.

Drashin nickade och vände sig mot Manros.

”Överste Manros, kalla samman den svarta legionen”, sa han rappt. ”Säg åt dem att ta på sig vita kisharas. Tirasine och Kalar borde vara tillbaka när som helst från grottorna.”

Manros bugade hastigt och skyndade sig iväg.

”Har du kallat på Ma’sharos’tian, Drashin?” frågade Asmaji kort.

”Jag behöver honom för detta”, sa Drashin kallt innan han vände sig mot Asama. ”Kan du be kungen om soldater likaså?”

”Jag tror att han kommer att ställa upp med folk”, sa Asama och reste sig. ”Vise, skulle ni vilja följa mig till konungen?”

De tre vise nickade och tillsammans med Ca’Draak lämnade de biblioteket. Drashin vände sig mot Isham.

”Ers nåd, ni kanske skulle vilja återvända till sitt värdshus”, sa han och reste sig. ”Hans majestät kommer att behöva några dagar att samla ihop soldater. Jag och min lilla grupp kommer att resa tillsammans med dem. Jag skickar Alram Manros och hans större grupp före. Det blir nästan trehundra femtio krigare som lämnar Terabelle vid lunchtid idag. Ni kanske skulle vilja resa med dem?”

”Jag reser gärna med överste Manros, general”, sa Isham och bugade. ”Vi önskar få komma hem igen så snart som möjligt.”

Drashin nickade och visade Krashak att leda ut dem. Han stannade själv kvar och studerade kartan. Isham gick med lättade steg. Dem skulle få hjälp. Han hoppades att de inte kom tillbaka försent.

Salaam spanade mot horden som rörde sig nedan för berget. Kanske tusen demoner befann sig där borta. Han undrade hur de hade lyckats ta sig ut ur grottorna. Bergen patrullerades regelbundet och ingen hade sett något misstänksamt.

Han drog sig sakta ner för sanddynen och gick tillbaka till sin häst.
Han hade drygt fyratusen beridna krigare med sig och tusen fotsoldater.
Han funderade över sina chanser. Hans krigare var inte tränade för att
slåss mot en sådan här fiende. När han hade lämnat huvudstaden så
hade han haft med sig nästan tiotusen soldater med sig. Men de förlo-
rade fler män än vad dem dödade demoner. Om det bara var tusen de-
moner där borta kanske de hade en chans. Men om det var mer skulle de
slaktas till sista man.
"Vi återvänder till Karash", beordrade han och vände hästen.
"Men ers nåd..."
"Inga men. Skicka bud till byar och städer att söka skydd bakom mu-
rarna. Försök få så många som möjligt till huvudstaden. Den har störst
chans att klara sig."
Han vände sig och spanade mot bergen igen. Han hoppades att hans
son lyckades övertala drakriddarna att komma. Soma fick inte falla.

Liana undrade vad all uppståndelse var om. Övningsområdet tömdes
och överste Alram Manros svarta legion ställde sig i ordnade led framför
huvudbyggnaden. Vad hon inte förstod varför alla hade tagit av sig sina
vanliga kishara och bar helt vita. Överste Manros stod framför gruppen
och såg mot huset.
Diriska stod också vid övningsplatsen. Liana gick bort mot henne. Det
var ovanligt att draken befann sig på den här sidan av riddarhuset. Dra-
ken vände sig och log hastigt mot henne innan hon vände uppmärksam-
heten mot huset igen.
Vid trappan stod Krashak och de övriga sex drakriddarna ur Dödens
skvadron. Den ende som saknades var Drashin. Meeko och Ranin fli-
nade som hastigast när de fick syn på henne. Hon tyckte om dem båda.
Dvärgen Meeko och människan Ranin var bästa vänner och hade vuxit
upp tillsammans med Tirasine, den enda kvinnliga drakriddaren. Den
andre dvärgen Norek nickade kort mot henne. Tirasine, Alvtvillingarna
och klipptrollet såg inte på henne.
"Vad ska hända?" viskade Liana till Diriska.
Draken bara skakade lätt på huvudet.
Så öppnades dörren till riddarhuset. Drashin steg ut tillsammans med
Asama och en man som var klädd i svart kåpa. De två drakriddarna höll
fram varsin hand som stöd åt den tredje som lät sina händer vila på dem.

Liana blinkade till och stirrade på händerna som stack ut ur ärmarna. Det stack fram långa vita hårstrån från dess öppningar och naglarna verkade var längre än en människas och svarta. Kåpans öppning gled fram och tillbaka över dem samlade drakriddarna. När den gled över Liana rös hon till en aning. Ma'sharos'tian hade kommit till riddarhuset. Diriska lade en hand på hennes arm.

När de nästan kommit ner för hela trappan vände sig Drashin mot mannen. Han bugade djupt för honom med korsade armar över bröstet. Sedan vände han sig mot de väntande drakriddarna.

"Soma har begärt vår hjälp", sa han med hög röst. "Demoner har lyckats ta sig ovanjord i deras östra berg. Och jag har fått en personlig fråga från hans nåd Salaam Najdjin."

Liana såg förundrat på honom. Soma låg långt söder om Amdoria. Fakari låg nästan halvvägs mellan dem två rikena.

"Salaam har begärt Dödens skvadron", sa generalen och såg ut över krigarna framför honom.

Liana kände hur Diriskas grepp hårdnade om hennes arm.

"Så jag har bestämt mig för att ge honom Dödens skvadron. Hela skvadronen."

Krashak och de andra ur skvadronen klev fram till de övriga krigarna och vände sig mot trappan. Som en man sjönk varenda krigare ner på knä framför den. Drashin steg ner från trappan och vände sig mot den. Han stod ett steg framför de andra.

"Vördande", sa han och sjönk ner på knä. "Vi står redo. Dödens skvadron inväntar er."

Asama tog ett steg tillbaka samtidigt som mannen i den svarta manteln tog ett steg fram.

"Ni är krigare från flera skvadroner", sa han med egendomligt road röst. *"Idag skall ni bli en. Är ni redo för detta?"*

"Vi står redo", sa samtliga i kör. "Vi står där striderna är som hetast. Vi går dit andra skulle fly. Vi offrar våra liv för andra ska få leva. Där Döden går till strid dit går vi. Ty vi är Dödens krigare och vi räds ingen. Vi är Dödens skvadron!"

Mannen sträckte ut handen mot Drashin.

"Era krigare står redo."

Drashin reste sig upp och sträckte ut sin högra hand mot Ma'sharos'tian. Liana visste att det var handen som en ädelsten fanns inbäddad i. Mannen satte pekfingret mot handens mitt och Drashin grimaserade en aning. Liana stirrade vantroget på riddarna framför henne sakta började deras kisharas att ändra färg. Snart bar varje krigare en kishara med färgerna rött, blått och gult.

"Stå upp, Dödens skvadron!" röt Drashin och vände sig om.

Genast reste sig samtliga upp. Under tiden såg Liana hur Asama och Ma'sharos'tian gick tillbaka in i riddarhuset.

"Överste Manros kommer att gå med den större gruppen mot Soma i eftermiddag", sa Drashin och lade händerna bakom ryggen. "Med den större menar jag den forna svarta legionen. Jag kommer stanna i Terabelle några dagar till för att invänta kungens soldater. Sedan kommer jag och de övriga att resa ner tillsammans soldaterna. Vi är trehundra sextiofem drakriddare som marscherar till strid." Hans blick gled mot Diriska och Liana där dem stod intill gruppen. "Jag har fått till mig att även Mira och drygt två hundra drakryttare kommer att bege sig till Soma", fortsatte han. "Hon ska stanna till i varje rike ner mot Soma för att berätta att amdorianska soldater kommer passera genom deras riken.

Det är inte bekräftat, men Asama och jag har våra misstankar. Asharak och Trasher har kommit fram till att Soma är en viktig makt som dem inte kan bortse från. Mina vänner, än en gång går vi i strid mot Asharak och hans demoner. Låt oss hoppas att vi kan stoppa honom den är gången också. Alram! För dem söderut!"

"General!"

Genast började drakriddarna röra sig. Under höga svordomar och grova smeknamn manade överste Manros på sina krigare. Drashin väntade inte utan vände mot byggnaden och gick in tillsammans med hans lilla grupp.

Muttrande skyndade Diriska efter honom. Liana fick nästan springa för att hinna med. De hann ifatt Drashin och de övriga inte långt från biblioteket. Tirasine klappade henne vänligt på axeln när hon kom fram till henne. Hennes mörka hår var uppsatt i en invecklad fläta och hennes mörka ögon såg vaket på Liana.

"Vad är detta om att bege sig till Soma?" frågade Diriska vasst när hon kom upp jämsides med Drashin.

De övriga gled automatiskt ett steg ifrån generalen och draken. Tirasine höll tillbaka Liana. De gjorde alltid så här om Diriska gick tillsammans med dem. Hon gick nästan alltid bredvid Drashin och de andra drog sig undan en bit.

Liana trodde inte att de visste vad Diriska var för något. Draken var säker på att Asama och Mira skulle hålla hennes identitet för sig själv som de lovat.

"Jag har fått en förfrågan och jag accepterade den", svarade han lugnt utan att se på henne.

"Du har precis blivit helad och ska genast springa iväg till nästa krig."

"Jag mår bra. Mira helade mig."

Liana hoppades att Diriska inte skulle säga något förhastat nu. Hon visste väldigt lite om den skada som Drashin ådragit sig på uppdraget med Mira och Asama. Det enda hon visste var att han hade blivit träffad av en pil.

"Nästa gång kanske det inte blir en pil", muttrade Diriska. "Demoner slåss inte alltid med enkla vapen som bågar."

"Det är ingen fara, mor Diriska", sa Krashak lugnande. "Vi kommer att se efter honom."

"Ja", sa Kalar och skrattade till. "Dessutom finns Mira och kanske hundra helare där nere.

"Ni hjälper inte", mumlade Drashin buttert.

"Se det så här", sa Krashak och lade en stor hand på Diriskas axel. "Det här uppdraget kom han ju tillbaka vid medvetandet. Senaste gången jag var med de tre fick jag bära hem både honom och Asama medvetslösa."

Liana såg hur Diriska stelnade till och stirrade bistert på Drashin.

"Det hjälper verkligen inte, Krashak", muttrade Drashin sammanbitet.

"Jag kommer ihåg den gången", sa Tirasine och såg flinande upp i taket. "Jag har aldrig sett Mira så arg tidigare. Hon skällde på dem i flera dagar efteråt."

"Hur som helst", sa Drashin skarpt och gav Tirasine och Krashak en farlig blick. "Mira är den skickligaste helerskan jag känner till. Hon är med där nere. Bland de två hundra drakryttare som hon har med sig finns minst femtio helare till." Kalar och Sareas visslade till. "Tillsammans med Somas minst trehundra helare, om dem alla fortfarande lever, borde vi ha mellan trehundrafemtio och fyrahundra helare nere i Soma när vi anländer. Förhoppningsvist kan vi få med några till om andra länder kan övertalas om att skicka soldater."

Liana sneglade på Diriska som såg fundersam ut.

"Det låter på er som om det kommer att behövas", sa Liana försiktigt.

"Det kanske inte ens räcker", sa han och såg sig över axeln. "Gör dig redo, Liana Darik. Du kommer med oss, det är dags att se om du verkligen är en drakriddare."

Innan någon hann säga något skyndade han på sina steg och gjorde sällskap med Asama och mannen i den svarta manteln som väntade på honom utanför biblioteket. Han nickade mot Asama och bugade kort mot mannen.

"Ma'sharos'tian", sa Kalar tyst. "Jag undrade lite först varför han ville att den vita tigern skulle komma till oss."

"Så det där är..." Diriska avslutade inte meningen utan stirrade bara efter de tre männen som försvann in i biblioteket.

Krashak öppnade en annan dörr och visade in dem andra. Liana såg att det var en korridor som rundade biblioteket. Troligen ville inte klipptrollet att de skulle störa, vad det nu var som dem tre skulle samtala om.

"Ma'sharos'tian är egentligen vår riktige ledare", berättade Krashak. "Asama, eller snarare den drakriddare som är Ca'Draak, är hans röst till oss andra. Oftast är det bara generalerna som går till honom, men vem som helst av drakriddarna kan söka hans råd. Även kungen söker sig till honom ibland."

"Jag har aldrig sett honom i riddarhuset innan ", sa Liana och såg upp på klipptrollet. "Jag har ändå varit i riddarhuset i två år. Jag har träffat på alla drakriddarna i hela huset."

"Jag har också tillbringat två år här och jag har heller aldrig träffat denne Ma'sharos'tian", sa Diriska sammanbitet.

Liana sneglade mot hennes äldsta vän. Hon hade inte tyckt om att Drashin lämnat dem efter att talat om att Liana skulle följa med till Soma.

"Lärlingar träffar aldrig Ma'sharos'tian", sa Sareas. "Den enda gång de träffar honom är när de gör sin vandring ner till hans grottor."

"Dessutom så brukar inte personer som inte är drakriddare träffa honom så ofta heller", fyllde Ranin i och såg menande på Diriska. "Den enda chansen att ni skulle träffa honom, mor Diriska, är om hans nyfikenhet mot er skulle vakna."

Liana såg hur en orolig rynka bildades i Diriskas panna och hur hennes mun blev ett tunt streck. Hon förstod att draken inte ville ha den uppmärksamheten. Hon hade knappt lämnat sina rum de första två dagarna efter att Mira och Asama hade kommit på vad hon var för något. Och när hon väl gjorde det hade hon varit så försiktig runt alla och undvikit nästan alla.

De andra verkade känna att något tyngde Diriska så samtalet dog ut. Krashak öppnade dörren i andra änden av korridoren och släppte ut dem i den stora entréhallen. Där lämnade drakriddarna Liana och Diriska med korta bugningar och fram mumlade ursäkter. Diriska vände sig kort mot biblioteket med en frånvarande blick innan hon tvärt vände mot trapporna upp. Liana skyndade efter henne, men stannade tvärt av en röst bakom henne.

"Så detta är flickan från Fakari."

Hon såg hur Diriska snodde runt och stirrade på någon bakom henne. Liana svalde hårt och vände sig sakta om. Där stod Drashin med en något ogillande min och händerna bakom ryggen. Han höjde blicken som hastigast mot Diriska bakom henne, men sänkte den genast mot henne igen. Intill honom stod Asama och såg på henne också. Ett steg framför de två stod mannen i den svarta manteln och betraktade Liana från huvans mörker.

Liana visste inte vad hon skulle göra. Efter en kort tvekan neg hon för honom. Det var två år sedan hon träffade på Ma'sharos'tian senast, men han verkade inte minnas henne. Drashin log skevt och skakade lätt på huvudet. Asama blinkade till och fnös.

"Detta är Liana Darik, från Balden i Fakari, vördande", sa Drashin och visade md en hand mot henne. "Lärling hos Dödens skvadron."

"*Åh*", sa mannen roat, "*men ni skulle ju aldrig ta er an någon lärling sa ni ju. Att världen inte behövde fler galningar än ni åtta. Vad kan ha fått er att ändra uppfattning, general Drashin draakir?*"

"Världen kanske behövde en till", sa Asama och sneglade på Drashin.

Drashin fnös bara och lade armarna i kors. Mannen i den svarta kåpan skrockade. Han lutade sig närmare Liana och hon stirrade in i kåpans mörker. Ett par röda ögon lyste mot henne. Inte samma röda som Asmaji hade utan helt röda utan någon pupill eller ögonvita som syntes.

"*Jag är Ma'sharos'tian, lärling Liana Darik*", presenterade han sig och blinkade mot henne. Liana kunde inte låta bli att känna en viss glädje, han mindes henne. "*Jag tror jag förstår varför han tog er till sin lärling. Det finns något inom er. Han kommer att leda er och få det att växa. Jag förstår att ni skall med till Soma?*"

"Det skall hon", sa Drashin kort.

Asama såg skarpt på honom. Han tyckte inte om vad han hörde. Ma'sharos'tian nickade bara och rätade på sig. Han gav Liana en sista road blick innan han såg upp mot Diriska bakom henne. Han sa inget, men Liana fick en känsla av att han försökte undersöka drakens sinne. Han verkade sniffa i luften som att känna hennes doft. Det glimmade nyfiket i dem röda ögonen.

"Jag har hört talas om er", sa Ma'sharos'tian med en viss nyfikenhet i rösten. *"Diriska från Balden. Jag verkar inte kunna… Nå det är inte viktigt. Jag var nyfiken på vem som kunde skaka om den annars så orubblige generalen."*

Drashin grymtade till och såg ogillande mot mannen. Sedan stegade han förbi honom muttrandes om att han måste förbereda inför resan. Det var länge sedan Liana hade sett honom se så bister ut.

Liana såg efter honom när han gick uppför trappan. Alram mötte honom på väg ner med en packning över axeln. Översten hälsade hastigt med sin knutna hand över hjärtat, men stannade inte. Flera drakriddare ur hans grupp skyndade nu genom entrén och ut. De som passerade Ma'sharos'tian bugade hastigt för honom i steget med fram mumlande hälsningar.

"Så ovanligt", mumlade Ma'sharos'tian och skrockade nöjt. *"Jag kan inte komma ihåg senast jag fick honom att reagera så, general Asama draakir. Det är lika underhållande varje gång."*

"Jag skulle nog säga att det är nog minst fyra år sedan, vördande", sa Asama och flinade. "Skall jag följa er till era grottor igen?"

Liana undrade hur en sådan man, som erhöll så stor respekt hos drakriddarna, kunde bo i några grottor. Ma'sharos'tian såg på henne med huvudet på sned. Hon fick en känsla av att han log mot henne. Dem röda ögonen blinkade mot henne igen.

"Det var så länge sedan jag var uppe i staden, Ca'Draak", sa han med mild röst. *"Jag önskar promenera lite i den. Få se lite av folken, det är alltid stor glädje att få se dem vandra runt. Kanske gå till palatset. Skulle ni vilja slå mig följe, general Asama draakir? Jag tror att lärling Liana Darik här vill förbereda sig för resan likaså. Jag hoppas så innerligt att få träffa er igen, Diriska från Balden."*

Med en sista, nästan beklagande, blick upp mot Diriska vände Ma'sharos'tian och Asama mot utgången. Alldeles innan den stora porten vände sig Ma'sharos'tian om och bugade mot Diriska med armarna korsade över bröstet. Sedan lämnade han och Asama riddarhuset. Liana såg efter dem en kort stund innan hon vände sig mot Diriska igen. Draken stirrade efter dem två med sammanbiten min. Hon verkade orolig över något. Liana gick fram till henne.

"Han kan omöjligen veta", viskade hon.

Diriska ryckte till och stirrade förbluffat på henne.

"Självklart inte", sa hon hetsigt. "Asama skulle inte... Han lovade mig. De lovade mig."

Sedan mjuknade hennes min något och hon strök handen över Lianas kind.

"Du börjar bli en vuxen kvinna, Liana Darik", sa hon mjukt. "Snart kommer jag inte behöva vaka över dig längre."

"Du ska se, Diriska", sa Liana med ett flin. "Jag kommer vara en drakriddare snart. Tirasine, Kalar och Norek sa att jag gjorde stora framsteg i min träning."

Leendet som Diriska gav henne var en aning tillkämpat. Hon hade aldrig tyckte om att Liana blev en lärling hos drakriddarna. Hon gav henne en klapp på axeln.

"Gå och gör dina förberedelser, barn", sa Diriska. "Det kommer inte ta många dagar innan ni ger er av."

"Ja, frun", sa Liana högtidligt och bugade för henne.

Hon skrattade till vid drakes min och skyndade iväg tillbaka mot övningsgården och lärlingarnas baracker. Hon kände hur upphetsningen ökade för varje steg hon tog. Hon skulle ut på ett nytt äventyr tillsammans med general Drashin och hans krigare.

6

Diriska vände sig mot dörren ut mot gatan igen. Så det var Ma'sharos'tian. Det var trehundra tusen år sedan hon hörde hans namn första gången. Hon hade hört drakriddarna prata om honom med stor respekt i sina röster. Diriska trodde att hon skulle känna samma motvilja att vara nära honom som hon kände mot de tre drakarna, men han utstrålade vänlighet och ömhet mot allt som han såg. Inte ens Drashin hade verkat motvillig av att vara nära honom, inte som han var med de tre från Draktand.

Han var inget som de tre drakarna från Draktand. Och han hade visat ett intresse för henne som ingen av de tre gjorde. Han ville veta vem hon var, vad hennes närvaro här betydde. Ma'sharos'tian hade luktat efter hennes dofter, det kunde hon svurit på. Han hade varit nära att säga att han inte kunde få ordning på hennes doft, men ändrat sig med en snabb blick mot Drashin. Så snabb att Diriska misstänkte att bara hon uppmärksammade den.

Diriska drog ett djupt andetag och släppte tankarna på den underlige mannen, Just nu var han inte viktig. Det viktiga nu var Liana och hennes resa söderut. Hon såg oroligt efter Liana när flickan skyndade iväg. Drashin skulle ta med henne till ett krig. Ett krig mot demoner i ett land som låg nästan lika långt söder om Fakari som dem var norr om hertigdömet. Hon skulle kanske förlora henne för alltid den här gången.

Hon vände sig beslutsamt mot trappan och började gå uppför den. Vid andra våningen vände hon mot hans rum. Hon måste få honom att ändra sig. Liana var inte redo att ge sig ut på sådana här uppdrag. Flickan var inte en fullvärdig drakriddare. Hon nådde fram till hans dörr och knackade försiktigt på.

"Kom in" sa han frånvarande.

När hon steg in såg hon en prydlig hög med kläder ligga på skrivbordet. Han hade sagt att det skulle ta några dagar innan dem amdorianska soldaterna var redo för avfärd, men själv verkade han göra sig redo att ge sig av redan nu.

Hon fann honom stå vid fönstret som vette ner mot övningsgården. Han såg frånvarande ner och höll något vitt i sina händer. Hon undrade vad det var när hon ställde sig intill honom och såg ut genom fönstret. Hon såg Liana skynda förbi mot barackerna.

"Jag undrar", sa Drashin frånvarande, "vad kommer hennes mönster att bli?"

Diriska sneglade ner mot hans kishara som hängde på hans högra sida. Även om hon inte nu kunde se mönstret på den nu visste hon vad det föreställde. Två stora gula horn med en stor blå ädelsten mellan dem på en röd bakgrund. Alla drakriddare hade olika mönster med sin skvadrons färger. Rött, blått och gult var färgerna för Dödens skvadron, det var *hans* färger. Endast tvillingarna Dobai hade likadana mönster, dock med små skillnader som man inte såg om man inte tittade noga.

"Varför måste hon följa med?" frågade Diriska och såg upp på hans ansikte. "Hon är inte en drakriddare."

"Hon kommer att bli det inom kort", svarade han utan att ta blicken från fönstret. "Hon har gjort stora framsteg det senaste året och ligger redan på samma nivå eller högre än dem som är på väg att göra vandringen till Ma'sharos'tian."

"Borde hon inte göra denna vandringen då först? Vad är detta för vandring egentligen?"

"Det är ett sista test innan en lärling blir en drakriddare", förklarade Drashin och vände sig slutligen mot henne. "Det är inte alla som klarar den. Vissa flyr när de får se Ma'sharos'tian i hans verkliga gestalt, andra dör under prövningen. Fyra stycken har dött i år och tre har vänt om och flytt."

Han vände sig om mot skrivbordet och lade det vita tygstycket över hans kläder.

"Varför hon inte kommer att göra vandring?" sa han och slätade varsamt till tyget. "Det finns inte tid till det just nu. Den vita tigern är ovanjord, inte i sina grottor, och vi har bråttom att komma till Somas hjälp. Därför skickade jag överste Manros först. Jag hade kunnat skicka Liana med honom ner, men som en av hennes mästare tycker jag att hon fortfarande borde stanna i min och de andras närhet."

Diriska kände en viss tacksamhet över att han inte tänkte överge Liana. Flickan var väldigt förtjust i sina åtta mästare och de verkade finna ett visst nöje av att lära henne. Även om Drashin gjorde det sällan. Diriska hade trott att han var helt likgiltig över Lianas utveckling, men han hade hållit ett öga på henne. Han hade följt varje steg hon gjort från den första dagen, trotts att han varit frånvarande stora delar av hennes tid hos drakriddarna.

"Så du tänker göra henne till drakriddare på resan?"

"Ma'sharos'tian har gett sitt samtycke. Vi ser resan som hennes vandring ner mot grottorna. Även om inte den vita tigern kommer att vänta på henne på vägens slut. Om hon överlever resan ner och någon strid där nere kommer hon att bli en riktig del av drakriddarnas brödraskap."

"Det där är hennes kishara."

Han nickade bara innan han vände sig om. Han såg på henne med huvudet på sned.

"Var det något annat ni hade på ert sinne?" frågade han. "Eller var det för att försöka få Liana att stanna kvar? Jag har en del förberedelser kvar att göra tillsammans med överste Do'shank innan resan. Sedan måste jag träffa kung Makar för att diskutera soldaterna som skall följa med ner."

Diriska tvekade en aning. Dem fanns här hos henne just nu, men var på väg att lämna henne ensam kvar i stad där hon kände mycket få. Lämna henne ensam med alla dessa tröttsamma adelsdamer som flockades runt henne. Ensam med en massa människor som skrämde henne. Hon ville inte bli lämnad ensam.

"Jag vill följa med", sa hon försiktigt. Förvånad över vad hon själv sa.

"Det kommer att bli farligt", sa han med viss hetta i rösten. "Jag kommer inte kunna garantera att din säkerhet."

"Du kanske kommer att kunna behöva mig."

"Behöva dig? På vilket sätt skulle jag kunna behöva dig, Diriska Darik?"

Hon tvinnade nervöst sina händer om varandra. Han var den ende som någonsin till talade henne så. Sedan slätade hon varsamt till klänningen, trotts att det inte behövdes, och tog ett djupt andetag. Varför gjorde han henne så nervös?

"Jag kan en del om att hela personer", sa hon dröjande. Hon hade studerat Mira noga den gången hon helat Drashin. Det hade varit invecklat, men hon skulle klara av det.

"Du kan magi", sa han fundersamt.

Hon nickade bara och såg bedjande på honom. Hon hoppades att han trodde det var för att han skulle tillåta henne att följa med. Vad hon verkligen ville var att han inte skulle uttala den fråga som hon fruktade mest. Vad är du, Diriska?

"Det kan vara användbart på vår resa", sa han dröjande med en nick. "Om det är er önskan att följa med oss, så är ni välkommen."

Hon böjde på nacken innan hon med en kort ursäkt lämnade honom. Hon log när hon promenerade mot sina rum. Hon skulle inte bli lämnad kvar. Hon skulle få vara med honom på hans resa genom världen.

"Det var en mycket intressant kvinna, general Asama draakir", sa Ma'sharos'tian.

Drakriddaren bredvid honom grymtade till svar. Han dolde något. Ma'sharos'tian hade en känsla om att han mycket väl visste vem kvinnan verkligen var. Drashin hade bara nämnt henne en gång. Som om hon inte hade varit viktig. Hans kroppsspråk hade däremot sagt någon annat. Han hade varit mycket intresserad av denna Diriska. Det hade gjort Ma'sharos'tian nyfiken. Vem var denna Diriska som hade fångat den omedgörlige general Drashins intresse?

Människorna, alverna och dvärgarna på gatan makade på sig för de två när de passerade. Alla bugade djup och när de rätade på sig såg Ma'sharos'tian lyckliga leenden i deras ansikten. Det gladde honom att dem alla mindes vem han var. Vid dörren in till en liten affär stod en kvinna böjd över sin dotter, pekade mot honom och viskade upphetsat i flickans öra. Den vita tigern höjde handen mot de båda i en hälsning. Flickan gapade av upphetsning, glömde helt bort att niga och vinkade osäkert tillbaka. Han skrockade för sig själv. Det skulle bli något för henne att berätta för sina barn och barnbarn. Dagen då Ma'sharos'tian vinkade till henne.

"Dock kan jag inte förstå varför Drashin finner henne intressant", sa Asama kort.

Ma'sharos'tian vände kåpans öppning mot drakriddaren.

"Vad jag har förstått träffade han på henne av en slump i Balden för fem år sedan", berättade han. "Det var under det senaste kriget mot Marish. Jag vet inte varför han for ner dit, men det gjorde han."

Ma'sharos'tian lät blicken glida över människorna igen. Skulle han berätta att det varit han som skickade Drashin och Dödens skvadron ner till Fakari och Narkia? Han hade inte förstått det då, och kanske inte helt och hållet nu heller, men han hade känt sig tvingad att skicka ner Drashin dit. Vad det ödet som hade fört Drashin och Diriska tillsammans?

Men Drashin hade farit förbi Balden på varje resa han gjorde söderut. Omedvetet hade generalen rest förbi byn eller gården som Diriska levde på. Ander Nariba berättade för Ma'sharos'tian en gång efter en resa från Soma, så passerade de en liten gård i Fakari. Majoren hade ridit längst fram tillsammans med Drashin. Drashin hade inte visat något intresse för någon by eller gård på vägen, men plötsligt hade han vridit på huvudet mot gården. Ander hade sagt att det nästan var något som drog honom mot gården. Generalen hade snabbt vridit tillbaka blicken framåt, men majoren hade studerat gården när de sakta red förbi. Det han hade sett var en flicka som tillsammans med en kvinna matade några höns. Flickan hade varit helt uppslukad i sin uppgift, men kvinnan hade tittat upp och betraktat det lilla sällskapet när det passerade. Hennes blick hade sökt sig till de som red först i gruppen. Soldaterna och drakriddarna som var med hade inte intresserat henne, bara dem två längst fram.

"Sedan när Lindramas skulle ner till Fakari för att undersöka ryktena om oroligheterna i södern för två år sedan, föreslog Drashin genast Balden", fortsatte Asama. "Utan att tveka. Han gjorde sitt bästa att dölja det, men jag såg att det gjorde till och med honom förvånad. När flickan, Liana, blivit fången hos narkinernas armé och han räddat henne tvekade han inte att ta med henne norrut. Han sade till mig senare att det hade känts viktigt. Sedan hade han sällskap med Diriska när han kom genom Spökriket och till Umala. Till sist när han gjorde Liana till sin lärling, hade han redan gjort i ordning prinsessviten åt Diriska utan att tala om det för någon."

Asama suckade och gned sig om pannan. Ma'sharos'tian lade en hand på han axel.

"Oroar ni er för att hon inte ska vara mänsklig?"

Asama ryckte till och stirrade klentroget på honom. Så han visste något om kvinnan. Ma'sharos'tian undrade vad det kunde vara.

"Hon är stark inom magin. Kanske den starkaste jag någonsin stött på. Hon skulle kanske rent av kunna var starkare än dem tre. Dock gör hennes doft mig lite förvirrad."

"Vad menar ni, vördande?" undrade Asama försiktigt. Oh ja, han visste något och lovat något till henne också.

"Hon doftade allt möjligt. Drake, katt, hund, vilda djur, Mira, er, mycket av flickan. Jag har aldrig varit med om någon som haft så många dofter omkring sig. Det mest intressanta var att hon doftade mest av honom, och den doften sträckte sig till och med flera år tillbaka i tiden. Ingen annan av hennes dofter var så stark som den av honom. Inte ens flickan, som växte upp tillsammans med henne."

"Vad menar ni, vördande?" mumlade Asama fundersamt. "Doftade som honom?"

"Drashin. När han stod där tillsammans med oss och jag började söka efter hennes doft. Så var det nästan som om hon genast drog andra dofter till sig. Er, Lianas, andra drakriddares, till och med min egna doft blandades med dem andra. Men mest tog hon från Drashin. Det verkar som att lika mycket som hon påverkar honom, så påverkar han henne. Det är nästan som om hon gör sig till hans utan att vara medveten om det."

Han sa det inte högt, men Diriska hade även skickat sin egen doft tillbaka till Drashin. Det förbryllade honom något. Hon gjorde det helt omedvetet. Hon gjorde sig inte bara till hans utan hon gjorde även honom till sin. Helt utan att veta om det själv.

"Hur är det möjligt? Hon skulle omöjligt kunna..."

"Jag tror att ödet förde dem samman. Flickan är just nu deras förbindelse med varandra. Jag skulle tro att om vi alla överlever det här kriget. Så är knappast deras historia över. Han kommer komma på vad hon är."

"Det skrämmer henne något fruktansvärt att han ska få reda på det."

"Jag vet hur han är mot dem tre, hon är rädd att han ska behandla henne lika. När han får reda på att hon inte är som honom. Men jag tror att hennes rädsla är obefogad. Deras öde är sammanlänkade. Dem har på sätt och vis sökt sig till varandra sedan den första gången dem träffades. Till och med innan dem två träffades sökte dem sig till varandras närhet, även om dem inte visste det då."

Ma'sharos'tian grävde fram ett gammalt pergament från kåpan och räckte över det Asama. Drakriddaren tog frågande emot det.

"Jag fann detta strax efter Drashin var nere hos mig och berättade om Diriska första gången", förklarade han. *"Var vänlig och läs det högt för mig, general Asama draakir."*

"Läsa högt", sa Asama tvekande och såg ner på arket. "'Dem giva sig ut att söka dem försvunna döttrarna, och dem i sitt sökande finna dem åtta prinsarna och dem åtta prinsessorna. Ty med deras hjälp skall blodets snö hämnas och dem dödas själar finna frid. Ty konungen plågas av minnen från förlorade fränder och drottningen plågas av förlorade barn. Tillsammans skall dem binda samman världarna till en.'"

Han tystnade förbluffat och läste igenom det en gång till tyst för sig själv. Han vände på pergamentet och synade den tomma baksidan.

"'Blodets snö?'" sa han förbluffat. "Vad menas med det? Förlorade fränder? Förlorade barn? Prinsar och prinsessor? Jag förstår inte, vördande."

"*Jag förstår inte mycket av det heller, general Asama draakir*", suckade Ma'sharos'tian. "*Det är allt jag kunde hitta. Ingen annanstans har jag hittat något om detta. Vilka prinsarna och prinsessorna är kan jag inte svara på. Vem är kung och vem är drottning? Vilka är dem förlorade barnen? Vilka är dem försvunna döttrarna? Det som är minst förbryllande är blodets snö.*"

"Blodets snö", sa Asama fundersamt. "Ni menar väl inte Magrash, vördande?"

"*Ja, den där händelsen för fyra år sedan. I norra Magrash. Drashin och alla som var där uppe kallar det för blodssnön.*"

"Krashak berättade hur all snön hade varit täckt av blod när han kom dit. Det var första gången han sett Drashin gråta. De fann honom svårt skadad, mitt bland alla döda och höll Mira Jasars kropp i famnen. Han hade varit otröstlig. Varje år har han återvänt till platsen. Varje gång har det varit likadant. Han säger åt de som följer honom att stanna och går ensam fram till exakt samma plats som han suttit på. Sedan står han där, stirrar tomt framför sig. Sedan gör han ett vrål och sjunker ner på knä gråtandes. Jag var med honom första året."

"*Det plågar honom fortfarande*", viskade Ma'sharos'tian.

Asama nickade tyst och räckte tillbaka pergamentet till honom. De gick tysta vidare över det stora torget framför palatset. Han skulle besöka kungen innan han återvände ner till sina grottor.

Drashin plågades av sina kamrater, sjuttio vältränade krigare, som dog för fyra år sedan uppe i Magrash. Denna händelse som inträffade ett år efter att han träffade Diriska första gången. Var det ett sammanträffande? Var det dem båda som arket berättade om? Det fanns för många frågor och för lite svar.

Men just nu var det faran som den fallne ängeln Asharak och den forne drakriddaren Aram Trasher kastat över dem. Han kunde oroa sig för framtiden senare. Om det fanns någon framtid för dem alla.

7

Liana stod på trappan vid riddarhusets entré och såg när överste Manros ställde iordning sina krigare. Hästar hade hämtats och nu satt alla upp i sadeln. Alram satt längst fram tillsammans med en furste från Soma, men Liana såg inte riktigt hur han såg ut på grund av stålhjälmen han bar. Direkt bakom dem två stod alla utan någon ordning. Både soldater från Soma och drakriddare satt och pratade utan att bry sig om rang. Två fanbärare stod strax bakom översten och fursten. Somas baner, grönt med ett rött lejon som stod på bakbenen, svajade lojt i den svaga brisen. Intill det svajade ett baner med röd bakgrund, två stora horn i gult och en stor ädelsten i blått mellan hornen.

"Skvadronens baner", sa Krashak och ställde sig bredvid henne.

Liana såg upp mot den väldige mannen. Han var nästan dubbelt så lång som henne och hans kraftiga armar hade han lagt i kors. Han såg gillande på drakriddarna till häst.

"Vad menar ni, överste?" frågade hon.

"Varje skvadron har ett eget baner", förklarade klipptrollet utan att se på henne. "Samma som ledarens kishara, så det har varit många baner genom åren för de andra skvadronerna. Innan har vi inte brytt oss om ett baner eftersom vi bara varit åtta drakriddare.

Men nu är vi över trehundrasextio drakriddare, så vi behöver ett baner. Undrar när han gjorde iordning det."

Krashak höjde en väldig näve mot Alram när denne manade på skvadronen och började sin resa söderut tillsammans med dem femtio somiska soldaterna.

"Framåt, era loppbitna, getfotade, trashankar till krigare!" röt Alram så det ekade över staden. "Mot gravens mörker och gryningens ljust! Framåt marsch, Dödens skvadron!"

Liana blinkade till och stirrade efter översten när han red iväg. Krashak skrockade muntert bredvid henne.

"Han är hygglig karl när man pratar med honom", förklarade han och plockade fram sin pipa. "Men när han sätter fart på sina krigare och när han ger order i strid så blir hans ordförråd plötsligt det värsta du kan tänka dig. Men ingen klagar och alla hans krigare tycker bra om honom."

Liana såg tvivlande på klipptrollet och tittade sedan efter kollumen med krigare som rörde sig mot den södra porten. Krashak klappade henne vänligt på axeln innan han gick ner för trappan och försvann in i staden, nöjt puffandes på sin pipa. Hennes åtta mästare var upptagna med förberedelser för deras avfärd ner mot Soma. Hon hade fått ledigt nu på eftermiddagen, men Kalar hade sagt att han skulle ge henne en lektion med bågen innan kvällsmaten. Hon funderade på om hon skulle gå och se om Diriska ville ha lite sällskap en stund.

När hon vände sig om mot riddarhuset fick hon se Asama som lugnt promenerade tillbaka mot huset. Ma'sharos'tian var inte längre med honom. Hon undrade frånvarande när hon gick in om han hade lämnat honom vid palatset. Hon tittade upp mot den väldiga stenen i entréhallen. Alla namnen glittrade i ljuset som kom in från de öppna dörrarna.

"Asama!"

Hon hoppade till av Drashins röst. Hon vände sig om och såg hur generalen rusade ner för trappan och skyndade fram till Ca'Draak när denne kom in. Han höll i ett papper i handen.

"Vad är det, Drashin?" undrade han trött. "Jag har inte tid eller lust att bråka med dig."

"Han har synts till igen, Asama", sa Drashin hetsigt. "I Tranmere."

"Vem?" undrade Asama förbryllat. "Tranmere? Men det är ju norrut."

Liana försökte se ut som om hon inte lyssnade. Hon låtsades studera stenen och såg försiktigt på dem båda generalerna. Kunde det vara Asharak de talade om? Men han anföll ju Soma i söder.

"Vem tror du", morrade Drashin. "Det är ett år sedan vi hade någon information om honom. Det är någon månad gammalt, men det är allt vi har att gå på."

"Inte så högt, Drashin", väste Asama. "Jag vet inte om de tre är kvar i huset. Du kommer ihåg vad de sa till oss. Dem får inget veta."

Liana undrade förbryllat vilka de tre var och varför de inte fick veta något. Vad fick de tre inte veta för något?

"Jag kommer ihåg, Asama", muttrade Drashin grinigt. "Men vi svor för sju år sedan att vi skulle finna honom. Alltid har vi legat ett steg efter honom. Oavsett var vi varit. Enda gången vi varit riktigt nära var i Kalat."

Dem två började sakta gå mot trappan upp.

"Jag minns det", sa Asama med ett kort skratt. "Du jagade honom halvvägs till Balden innan vi tappade såret igen. Men du kan inte fara till Tranmere. Du skall till Soma, jag far dit."

Liana hörde inte fortsättningen då dem båda försvann upp för trappan. Hon såg nyfiket efter dem. Vem kunde de prata om? Sju år? Det kunde omöjligen vara Asharak som de talade om. Drashin hade inte känt till honom för två år sedan när han räddade henne från narkiernas läger.

Hon skyndade efter dem uppför trappan och kikade försiktigt runt hörnet. Hon såg hur dem båda gick in i Asamas arbetsrum. Hon vågade inte gå dit och tjuvlyssna på dem båda. Hon tvekade innan hon skyndade sig upp för trappan till tredje våningen. Hon gick fram till dörren in till Diriskas rum och knackade på.

"Kom in."

Hon öppnade hastigt dörren och smet in. Diriska stod vid det lilla skrivbordet och tittade frågande mot henne. Liana såg ett litet bylte som låg prydligt på skrivbordet. Liana rynkade på pannan.

"Ska du lämna oss?" frågade hon bestört. "Men dem lovade att inte säga något, Diriska. Jag är säker på att de båda håller sina ord lika väl som general Drashin gör."

Diriska såg förvånat på henne och sedan ner på sitt lilla bylte. Sedan skrattade hon till.

"Oh nej, Liana", sa hon skrattande. "Jag ska inte lämna er. Jag tänker följa med er. Till Soma."

"Men det blir farligt, Diriska", utbrast Liana. "Tänk om du blir skadad, eller blir dödad där nere."

Diriska grinade illa, men snabbt var hennes vackra leende tillbaka.

"Jag har fått tillåtelse av Drashin att få följa med", sa hon lugnt. "Jag far ner som helerska. Jag har sett hur Mira arbetat och jag skulle nog tro att jag kommer att klara av det."

"Tänk om du avslöjar vad du är", sa Liana med låg röst. "Du vill ju inte att han ska få reda på vad du är för något."

Diriska fick en orolig glimt i ögonen, men hon tvingade kvar sitt leende.

"Jag kommer att vara försiktig, Liana. Han kommer inte få reda på något. Allt kommer att gå bra, vännen."

Liana ville försöka övertyga henne att stanna i Terabelle, men draken gick bara fram till henne och slog armarna om henne. Hon viskade till henne att allt skulle gå bra, så länge de var tillsammans. Så länge han var med dem skulle allt vara bra. Det gjorde Liana väldigt förvirrad. Han? Vad pratade Diriska om? Innan hon hann fråga knackade det artigt på dörren.

"Kom in", sa Diriska och släppte sitt grepp om Liana.

Dörren öppnades och Tirasine, Ranin och Meeko steg in. Dem bugade kort mot Diriska med den högra handen knuten mot bröstet. Ranin flinade mot Liana när han rätade på sig.

"Jag misstänkte att du skulle vara här, Liana", sa han. "När vi inte hittade dig i barackerna."

Diriska gav ifrån sig ett tillkämpat litet skratt. Liana såg oroligt upp mot henne.

"Kom ni hit för att ta henne ifrån mig", sa draken med road röst.

"Åh, nej då", sa Tirasine vänligt. "Det var faktiskt er vi tänkte bjuda med ut, Diriska. Vi har övertalat Kalar att hoppa över Lianas skytteövningar i kväll. Så hon får en fri kväll idag."

"Bjuda ut?" undrade Diriska.

"Det är dans på 'Drakriddarens gunst' ikväll", flinade Meeko och satte en vänskaplig armbåge i Ranins sida. "Min vän här hoppas kunna få en dans eller två med Alania."

"Jag har i alla fall hittat en flicka att dansa med, Meeko", skrattade hans vän. "Du går enbart för ölen."

De båda skrattade och Liana kunde inte låta bli att skratta hon också. Tirasine gav de båda en misstänksam blick innan hon åter såg mot Diriska.

"Hur som helst", sa hon, "så undrade vi om ni önskade göra oss sällskap. Norek, Krashak och tvillingarna är redan vid värdshuset."

"Det hade varit trevligt", sa Diriska tvekande. "Men jag saknar pengar…"

"Det blir inga problem", sa Ranin och räckte fram en stor börs mot henne. "Den är från Drashin. Han skulle ge den till er själv, men han fick något brådskande att diskutera med Asama."

Liana stirrade förbluffat på börsen. Diriska tog försiktigt emot den och öppnade den. Hon flämtade till när hon såg innehållet. Hon plockade fram några mynt och det glänste från guldet.

"Guld", viskade Diriska. "Det här är alldeles för mycket. Jag har aldrig haft något guld innan. Jag kan inte ta emot detta."

De tre drakriddarna ryckte på axlarna och såg lugnt på henne. Liana hade heller aldrig sett några guldmynt innan hon träffade Drashin och Tirasine.

"Det är tusen guldkronor, Diriska", sa Ranin och log vänligt mot henne. "Det är vad en drakriddare nästan alltid har hos sig i riddarhuset. Drashin lät hämta denna i hans personliga kammare i palatset."

"Personliga? *Tusen?*"

Liana kände sig lika förvirrade som Diriska lät. Hade Drashin en personlig kammare i palatset? Hur kunde han ha det?

"Alla drakriddare får en kammare i palatset att förvara sin andel som man samlar på sig under uppdrag", förklarade Meeko som om han hört Lianas tysta fråga. "Om vi skulle dö under vår tid som drakriddare får våra familjer upp till två tredjedelar av rikedomarna, så vida inte drakriddaren skrivit någon form av testamente. Den återstående tredje delen går till statskassan."

"Om vi lever så länge att vi själva drar oss tillbaka", fyllde Tirasine i, "tar kronan endast en femtedel. Resten får drakriddaren själv ta hand om och dela ut som han önskar."

Det klirrade i börsen när Diriska lät guldmynten falla tillbaka i börsen. Hon höll den hårt i den och bugade kort mot de tre drakriddarna. Varken Liana eller Diriska hade hållit i några guldkronor innan och nu ägde Diriska plötsligt tusen stycken!

"Tack så mycket", sa draken. "Jag vet inte vad jag ska säga."

"Du kan tacka generalen senare", skrattade Meeko. "Lägg börsen här på rummet. Ingen skulle någonsin våga stjäla något från riddarhuset. Ta bara med lite pengar så du klara dig för kvällen."

Diriska plockade snabbt ur några mynt och lade sedan börsen i ena lådan i skrivbordet. Liana visste att draken var osäker mot människorna i staden. Men hon kände sig ändå väl med Drashins lilla grupp. Snart gick dem i samlad trupp genom korridoren. Meeko och Ranin skämtade med varandra och Tirasine samtalade vänligt med Liana och Diriska.

När de gick förbi andra våningen såg dem Asama och Drashin stå och banka på dörren till den alviske generalen Jasaras rum och ropa om att dem ville ha kartor över Tranmere. Liana undrade vad de två höll på med.

"Vad vill dem göra i Tranmere?" undrade Tirasine högt. "Problemen är i Soma."

"Kanske är det ett av de där privata problemen de två har haft dem senaste sju åren", sa Ranin med en axelryckning. "De har muttrat om att hitta någon under sju år nu, kommer du ihåg?"

"Vem letar de efter?" undrade Diriska försiktigt.

”Vi vet inte”, sa Meeko och rev sig i skägget. ”När man har frågat har dem bara stirrat på folk och låtsat som ingenting. Hela tiden har dem spanat försiktigt efter någon som kan höra dem.”

”Förra året for de runt i Mosker och härjade”, sa Tirasine med ett kort skratt när de lämnade riddarhuset. ”Jag hörde att drottning Famala var nära på att arrestera dem båda när de vände upp och ner på sin tredje by. De två var till och med hemma hos en av de mäktigaste männen i Garatur och rev nästan ner hans nybyggda hus.”

Liana undrade vem det var som de två generalerna så desperat ville ha tag på som gjorde att de nästan blev arresterade. Att de till och med nästan rev en furstes hus. Hon sneglade på Diriska som fundersamt höll två fingrar mot sina läppar.

Musik och skratt hördes från värdshuset när de kom närmare. Ranin öppnade dörren och släppte in de andra med en bugning. Liana kunde inte låta bli att le när hon såg allt folk som snurrade runt i dansen. Ranin och Meeko försvann genast in i trängseln. Hon fann Krashak sittandes vid ett bord och samtala med ett annat klipptroll. De höll varsitt stort krus i sina händer och puffade nöjt på sina pipor. När översten fick se dem lyfte han en väldig näve och vinkade dem till sig.

När de kom fram reste sig de båda klipptrollen på sig och bugade hövligt mot de tre kvinnorna. Tirasine och Liana besvarade bugningen, medan Diriska böjde lätt på nacken mot de båda. Liana såg att det andra klipptrollets ögon vidgades en aning när han såg på Diriska. Han såg hastigt mot Krashak som bara nickade med ett leende och knackade sedan mot näsan. Han mumlade något på ett språk Liana inte kände till. Hans kamrat grymtade till och vände sig åter mot de andra med ett stort leende.

”Mitt namn är Harinak Tra’mek”, sa han och slängde en arm över Krashaks axlar. ”Jag är den här lunsens kusin.”

Krashak frustade till och sneglade på honom.

”Tra’mek?” sa Diriska undrande. ”Inte Do’shank?”

”Vi är kusiner på min mors sida”, sa Krashak dunkade Harinak i ryggen. ”Hans far och min mor är syskon.”

Liana såg att Harinak inte var lika kraftigt byggd som Krashak, men det fanns en stor likhet i deras ansikten. Båda hade huvudet rakat sånär som en kortklippt hårkam som gick över huvudet. Harinak bar en mörkgrön skjorta och liknande svarta kilt som Krashak alltid bar i staden. Men medan Krashaks röda skjorta var osmyckad, bar Harinaks bilden av ett väldigt tjurhuvud i blått över högra bröstet. Det liknade väldigt mycket huvudet som fanns på Krashaks kishara.

"Krashak må vara Taurklanens militära stolthet, genom att vara en drakriddare", skrockade Harinak. "Men jag är nog den snyggare av oss"

"Säg det till min hustru", skrattade Krashak. "Tirasine här känner du redan, Harinak. Detta är Liana Darik, vår lärling, och detta är Diriska, jag har berättat om dem två."

"Ah ja, flickan och dr..." En kraftig harkling från Krashak avbröt honom. "Hennes beskyddare", ändrade han sig snabbt och gned sig om näsan med ett väldigt finger. "Givetvis, kusin. Det är som du berättade. Det är trevligt att få träffa en lärling till den beryktade Dödens skvadron."

Han lade en väldig hand på Lianas huvud och nickade vänligt mot henne. Sedan vände hans sig mot Diriska, tvekade en aning med en blick mot Krashak, sedan bugade han mot henne igen.

"Det är en ära att få träffa er, dr... ah... mor Diriska", sa han. "Jag har hört att ni bor i riddarhuset."

Tirasine muttrade om vin och lämnade dem. Krashak hade satt sig ner igen och Harinak visade med handen att Liana och Diriska skulle göra dem sällskap. Innan han själv satte sig fångade han upp en tjänsteflicka och bad om vin till damerna och mer öl till Krashak och han själv. När hon kom tillbaka med vinet och Diriska plockade fram ett mynt höll Harinak genast upp en hand.

"Snälla ni", sa han med ett leende. "Låt mig bjuda på detta, eh... mor Diriska. Du kan sätta upp detta på min nota, Sulina."

Tjänsteflickan neg mot honom och log stort. Sedan skyndade hon iväg till nästa bord.

"Inte kan jag gå med på detta, mäster Tra'mek", sa Diriska försiktigt. "Jag har ändå pengar så jag klarar mig ett litet tag."

Liana sneglade på draken. Hon hade en känsla av att hon var en aning rädd för Harinak. Krashak skrattade till och dunkade sin kusin i ryggen.

"Låt honom hållas, Diriska", skrockade översten och skickade över en liten börs till Liana. "Håll i dina pengar ett tag till. Han har redan fått ett förskott på dem reparationer som skall utföras i staden. Liana, här har du lite pengar också. Använd dem som du önskar, men var vis när du spenderar dem."

"Reparationer?" undrade Liana och tittade ner i börsen. Det låg kanske tjugo guldkronor i den.

"Du förstår, unga vän", sa Harinak med ett kort skratt. "Det är vi klipptroll som byggde Terabelle en gång i tiden."

"Så om det är något som måste renoveras eller byggas till", fyllde Krashak i, "så kallar dem på oss. Just nu är det visst Taurklanen och Harinak som fått den stora äran."

"Jag är ju klanens byggmästare", skrattade den andre. "Kontraktet är på tio år, när det går vidare till nästa klan, får vi vänta i nästan tvåhundra år till nästa gång."

Krashak grymtade bara och tog en stor klunk av sitt öl. Liana såg på Diriska och log. Hon tyckte om denne burduse man. Diriska log även hon och skrattade. De satt länge och pratade tillsammans. Ibland blev både Liana och Diriska uppbjudna för att dansa lite. Tirasine snurrade förbi i en vild dans och både Meeko och Ranin for runt över dansgolvet. Norek satt vid ett bord och skrattade med en flicka i knät. Liana hade väldigt sällan sett den buttre dvärgen skratta. Tvillingarna Dobai dansade förbi deras bord ett flertal gånger.

Harinak beställde in mer öl och vin till deras bord och grinade illa när Diriska betalade deras dryck. Hon sa till honom att hon inte kunde låta honom betala för henne hela kvällen.

"Du får inte göra slut på dina små slantar", brummade han buttert.

"Det är nog ingen fara, kusin", skrattade Krashak och dunkade handen i bordet. "Skulle hon få slut på pengar så kommer Drashin ge henne mer. Han har muttrat om att dem bara ligger och samlar damm ändå."

Liana blinkade till och sneglade mot Diriska. Draken stirrade på Krashak. Klipptrollet flinade mot henne.

"Han sa åt mig att gå och hämta pengar åt er tidigare idag, Diriska", förklarade han. "Han sade också att om du någonsin skulle behöva mer skulle du bara gå till honom."

"På tal om den käre generalen", skrockade hans kusin. "Var håller han till då?"

"Han skulle bara göra något med Asama sen skulle han komma hit", sa Krashak och stoppade sin pipa igen. "Han borde vara här någonstans. Ah lyssna, jag tror han är här."

Liana lade huvudet på sned och lyssnade. Någon sjöng för fullt och folk klappade händerna till hans sång. Hon undrade vem det var som sjöng. Diriska lyssnade också uppmärksamt och vred på huvudet för att se var sången kom ifrån. Krashak och Harinak skrattade högt och dunkade sina händer i bordet i takt till sången.

"Är han redan full?" brölade byggmästaren. "Han har inte kommit till dem sångerna vi sjöng hemma senast. Du missade den kvällen, kusin."

"Jag hörde om det", skrockade översten och blinkade mot Liana och Diriska. "Mira var inte nöjd med honom efteråt."

De två skrockade och Liana föll in i deras skratt. Diriska gav de två männen varsin bitter blick och de skrattade ännu högre. Sången tystnade, höga skratt hördes och folk fortsatte att dansa igen.

Liana fick syn på Drashin där han stod tillsammans med Kalar, Tirasine och Ranin. Alla fyra höll i varsin bägare och samtalade. Harinak tecknade åt Krashak att gå dit bort samtidigt som han beställde in tre stora krus med öl. Drashin hade en misstänksam min när han kom mot bordet tillsammans med Krashak. Diriska log stort mot honom, han besvarade leendet och nickade mot henne. När han fick syn på Harinak spärrade han förskräckt upp ögonen.

8

Drashin lyfte på händerna och backade in i Krashak som ställt sig bakom honom. Liana stirrade förbluffat på honom. Enda gången hon sett Drashin reagera sådär var när Mira varit arg på honom.

"Harinak, för helvete", sa Drashin. "Jag har knappt hämtat mig från festen som er klanhövding höll när jag var uppe hos er senast."

"Men, Drashin, min vän", sa Harinak oskyldigt och gjorde en sorgsen min. "Jag är så sällan i Terabelle och jag fick aldrig möjlighet att prata med dig den där kvällen."

"Prata?" sa Drashin med ett tvingat skratt. "Du var fullt upptagen med att hälla en tunna öl över mig. Krashaks bror försökte ärligt talat dränka mig i en annan tunna. Jag förstår inte varför ni alltid ska få mig att bada i öl så fort jag besöker klanen."

Liana dolde sitt leende genom att höja sin bägare med vin till munnen. Diriska skrattade till och såg på de båda klipptrollen med glittrande ögon. Drashin grymtade och såg surt på dem vid bordet. Klipptrollen skrattade sitt bullrande skratt och visade generalen en tom stol bredvid Diriska. Han satte sig och tog emot kruset från Harinak.

"Nå ja", skrattade generalen. "Bortsett från den ordentliga fyllan så tror jag att allt gick bra ändå. Hövding Hasram lovade att samla de andra klanernas hövdingar för ett rådslag mellan klanerna."

Harinak nickade när Krashak såg frågande på honom. Liana undrade vad för rådslag det skulle vara. Hon undrade också hur många klaner det fanns bland klipptrollen. Diriska verkade fundera på samma frågor när hon tittade på Drashin och dem två klipptrollen. Drashin såg deras frågande miner och log stort mot de båda.

"Jag for iväg till Krashaks klan, när jag kom tillbaka, för att be om hjälp i kriget mot Asharak", förklarade han. "Jag tror att vi kommer att behöva klanerna för att segra."

"Resten av världen också", brummade Krashak. "Därför måste vi bege oss ner till Soma. Med kung Lamas armé och Salaam Najdjin som leder den kan vi få med oss resten av länderna runt Dromadaöknen."

"Det kan bli svårt dock", muttrade Harinak och tog en klunk av sitt öl. "Det är inga klankrig just nu, men det senaste slutade bara för tjugofem år sedan. Det är fortfarande lite grinigt mellan en del klaner."

"Även efter tjugofem år?" undrade Liana förbluffat.

"Vi lever längre än ni mänskliga raser, Liana", skrockade Krashak. "Jag själv är sjuttiosju år gammal, Harinak är åttionio år." Med ett skratt tillade han. "Min far är etthundrafyrtiosex år gammal."

De tre männen skrattade åt Lianas förvånade min. Diriska log bara mot henne och nickade sakta. Hon verkade känna till lite om klipptrollen. Harinak grymtade till och lade en hand på Krashaks axel.

"Du får det att låta som om jag är gammal", brummade han. "Hur som helst, Drashin. Klanerna måste komma överens om en krigshövding om vi ska gå till gemensamt krig. Varje klanhövding kommer nominera sig själv och bara det skulle kunna starta ett nytt klankrig."

"Det skulle göra allt mycket svårare", suckade Drashin och lyfte sitt krus till munnen.

"Det har inte funnits en krigshövding på nästan trehundra år", sa Krashak och skakade långsamt på huvudet.

"Varför inte?" undrade Liana nyfiket. "Kriget mot de Röda då?"

"Bara fyra klaner var med i det kriget", sa Harinak. "Och ingen av dem stred tillsammans utan var för sig. Ingen klan ville inte blanda sig med någon annan klan den gången."

"Du förstår, Liana", fortsatte Krashak och gestikulerade med pipan. "Om alla klanerna går till krig tillsammans måste en krigshövding väljas. En som alla klanerna känner att de kan följa till krig. Den klanhövding som blir vald måste lämna över sin plats till sin arvinge. Man kan inte vara både klanhövding och krigshövding. Som krigshövding representerar man alla klipptrollen, inte bara klanen."

"Du skulle vara ett bra val, Krashak", sa Diriska försiktigt. "Med tanke på att du är drakriddare. Kanske skulle du kunna bli krigshövding också."

Harinak skrattade och dunkade Drashin i ryggen så den mindre mannen doppade näsan i sitt krus. Med ett frustande blängde generalen på byggmästaren som skrattade ännu högre. Liana och Diriska dolde sina leenden med sina bägare. Krashak skrockade bara och pekade mot Diriska med pipan.

"Det hade kunnat fungera", sa han muntert. "Dock är det litet problem i det du säger, Diriska. Jag är ingen klanhövding. Endast en klanhövding kan bli krigshövding."

"Dock tror jag att Hasram har en god chans att bli krigshövding", sa Drashin.

De båda klipptrollen såg frågande på honom och han flinade mot dem.

"Taurklanen var inte inblandad i det senaste klankriget, om det jag läst stämmer", sa han. "Hasram och Krashaks morfar skall ha agerat medlare för att försöka stoppa det. Taur är kända som fruktade krigare och senast dem var med i ett klankrig var för hundrafemtio år sedan. Det var därför jag åkte till Hasram. De andra klanerna lyssnar på honom."

De två stora männen nickade långsamt medan han talade. Liana stirrade storögt på dem båda. Diriska drog sig försiktigt närmare Drashin, bort från klipptrollen. Drashin bara flinade mot dem båda.

"Men det är för tidigt att spekulera om det nu", sa Krashak. "Först måste vi bistå Soma och få med oss deras lejon till krig."

"Medan ni strider där nere i öknen", sa Harinak och lyfte sitt krus. "Lovar jag att tjata på dem andra byggmästarna. Vi är tjugo klaner och vi byggmästare är högt uppsatta. Även vi skall rösta om det blir val. När ni är redo att gå till angrepp skall klanerna vara samlade."

De två andra lyfte sina krus. De såg frågande mot Liana och Diriska. Liana lyfte genast sin bägare, men Diriska tvekade en aning innan hon lyfte sin mot dem. De tre männen nickade bistert.

"Blod för blod", mässade Harinak. "Förfäder låt oss låna er styrka för våra fallna fränders skull."

"Blod för blod", mumlade Drashin och Krashak.

Liana och Diriska stirrade på de tre när dem slog ihop sina krus. Harinak och Krashak svepte sina öl, medan Drashin bara nöjde sig med en ordentlig klunk. Liana och Diriska skyndade sig att smutta på sitt vin. Med en smäll, som fick Liana att hoppa till och Diriska att förskräckt hoppa ännu närmare Drashin, slog Harinak sitt krus i bordet.

"Den fallne ängeln skall få betala för det han gjort", brummade han och vinkade efter tjänsteflickan. "Blod för blod!"

Drashin höjde sin bägare mot honom och klappade lugnande Diriska på armen. Krashak ställde ner sitt krus lite lugnare och mumlade något till Harinak på det underliga språket. Byggmästaren ryckte till och såg ursäktande på Diriska.

"Ni får ursäkta mig, mor Diriska", sa han skamset när nya öl kom till bordet. "Det var inte min mening att skrämmas."

"Det är ingen fara", sa Diriska med ett tillkämpat leende.

Resten av kvällen pratade dem om trevligare saker än strider och krig. Liana började känna sig en aning yr efter vinet och Diriska förklarade att hon hade fått tillräckligt för ikväll. Krashak och Harinak flinade stort över sina krus. Liana hade tappat allt vad tid var när Krashak reste sig upp.

Han vinglade en aning där han stod, men han flinade stort mot Drashin som stönade när han slog huvudet i bordet.

"Jag tror att det är dags för oss att lämna", skrockade han och klappade sin kusin på axeln. "Det var gott att se dig igen, Harinak. Men jag får nog bära generalen hem."

"Ring taxi, Sami", sa Drashin plötsligt och lyfte ett finger i luften. "Gör det fort, annars låser han in oss igen."

Liana blinkade mot honom och försökte få ordning på tankarna. Låsa in? Diriska hjälpte henne upp från stolen. Vem skulle låsa in dem? Hon blinkade förvånat mot Harinak när denne skrattande reste sig upp. Han bugade hövligt mot Diriska och grep om Krashaks handled.

"Kom hem någon gång snart, Krashak", sa han.

Krashak svarade på deras språk och lyfte sedan skrattande upp Drashin på fötter. Generalen blinkade som en uggla och stirrade omkring sig. Sedan skrattade han till och tog några vinglande steg. Han plockade med sin börs och fumlade med några mynt. Krashak tog den ifrån honom och stoppade den i fickan. Generalen såg undrande på honom.

Liana tog några stapplande steg från Diriska. Hon hörde Krashak skrocka när hon nästan ramlade omkull. Hon brukade inte ha svårt för att gå. Det måste varit något i vägen som hon snubblat på. Varför snurrade rummet så? Hon flämtade förvånat till när hon plötsligt lyftes upp i luften. Hon protesterade med hög röst. Varför sluddrade hon så?

"Gör det något om jag bär henne?" hörde hon Krashak fråga.

"Det går bra, överste." Var det Diriska? "Jag försöker leda generalen hem."

Liana försökte protestera ännu mer när någon bar iväg med henne mot dörren. Men innan de kommit ut ur värdshuset somnade hon i Krashaks famn.

Diriska log mot Liana där hon sov i Krashaks armar. Jätten bar henne försiktigt där han gick på gatan. Själv hade hon ett stadigt tag i Drashins arm och ledde den mycket berusade generalen mot riddarhuset. Hon sneglade på honom där han vinglade fram bredvid henne. Han blinkade som en uggla och hade ett fånigt leende på läpparna. Han vred på huvudet och såg på henne. Han fick en undrande min och sedan spärrade han upp ögonen.

"En ny polis i stan", sa han förbluffat. "Han har kallat på förstärkning. Nu är det kört."

Diriska undrade vad det var han pratade om. Vad var en polis? Vem var denne han? Och varför skulle han låsa in honom? Krashak skrockade muntert.

"Ingen fara, general", sa Krashak lågt för att inte väcka Liana. "Det är ingen polis, det är bara Diriska som hjälper dig hem."

Drashin blinkade till igen och fick en lättad min. Diriska log mot honom. Han flinade berusat och snubblade till. Han hade ramlat om inte Diriska hållit i honom. När han rätade på sig grimaserade han.

"Kan vi gå av båten, Krashak?" muttrade han. "Det gungar utav bara helvete."

Diriska kunde inte låta bli att skratta åt honom och han stirrade förvirrat på henne. Krashak skrockade muntert.

"Vi är inte på en båt, Drashin", sa hon. "Du är bara full. Vi är snart framme vid riddarhuset."

Drashin nickade allvarligt och tog ett djupt andetag. Sedan försökte han fokusera blicken när han såg på henne. Han grymtade till slut och såg mot riddarhuset igen. Han vinglade till igen och drog nästan med sig Diriska.

"Sju år", sa han plötsligt. "I sju år har jag jagat honom. Jag och Asama. Nu kanske vi har hittat honom igen, efter ett helt års tystnad."

"Vem har ni jagat?" frågade Krashak lågt.

"Nu dyker han upp i Tranmere av alla ställen", morrade Drashin som om han inte hört Krashak. "Just som Soma blir invaderat och jag måste bege mig dit." Han hickade till och rapade. "Sju år av jagande så vi ska kunna ge honom till henne. Så vi skulle kunna ge henne svar. Så hon kan få veta."

"Vad pratar du om, Drashin?" frågat Diriska försiktigt.

Han ryckte till och vände blicken mot dem två. Panik gled över hans ögon och han såg sig hastigt om. Han tecknade åt dem att vara tysta. Än en gång såg han sig misstänkt omkring.

"De får inte veta att vi letar", viskade han upphetsat. "De vill inte att hon ska veta. Kräk, det är vad de är. Avskum!"

Muttrande vinglade han vidare. Diriska såg upp mot Krashak. Han såg lika frågande ut som hon kände sig. Vem var det som han och Asama jagade? Vilka fick inte veta att dem letade? Vem var hon?

"Var är Sami någonstans?" frågade han plötsligt med ett skratt. "Vi missar taxin om han inte dyker upp snart."

"Han är bra full nu", viskade Krashak till Diriska. "Han svamlar mest. Bäst att få honom i säng så fort som möjligt."

Diriska nickade allvarligt. Plötsligt snubblade Drashin till igen och drog henne med sig i fallet. Med ett förvånat rop föll hon över honom. Han såg förvånat upp i hennes ögon och skrattade sedan till.

"Jag fick napp", skrattade han. "Jag visste inte ens att jag fiskade."

Muttrandes tog sig Diriska upp på fötter igen. Hon borstade av klänningen och drog sedan upp honom igen. Han gungade en aning fram och tillbaka och flinade fånigt mot henne. Hon pekade argt mot riddarhusets port.

"Gå in", sa hon skarpt.

"Ja, mamma", sa han glatt och slog knogarna mot pannan.

Han vände mot trappan och steg med den berusades försiktiga kliv upp för den. Krashak skrattade tyst åt honom.

"Jag går in och lägger Liana", sa klipptrollet tyst. "Det där kan ta en stund."

Diriska såg bistert hur Krashak passerade den berusade generalen. Med en suck gick hon i kapp honom och tog hans arm igen. Han såg förvånat på henne och hon log vänligt mot honom. Hon ledde honom hela vägen till hans rum. Diriska undrade vad han gjorde när han började famla över väggen.

"Någon har stulit ljusknappen", muttrade han. "Kanske på andra sidan."

Diriska tände ett ljus som stod på hans skrivbord med magi. Han grymtade nöjt. Hon misstänkte att han inte hade märkt något. När dem passerade skrivbordet stannade han som hastigast och såg ner på ljuset. Han ryckte på axlarna och lät henne leda honom in i sovrummet.

Alldeles innanför dörren sparkade han av sig sina kortskaftade stövlar, mumlandes att han fick köpa nya snart. Diriska såg kort mot stövlarna där de låg. Han fick ta hand om dem själv, nu skulle han i säng. Han log stort mot henne när hon släppte hans arm. Hon såg bara in i hans gröna ögon. Han blinkade som en uggla mot henne och fick en förvirrad min.

Diriska suckade och pekade mot sängen. Han såg på den med en frågande min.

"Dags att sova, general", sa hon bestämt.

Han rynkade fundersamt på pannan och nickade sakta. Han skulle just vända sig mot sängen när han vinglade till igen. Diriska flämtade till när han grep tag i hennes arm och drog med henne i fallet. Dem båda föll ner i sängen. Diriska var glad att slippa slå i det hårda golvet, men hon såg irriterat på honom.

Först såg han förvånat på henne, sedan skrattade han till och slog armarna om henne. Diriska flämtade till vid den plötsliga omfamningen och försökte att komma ur den. Hon stelnade till när han lade sin panna mot hennes och började mumla sömnigt.

"Tänk om du vågade berätta för mig vem du är?" mumlade han. "Vad är det du är så rädd för?"

Hon stirrade förskräckt på honom. Han hade slutit ögonen och somnat med armarna om henne. Hon lyssnade på hans lugna andetag rädd för att röra sig. Med en darrade hand rörde hon försiktigt vid hans kind. Han mumlade något och drog henne närmare sig.

"Du skrämmer mig", viskade hon. "Det är vad du kanske gör om du får reda på det, som skrämmer mig så."

Steg från det yttre rummet hördes och hon försökte komma loss från hans grepp. Hon andades lättat ut när Krashak försiktigt stack in huvudet i sovrummet. Han flinade stort när han klev in.

"Hjälp mig härifrån", viskade Diriska desperat. "Han håller mig för hårt."

Mycket varsamt lättade Krashak på Drashins grepp om henne och hon lyckades slingra sig loss. Sedan utan någon ansträngning lyfte klipptrollet upp honom och lade honom till rätta i sängen. När Drashin frustade till i sömnen stannade han upp och såg uppmärksamt på honom. Diriska höll andan, men han förblev tyst och stilla.

Krashak tecknade åt henne att gå före ut ur rummet. Jätten stängde tyst dörren efter sig och blåste sedan ut ljuset på skrivbordet. Diriska väntade på honom ute i korridoren. Han stängde dörren efter sig och vände sig sedan flinande mot henne.

"Han överraskade dig, eller hur", skrockade han när de började gå mot trapporna igen.

"Det gjorde han verkligen", muttrade hon. "Jag vet inte hur mycket han kommer att komma ihåg av det här. Men han är väldigt full."

"Harinak brukar kunna fylla honom ganska bra", höll Krashak med. "Sa han något till er?"

Diriska ryckte ofrivilligt till. Hon slätade snabbt till klänningen för att dölja det, men misstänkte att han sett hennes reaktion. Översten var väldigt uppmärksam på sin omgivning. Nästan lite för uppmärksam.

"Det var mest mumlanden", svarade hon svalt och rodnade lätt. "Jag hörde inte så mycket. Gick allt bra med Liana?"

"Hon sover nog ännu tyngre än han. Jag tog bara av henne stövlarna och lade henne under täcket. Hon kommer att sova till sent."

Hon grymtade till svar. Liana hade fått en eller två bägare med vin tidigare av sina mästare om dem gått till värdshuset för dans. Men denna kvällen hade bara Krashak och Drashin varit med vid bordet. Harinak hade beställt mer och mer. Diriska och dem två klipptrollen kunde nog klara av allt och lite till, men Liana var fortfarande bara barnet. Hon misstänkte att Harinaks mål var att supa ner Drashin fullkomligt, vilket han också hade lyckats med. Liana hade bara råkat komma med i farten. Kanske Diriska skulle prata lite med den gode byggmästaren imorgon.

"Han är ganska fäst vid dig", sa Krashak plötsligt när de kom upp till deras våning.

"Vad?" Hon ryckte till igen och stirrade förbluffat på honom.

"Drashin", han log vänligt mot henne. "Han verkar tycka bra om er, inte som de andra. Ni behöver inte vara rädd för honom. Ni kanske kan berätta det ni är rädd för att han ska veta. Jag kan lova dig, att han inte kommer bli arg."

Hon stirrade på honom. Vad menade han? Han log stort henne och knackade sig på näsan.

"Det är inte lätt att få Harinak att hålla tyst alltid", sa han och gned sig om näsan, "men i dag lyckades jag allt. Han är alltid stor i truten den gamle narren. Jag önskar er en god natt, mor Diriska."

Han bugade en aning djupare än han brukade för henne och gick in i sitt rum. Diriska stirrade på den stängda dörren. Vad pratade han om? De andra? Vilka andra? Drashin...

"Han tycker bra om mig?" viskade hon och gick till sina rum. Hon kunde inte förstå varför det kändes så bra att få höra de orden. Han tyckte bra om henne.

Harinak satt med ännu ett krus med öl i handen. Dansen fortsatte framför honom och han flinade stort åt folket som snurrade runt. Vid trappan fick han syn på Tirasine Nariba som stod nära en ung man. Alv tvillingarna snurrade vilt på dansgolvet med varsin ung flicka. Norek Jarale och en dvärgflicka satt tätt intill varandra vid ett bord inte långt från hans eget. Ranin Orakt hade äntligen lyckats få en av tjänsteflickorna för sig själv. Han mindes inte riktigt vad flickan hette. Meeko Prash hade hittat en flicka som han glatt dansade med.

Harinak log stort. Detta var några av världens mest fruktade krigare som roade sig bland vanligt folk. Som satt och myste med någon. Han hade inte riktigt lyckats med sitt mål att få Drashin att sjunga, men tillräckligt full för att börja svamla om underligheter och ropa efter någon som ingen annan kände. Dock hade han inte börjat vifta med händerna som han gjorde ibland när han var full.

Han undrade vad det var för något. Drashin som stupfull pratade och viftade med händerna i invecklade rörelser. Det var alltid lika fascinerande att se. Krashak hade sagt att det var ett sätt att prata med folk som inte hörde. Det verkade intressant. Harinak tittade ner på sina väldiga nävar. Undra om han kunde lära sig det med så här stora händer?

Han tyckte lite synd om flickan som varit med dem vid bordet, Liana. Det var inte hans mening att fylla henne så ordentligt. Men det bara blev så när han beställde in mer öl till generalen. Hans leende blev större och han lyfte kruset. Diriska hade varit en intressant varelse. Tänk att det bodde en av deras sort i riddarhuset. Gömde sig för omvärlden och drakriddarna. Hon fanns rakt framför näsan på dem och ingen visste vad hon var för något.

"Du hade rätt, kusin", mumlade han och svepte sin öl. "Hon *är* en intressant varelse. Och hon verkar söka skydd hos en viss pojke."

Han tecknade åt Sulina om en till. Hon log stort mot honom när hon skyndade bort. Han flinade efter henne. Det var en söt flicka det. Hans tankar gled tillbaka till den blåhåriga kvinnan och hans flin blev ännu bredare.

Drashin verkade mycket förtjust i henne. Krashak hade nämnt det i förbi gående, men Harinak hade sett det med egna ögon. Så fort han var säker på att hon inte hade tittat på honom hade hans blick sökt sig till henne. Samma sak hade hon själv gjort. Hennes ögon hade sökt sig till honom helt omedvetet. Han undrade vad det kunde betyda.

"Nå, det har inget med mig att göra", muttrade han och tog emot ölen från Sulina. "Men det hade varit roligt att få vara där när drakriddarna får reda på att de har en drake som bosatt sig i deras hus.

Hans bullrande skratt blandades med musiken och han fortsatte att betrakta de dansande paren. Kanske skulle han skicka iväg en av sina byggare till Hasram. Några krigare åt Drashin att ta med sig till Soma skulle inte vara fel.

9

Drashin satt med hängande huvud i riddarhusets matsal med en rasande kung Makar framför sig. Diriska kände ett visst medlidande för honom, men han hade orsakat sitt tillstånd själv.

"Var är Asama, Drashin?" morrade Makar. "Han kan inte bara försvinna ensam nu av alla tillfällen."

"Jag är inte hans barnvakt", muttrade Drashin och viftade med ena handen. "Han kanske fick ett speciellt uppdrag av Ma'sharos'tian. Ett som var mycket brådskande."

Diriska visste att han ljög. De två generalerna hade något fuffens för sig och ville inte blanda in någon annan i det. Dem hade ropat efter Jasara om kartor över Tranmere. Ett stön bredvid henne fick henne att vända sig om och med ett medlidsamt leende såg hon på sin skyddsling.

"Hur känns det, vännen?" frågade hon tyst.

"Hemskt", svarade Liana och höll sig om huvudet.

Krashak kom gåendes med en mugg i handen. Han passerade Drashin och kung Makar med ett flin innan han fortsatte till Liana och Diriska. Han räckte över muggen till Liana.

"Här, flicka", sa han vänligt. "Det smakar vedervärdigt, men borde göra susen. Harinak hälsar och ber så mycket om ursäkt för ditt lidande."

"När kom vi hem?" undrade Liana och tog emot muggen. "Jag minns inte hur jag kom hem. Det sista jag minns var hur byggmästare Tra'mek berättade att han hoppades få bygga ett slott eller något. Det nästa som händer är att jag vaknar i min egna säng, fullt påklädd."

Diriska log vänligt mot henne och gav Krashak en sammanbiten min. Han log ursäktande och skrattade till. Han lutade sig fram och sänkte rösten. Makar skällde fortfarande på den bakfulle Drashin vid det andra bordet.

"Jag bar hem dig, Liana", sa översten. "Strax efter midnatt skulle jag tro. Harinak menade inte att fylla dig. Men i sin iver att lyckas fylla generalen så pass mycket att han skulle börja sjunga glömde han bort er. Jag kan tala allvar med honom senare om ni önskar."

"Det är ingen fara", skrattade Diriska. "Han menade inget illa, det är jag säker på."

"Han lyckades i alla få Drashin att svamla obegripligt", skrockade klipptrollet och satte sig ner. "Det är alltid lika underhållande när han blir så full att han inte vet vilken värld han är i."

Diriska såg mot Drashin vid det andra bordet. Han satt med ryggen mot henne och han höll huvudet i händerna. Kungen stod med korsade armar och stirrade bistert ner på honom. Så suckade han och satte sig mittemot generalen.

"Var du tvungen att gå i byggmästare Harinak Tra'meks fälla, Drashin?" frågade han trött. "Du vet att han tar varje chans att supa dig under bordet."

"Jag vet", muttrade Drashin till svar och lade pannan mot bordet. "De är likadana allihop i Taurklanen. Så fort jag dyker upp skall de ha fest. Jag förstår inte vad det är dem tycker är så roligt med att supa mig full."

Makar skrattade åt honom. "Jag vet att dem ställer till med ordentliga fester", sa kungen muntert. "När jag var där för att fira klanhövdingens hundrafyrtio års dag var det fest hela dagen. Jag fick nästan bäras hem dagen efter."

"Bara en dags fest?" utbrast Drashin och såg upp. "När jag var där för två år sedan när den jäkeln fyllde år, var det fest i tre dagar! Jag var säkert full i en vecka efteråt."

Diriska gav Krashak en menande blick. Han flinade bara stort.

"Vi älskar att supa honom full", förklarade han. "Min far gör det verkligen. Han skrattar gott i nästan en månad efteråt."

Diriska skrattade ofrivilligt till och Drashin såg sig buttert om. Det fick henne att skratta ännu högra. Liana stönade bredvid henne och höll krampaktigt i muggen. Krashak klappade henne vänligt på armen med en väldig näve.

"Drick upp, flicka", sa han och reste sig upp. "Det kommer få dig att må lite bättre. Du är fri från lektioner fram till i eftermiddag. Var glad att Mira inte är här. Hon hade säkerligen gett dig en utskällning för att du inte var försiktig. Kanske även dig också, Diriska, för att du inte höll ordning på din skyddsling." Han såg sig om över axeln och tillade tillräckligt högt så de båda männen skulle höra. "Generalen hade absolut fått sig både en utskällning *och* blivit slagen i huvudet."

Kungen skrattade till och Drashin lade händerna stönande om huvudet. Diriska log stelt mot klipptrollet när han med ett bullrande skratt lämnade matsalen. Drashin muttrade om förbannade klipptroll. Kungen skrattade igen.

"Hur lång tid behöver du att få fram soldaterna?" frågade drakriddaren surt.

"Jag kan få fram tvåtusen soldater om en vecka", sa kungen och reste sig med en suck. "Jag önskar att jag hade mer tid så kunde jag få fram fler. Men jag vågar inte tömma staden på försvarare. Lamas är en god vän, han stod med mig i kriget mot dem röda. Jag önskar att jag kunde skicka hela armén."

"Det kanske inte ens är tillräckligt", suckade Drashin. "Jag hade gladeligen tagit med mig armén. En halvmiljon soldater hade kunnat rädda Soma, men hur många länder skulle inte ställa sina trupper mot oss när vi tågar ner. Drottning Famala skulle kanske till och med tro att ni planerar att invadera Mosker."

Diriska blinkade till. Hade Amdoria en armé på en halvmiljon soldater? Och kung Makar önskade skicka ner alla?

"Jag vet", muttrade Makar grinigt. "Vi har fred nu, men det är spänt. Förhoppningsvis gör hotet från Asharak att inget händer. Dessutom skulle de tre vise sätta sig emot att skicka ner så många."

Diriska kämpade emot viljan att morra högt. De tre hade hindrat att fler drakriddare än Drashin och hans lilla grupp tog sig ner mot Fakari för två år sedan. Och de åtta gjorde det genom att bryta mot order.

"Du borde inte lyssna på de tre kräken", morrade Drashin. "Du borde gå till Ma'sharos'tian direkt. Han bryr sig fortfarande om oss dödliga."

Makar såg sammanbitet på honom. Diriska undrade vad de tre hade gjort för att få Drashin att känna så mot dem. Skulle han känna så mot henne också om han fick veta vad hon var? Men Krashak sa att han tyckte bra om henne.

"Vad var det som hände mellan dig och de tre vise, Drashin?" frågade kungen tyst. "Du respekterade dem. Du kanske inte alltid gjorde som de sa och grälade med dem, men du respekterade dem. Vad hände?"

Drashin stirrade bara argt ner i bordet framför sig. Diriska ville också veta varför han tyckte så illa om de tre från Draktand. Ett frustande fick henne att vände blicken mot Liana. Flickan grimaserade äcklat mot muggen hon höll i handen.

"Det smakar hemskt", muttrade hon. "Vad är det här för något?"

"Krashak sa att det skulle vara bra för dig, Liana", sa Diriska vänligt. "Drick upp nu, vännen."

Muttrande förde Liana muggen till munnen igen. Diriska vände uppmärksamheten mot Drashin och kungen igen. Makar såg tyst ner på generalen. Sedan vände han sig om.

"Du kan väl meddela Asama om att komma till mig när han kommer tillbaka", sa han över axeln. "Skriv ett meddelande om han inte hinner tillbaka innan du ger dig av. Jag skulle gärna vilja veta vad mina två mäktigaste drakriddare håller på med. Då kanske jag slipper få arga regenter efter mig för att ni två härjar i deras länder."

Drashin grymtade bara irriterat till svar. Kungen såg på honom en stund innan han vandrade ut ur salen. Diriska följde honom med blicken.

Liana ställde ner muggen på bordet och muttrade om dess innehåll. Sedan reste hon sig upp och ursäktade sig. Hon vandrade ut genom salen muttrande om att gå och lägga sig igen. Diriska såg sig bara hastigt om innan hon reste sig och gick fram till Drashin. Han såg inte upp när hon satte sig mittemot honom. Hon såg tyst på honom med huvudet på sned. Han stirrade ner i bordet.

"Skall du skälla på mig så få det gjort", suckade han. "Alla andra verkar ju vilja göra det idag."

"Har du gjort något som gör att du förtjänar att bli utskälld för", sa hon lugnt.

Han blinkade till och såg upp på henne. Hon såg bara lugnt in i hans gröna ögon. Han stirrade förbluffat på henne. Sedan skrattade han till. Diriska fick kämpa för att inte röra en min. Det var exakt samma skratt han gjort då han slagit armarna om henne.

"Jag skulle tro att jag minns ännu mindre än vad Liana gör från gårdagen", sa han med ännu ett skratt. "Men om jag inte får något skäll från dig så kanske jag inte gjorde eller sa något dumt."

"Du kallade mig mamma", sa Diriska kort och han spärrade förskräckt upp ögonen. "Du kallade mig för polis, vad nu det är för något. Och tydligen var jag en fisk."

Han stirrade förskräckt på henne. Han ryckte till för varje ord som hon sade. Sedan såg han skamset ner i bordet igen.

"Förlåt", sa han. "Jag lovar att det inte var med någon mening att skämma ut er eller vara elak mot er på något sätt."

Diriska såg bara på honom. Hon kände en viss tillfredställelse över att få denna reaktion. Hon undrade om hon skulle nämna incidenten när hon ledde honom till hans rum.

”Nå, du verkar ångerfull ändå”, sa hon lugnt. ”Kanske behöver du inte mer skäll just nu.”

Han drog upp axlarna en aning som om hon verkligen skällde på honom. Hon undrade vad Mira hade gjort mot honom om hon hade varit här. Var det vad han var rädd för? Att hon skulle skälla på honom som Mira brukade göra? Hon suckade och lade en hand på hans. Han såg upp och mötte hennes blick.

”Makar har rätt”, sa hon vänligt. ”Byggmästare Tra'mek gjorde en fälla för dig och du föll handlöst ner i den. Både han och Krashak var ganska nöjda med hur kvällen blev. De fick dig att börja svamla om det mest underliga sakerna jag hört.”

”Jag gissar att de två ville att jag skulle börja sjunga”, sa Drashin och skrattade bistert.

Diriska kunde inte låta bli att skratta åt honom. Han verkade nöjd över att lyckats undkomma sången. Han log slött mot henne och skakade på huvudet.

”Förhoppningsvis sa jag inget annat dumt”, sa han och suckade. ”En del saker kan vara farliga att säga om man inte vet vilka som finns i sin närhet och kan höra.”

Hon bet ihop käkarna. Han hade yrat om någon som han och Asama letade efter, jagade. Hon valde att hålla tyst, det var inte hennes ensak att ta reda på det. Det verkade inte röra henne heller. Han såg frågande på henne. Hon blinkade förskräckt och undrade om hon inte lyckats hålla ordning på sitt minspel.

”Nå, det var inga allvarliga incidenter på vägen hem i natt”, sa hon och log mot honom.

Han nickade tacksamt och reste sig upp. Diriska tvekade kort innan hon också reste sig upp. Han verkade fundera på något, men skakade sedan på huvudet. Hon undrade om han verkligen mindes så lite som han sa att han gjorde. Han såg henne i ögonen och rodnade lätt. Han mindes någonting.

”Jag får ändå tacka för att du hjälpte mig hem”, sa han och harklade sig generat. ”Igen, så ber jag så mycket om ursäkt om jag gjorde något olämpligt eller sa något som ni inte tyckte om.”

Hon böjde lätt på nacken. ”Inget fara”, sa hon och log. ”Det var inget som hände. Dessutom måste jag tacka dig för gåvan jag fick, pengarna. Det är alldeles för mycket pengar för mig.”

"Det är ingen större summa", sa han och ryckte på axlarna. "Om du skulle behöva mer, behöver du bara säga till. Om ni ursäktar mig, Diriska, så behöver jag göra några fler ärenden inför vår avfärd."

Han bugade kort mot henne innan han lämnade matsalen. Hon såg fundersamt efter honom. Han visade inte att han skulle komma ihåg något av det som hänt under natten då de kom tillbaka. Hon tänkte på omfamningen han gett henne och kände hur kinderna hettade till.

Hon tog ett djupt andetag innan hon vände sig mot köket. Hon kunde lika gärna be om lunch när hon ändå var här nere. När hon gick upp för trapporna med sin bricka med mat tänkte hon åter på vad Krashak hade sagt innan dem skilts åt på kvällen. Drashin tycket bra om henne. Hon log stort när hon gick in i sitt rum för att äta. Han tyckte om henne.

Drashin hade dåligt samvete där han gick nerför gatan. Han undrade hur mycket han egentligen hade sagt till Diriska på vägen hem. Vad hade han gjort? Han hade några få minnesfragment från promenaden från 'Drakriddarens gunst'. Han hade visst börjat svamla om att han och Asama åter hade funnit honom. Det var inte bra, tänk om det kom fram till de tre.

Han tog ett djupt andetag. Han hade inte nämnt hans namn det var han säker på. Det hade gett honom problem. Drashin var säker på att bara han och Asama, bort sett från de tre, kände till mannen de sökte efter. Han morrade ofrivilligt. De tre ville inte söka efter honom. Lämna honom, glöm honom, hade de sagt för sju år sedan. Nå varken han eller Asama hade glömt. De hade letat, jagat, gjort allt de kunde för att finna honom

Drashin ruskade på sig och ångrade sig genast. Huvudet snurrade en aning fortfarande. Förbannade Harinak och hans ständiga försök att fylla honom. Nå sak samma, byggmästaren var inte viktig och Asama hade gett sig iväg till Tranmere. Mer kunde inte han göra nu. Hans problem var Soma. Så dagens första stopp var hos skomakaren. Han behövde nya stövlar.

Han tänkte på natten igen och rynkade på pannan. Vad hade han egentligen sagt till Diriska? Hade han verkligen kallat henne för mamma? Fisk? Vad hade han gjort? Han mindes vagt hur de i alla fall till slut kommit in i hans rum. Hon hade lett honom till sängen. Nästa minnesbild var att de båda låg i sängen. Vad hade han gjort då? Han mindes inte riktigt vad han gjort, men han mindes doften av hennes hår. Sedan hade det varit morgon och han vaknade ensam fullt påklädd i sin säng, med en fruktansvärd huvudvärk.

Han undrade förstrött hur långt Mira hade hunnit. Det gick mycket fortare att flyga till Soma än det gick att rida. Även om hon var tvungen att stanna på vägen ner. Han hoppades att hon skulle få med sig fler soldater än bara de som han skulle få från Amdoria. Det var ett hopplöst uppdrag redan och utan mer hjälp skulle det gå helt åt helvete, rent ut sagt.

Han undrade om Samare hade förvarnat Narika. Det var dags att se hur hela Dödens skvadron fungerade ihop. Han funderade på att skicka bud efter Hiram, men det krävdes omvägen förbi Spökriket och det ville han inte. Hon skulle nog dyka upp till slut. Hiram var nyfiken av sig och han hade en känsla av att Diriska gjorde henne väldigt nyfiken.

Han tankar vandrade tillbaka till kvinnan med det blåa håret medan han promenerade vidare. Han undrade frånvarande hur hon hade lyckats få det så. Han hade aldrig hört eller sett att hon färgade det. Liana hade sagt att det alltid sett ut så. Han ryckte på axlarna, inte brydde han sig om hennes hår. Han började le där han gick. Han tyckte verkligen om henne. Det var något hos henne som drog i honom. Han undrade vad det var.

Han grep tag i dörrhandtaget till skomakaren. Nå, han fick tänka mer på det senare. Nu behövde han stövlar.

10

Mira stod kvar på knä framför tronen. Det var sällan som hon träffade på andra kungligheter än de amdorianska, så hon var lite osäker på hur hon skulle bemöta dem. Makar och Jesamie brukade aldrig vara formella runt Mira. De brukade oftast bli upprörda om Mira gjorde något mer än att buga på drakryttarnas vis. Men nu stod hon inför drottning Famala av Mosker.

"Ni kan resa er, Mira Mashok av drakryttarna."

Mira reste sig smidigt upp. Hon höll fortfarande ett stadigt tag i sitt långa spjut, den andra handen vilade på det korta svärdet som hängde vid hennes sida. Hon betraktade kvinnan på tronen framför henne. Famala var ung och vacker. Bara några år yngre än henne själv, Kanske samma ålder som Drashin. Mira var lite förvånad över att hon ännu inte hade gift sig, men det sades tydligen att hon hade en speciell man i sikte, en väldigt speciell man.

Kvinnans blå ögon verkade väga och mäta Mira. Det röda håret var samlat i en hård knut i nacken och i det satt flera små vita pärlor. På huvudet satt ett tunt, vackert gulddiadem med diamanter. Den blå klänningen var prydd med röda vargar som löpte över livet och fållen. Över hennes högra bröst fanns Moskers silverlilja och över det vänstra fanns en röd örn med en yxa i klorna, hennes personliga vapen.

"Ni får verkligen inte angripa mina vakter på det viset, Mira av drakryttarna", sa drottningen avmätt.

Mira kastade en blick över axeln på de två vakterna som låg och kved på golvet. De hade försökt att ta hennes spjut, så hon hade slagit ner dem två.

"Då skulle de inte försökt att ta mitt vapen", svarade Mira svalt. "De kan vara lyckliga att Samare inte följde med in."

Det hördes en del flämtningar från de samlade ädlingarna i tronsalen. Mira kunde inte låta bli att le. Samares ryckte var vida känt även i Mosker. Hans familj hade sitt område i södra Amdoria och en bit in i norra Mosker. Enda reaktionen från drottningen var en spänd min. Mannen vid hennes sida skrattade till.

"Hon kallas inte för en av de tre mäktigaste krigarna för inte, ers majestät", sa Lindramas och vände sina gula ögon mot Mira. "Men jag måste ändå säga att jag är överraskad att få se dig här Mira. Jag har precis kommit till Garatur för att meddela om att Drashin och Dödens skvadron kommer att passera på sin väg söderut."

Mira såg hur Famala omedvetet drog händerna över sin klänning. Drashin, det var honom hon var ute efter. Hon var inte den enda kvinna bland ländernas adel som ville ha Drashin, men hon var den mäktigaste av dem. Vad Mira visste hade Drashin inga planer att gifta sig med Famala. Helst skulle han nog hålla sig så långt borta från henne som han kunde.

"Jag för med mig tvåhundrasjuttio drakryttare till Soma, farbror", sa hon utan att ta blicken från drottningen. "Vi reser ner som frivilliga för att strida mot demonerna."

I ögonvrån såg hon hur Lindramas ryckte till. Hon rörde inte en min. Hon visste att han inte ville att hon skulle resa ner, det ville ingen av dem. Hon undrade om han visste vad Drashin hade gjort efter mötet med Isham Najdjin.

"På min väg söderut", sa Mira innan Lindramas hann säga något, "stannar jag hos varje regent och ber om hjälp. Att få fler soldater att komma till Somas hjälp."

"Mira...", började Lindramas, men tystnade när Famala lyfte en hand.

"Men kan vi verkligen rädda Soma?" undrade drottningen. "Vet vi ens vilka som angriper riket? Var kommer demonerna ifrån?"

"Oavsett om vi kan rädda riket eller inte så tänker Drashin tåga ner", sa Mira lugnt. "När han lämnar Terabelle kommer han att ha med sig minst tvåtusen amdorianska soldater och resten av Dödens skvadron."

"Resten?" undrade Lindramas. "Vad menar du med 'resten'?"

"Men har du inte hört, farbror", sa Mira oskyldigt och vände sig mot honom med ett strålande leende. "Överste Alram Manros och den svarta legionen har svurit sig in i Dödens skvadron. Drashin leder nu en skvadron på trehundrasextiofem drakriddare."

Mannen med de gula ögonen gapade förbluffat och stirrade på henne. Belåtet vände hon åter mot drottningen. Det var alltid ett nöje att få ta ner någon av de tre drakarna från deras höga hästar. Drottning Famala dolde ett leende med handen och sneglade mot draken.

"När du menar att Drashin kommer ha med sig resten av skvadronen..." sa Famala dröjande.

"Alram Manros borde lämnat Terabelle tillsammans med furst Isham redan runt lunchtid för tre dagar sedan. Ungefär fyrahundra krigare rider just nu mot er norra gräns. Jag garanterar er att de endast önskar ta sig genom ert rike så fort de bara kan för att komma till Soma. Mer parten av krigarna är drakriddare under överste Manros ledning, resterande är somiska soldater som reser tillsammans med fursten."

Drottningen reste sig från tronen och såg över Miras huvud.

"Skicka genast bud till gränsposterna", sa hon med hög röst. "Drakriddare är på väg mot oss. De skall genast tillåtas fri lejd genom Mosker. Önskar dem förnödenheter skall detta ordnas utan dröjsmål."

Mira hörde ljudet av springande fötter när budbärare lämnade salen. Famala vände åter sina blå ögon mot Mira igen.

"När väntas general Drashin lämna Terabelle?" frågade hon och drog händerna över klänningen igen.

"Drashin förväntas lämna staden i slutet av veckan", sa Mira. "Senast början av nästa. Han vill ta sig ner så fort han bara kan."

Drottningen nickade sakta. Sedan log hon stort mot Mira.

"Jag ska se till att ha minst tretusen soldater redo för honom när han kommer till Mosker och Garatur", sa hon. "Tillsammans skall vi slå tillbaka demonerna och rädda Soma!"

Mira böjde lätt på nacken. Trodde hon verkligen att det var så lätt att slåss mot demoner? Nå tretusen soldater var en god summa. De skulle verkligen behövas. Mira sneglade mot Lindramas en sista gång innan hon vände om och lämnade salen. Utanför vände hon sig mot kammarherren.

"Ursäkta mig, kammarherre", sa hon. "Men var kan jag få tag i budbärare eller duvor?"

"Är det ett brådskande meddelande?" frågade han.

"Jag önskar skicka ett meddelande till general Drashin", sa hon med ett vänligt leende. "Ett som väntar på honom vid gränsstationen."

"Ni kan lämnade det till mig här", sa han och log stort. "Jag ser till att det skickas omedelbart."

Hon tackade hjärtligt och skrev snabbt sitt meddelande. Sedan böjde hon lätt på nacken och följde efter sin ledsagare ut ur palatset. Hon såg sig undrande om efter Samare. Hon hade lämnat honom alldeles utanför när hon gick in. Han skulle aldrig återvända till de andra utanför staden utan henne.

En duns till höger om henne hördes och hon vände sig om. Samare såg oskyldigt på henne. Han hade något fuffens för sig. Han hade som vanligt sin bistra uppsyn även om ögonen inte var bistra just nu. Ärret vid hans högra kind drog upp mungipan så det såg ut som om han log snett.

Enligt de gamla historierna om honom hade han haft såret som ärret kom från när han vandrade in i Olasi för nästan hundratjugo år sedan. Helerskan på den tiden hade inte lyckats hela såret helt utan ett ärr hade bildats. Helerskan var den första människan som Samare någonsin lät rida honom. Efter henne var det alltid han som valde sin drakryttare. Han var den enda som aldrig höll sig hos en familj som resten av dvärgdrakarna gjorde. Oftast hade det varit helerskan i byn som han lät rida.

Men det fanns två dagar om året som han aldrig lät någon rida på honom. Det var hans första drakryttares födelsedag och det var Ama Sikaris födelsedag. De två dagarna, från långt innan gryning till runt midnatt, låg han vid respektives grav. Vad Mira visste var det bara henne som han tilllät komma nära dem dagarna. Mira brukade tillbringa en del av Amas dag med honom.

Hon hade ofta tjatat på Drashin att besöka hennes grav, men han hade vägrat lyssna på henne. Men en natt för några år sedan hade hon sett honom sitta bredvid Samare vid graven. Hon hade inte gått ända fram till dem två. Bara tillräckligt när för att kunna höra de pratade lågt. Hon hade hört Drashin hela tiden be om förlåtelse. Sedan den gången hade hon aldrig sagt åt honom att besöka graven.

"Var har du varit, din kluns?" sa hon vänligt och stångade hans panna. "Du skulle ju vänta här på mig."

Han knorrade och sa något på drakarnas språk. Sedan skrockade han lågt. Han hade något för sig. Mira ville veta vad det var, men eftersom dvärgdrakarna bara pratade sitt språk kunde hon inte fråga ut honom. Hon skulle aldrig förstå vad han sa.

Samare sjönk ner mot marken så att hon skulle kunna klättra upp i den stora sadeln som satt på hans rygg alldeles framför vingarna. Trots att han lade sig på mage fick Mira verkligen klättra för att komma upp. Ibland kunde hon hoppa upp via hans framben, men då behövde hon ta lite sats. Samare var verkligen stor för att vara dvärgdrake. Ingen av dem andra drakarna som följde med var lika stor som han. Hon trodde inte att det fanns någon bland de vilda heller som var så stor.

Hon satte sig till rätta och satte spjutet på sin plats bakom sig. Hon klappade honom lätt på huvudet och han reste sig upp igen. Sedan vände han om och började vandra ut genom porten till palatsmuren. Mira satt ledigt med ena handen på den stora sadelknappen och den andra i sidan. En drake behövde inte tyglar, som en häst, för att styras. En drakryttare använde sig av ben- och handsignaler eller sin röst genom ord eller visslingar. Tyglar hade bara varit i vägen för draken i strid.

Folk ryggade undan för Samare när han vandrade förbi på gatan. En man föll av sin häst när den stegrade sig vid åsynen av draken. Samare ignorerade dem alla. De var inte fienden denna gång, alltså var de inte intressanta. Det krävdes något utöver det vanliga för att få Samare att bli intresserad.

Mira visste att det bara fanns ett fåtal drakryttarbyar i Mosker och ännu färre i Bura som låg söder om det stora riket. Det fanns faktiskt en by i Spökriket, trots att drakarna oftast brukade hålla sig borta från riket. Amdoria hade flest byar, men både Tranmere och Amarji hade många byar också. Hon undrade kort hur ofta de moskiska drakryttarna besökte sin huvudstad. Hon undrade också om hon skulle besöka någon av dem för att få med sig fler drakryttare.

När hon och Samare kom ut genom den norra stadsporten skyndade sig de andra drakryttarna att komma upp i sadlarna på sina drakar. Mira nickade nöjt. Här krävdes inga ord om uppbrott. Alla visste vad som skulle göras. Med ett litet tryck med knäna talade hon om för Samare att hon var redo. Samare slog ut sina vingar och lyfte från marken med några kraftiga slag. Genast följde resten efter och efter att gjort ett varv runt staden vände dem söderut.

Narika såg försiktig fram mellan träden. Hon såg hur Samare tog till luften med Mira på ryggen. Hon grymtade nöjt. Även om Mira var människa så var hon en av dem. När hon såg hur de andra drakarna lyfte från marken och följde Samare söderut fnös hon. Svaga drakar, de hade aldrig fått en riktig styrka som de som levde fritt.

Hon spanade mot människoboningen. Stad var det visst de kallade en så stor boning. Varför envisades människor att tränga ihop sig så? Vad var det som gick runt boningen kallades nu? Mur? Människorna på muren vandrade fram och tillbaka. Hon skakade på sitt stora huvud. De skulle aldrig se henne eller de andra. Människor var blinda för det som inte fanns direkt framför dem.

Mira var ju självklart inte sådan. Men hon var ju mer som en drake än som en människa. Asama, hennes hane, var kanske inte så illa heller. Sedan var det ju Drashin och hans små vänner. Narika vände sig skrockande om. Dem var absolut inte som de andra människorna. Krashak var visserligen ett klipptroll, det var stora krigare det. Hedersamma krigare. Hon visste att det var andra raser också, men hon kunde inte komma på vad de hette.

Men det fanns en ny intressant individ hos honom också. Hon hade bara träffat honan en gång för två somrar sedan när människoboningen försvarades mot demonerna. Hon hade haft så många dofter omkring sig den gången. Så många att Narika inte kunnat finna hennes egna. Hon hade doftat väldigt mycket av Drashin också. Samare hade berättat vad hon var för något. En stor! En drake hade sökt sig till Drashin. Och det var en hona! En drakmoder!

Hon kom fram till där familjen låg och vilade. Sextio drakar lyfte på sina huvuden när hon kom. Samare var familjens egentliga ledare, men hon hade rollen när han inte var där. Ibland även *om* han var där. Här var bara vuxna drakar just nu. Ungarna var kvar hos de äldre. Narika behövde fara dit först innan de vände söderut.

En drake reste sig och gick henne till mötes. De stångade lätt sina huvuden mot varandra. Lanar, hennes hane.

"Vad ville Samare, min hona?" frågade han.

"Han vill samla oss", sa hon och såg på resten av drakarna. "Det är tydligen strider på en plats som heter Soma."

"Varför skall vi blanda oss i människornas problem?" brummade Lanar surt. "Låt människor slåss mot människor. Varför samla oss? Vi är redan här."

Narika skrockade åt honom och knuffade tillgivet på honom med huvudet.

"Samare sa att vi skulle samla oss allihop, min hane", sa Narika med ett skratt.

"Allihop?" sa Lanar fundersamt och vände sig mot resten av familjen. "Har han äntligen...?"

Drakarna reste sig upp och såg förväntansfullt på de båda. Allihop kunde bara betyda en sak.

"Sprid ordet!" beordrade Narika högt. "Vi har blivit kallade! Drashin kallar oss till krig mot demoner! Döden har kallat på sina drakar!"

Drakarna vrålade högt mot himlen. Så högt att det måste hörts hela vägen bort till människornas boning. Det var detta de hade väntat på sedan de svor sig till honom. Äntligen hade han kallat på dem. Narika ställde sig på bakbenen och vrålade mot himlen hon också.

"Vi är Dödens skvadron!" vrålade dem. "Intill döden!"

Sedan lyfte de från marken och for iväg åt alla håll. Det var dags att leta reda på de andra drakarna. Drashin hade kallat på dem och de skulle hörsamma hans kallelse.

Narkia log när hon vände norrut tillsammans med Lanar. Hon såg fram emot att få gå i strid med honom, även om han var en människa. Hon såg också framemot att få träffa drakmodern. Skulle hon komma med honom söderut? Narika hoppades det. Kanske skulle hon bli en av dem. Samare hade sagt att Drashins och drakmoderns öden var sammanflätade. Hon undrade vad det betydde.

"Vad är det, min hona?" undrade Lanar när han kom upp jämte henne. "Så här upprymde har jag inte sett dig sedan vi fick Malan."

"Samare berättade en väldigt intressant sak för mig, min hane", skrattade hon. "Drashin har hittat en stor."

"En stor? Men han skulle inte beblanda sig med de tre stora."

"Du lyssnar inte, min hane. Han har *hittat* en stor. En som de tre inte känner till. Han själv vet inte att han gjort det ännu."

"Menar du att det finns en fjärde? Hur kan Samare känna till honom?"

"Mira lyckades avslöja hemligheten och delade den med Samare. Och det är inte en hane. Det är en hona, Lanar! En drakmoder!"

Narika skrattade åt Lanars förvånade min. Hon gjorde en spiral i luften när hon for fram. Ja, hon såg verkligen framemot att få träffa drakmodern igen. En som Drashin hade accepterat borde vara någon väldigt speciell.

11

M ira lämnade besviket hertigens palats i Kalat. Inte heller Fakari
skulle skicka några soldater. Inte för att hon hade haft några
större förhoppningar från hertigdömet. Det hade ännu inte häm-
tat sig från narkiernas invasion för två år sedan. Men Loma och Bura
hade knappt låtit henne komma till tals innan de avvisat henne. De hade
nästan till och med hotat med att skicka soldater efter henne om hon inte
lämnade länderna så fort hon kunde. De hade i alla fall lovat att låta
drakriddarna och soldaterna som skulle gå söderut få fri lejd.

Samare låg på sin plats alldeles utanför palatsmuren och väntade på
henne. Hans min mörknade när han såg henne. Ännu ett rike som inte
skulle ställa upp. Han ansåg att de som inte ställde upp var svaga.

Mira stångade lätt pannan mot hans innan hon klättrade upp i sadeln
och satte spjutet på sin plats. Hon hade heller inte mycket till övers för
folk som inte ville hjälpa till. Hon var säker på att Somas kung, Lamas,
skulle ställa upp om någon bad om hjälp. Det hon kände till om honom
var att han var en godhjärtad kung. Drashin betraktade honom som en
vän.

Folket på gatan stirrade med stora ögon på dem två när de passerade
på sin väg mot stadsporten. Det fanns inga dvärgdrakar vad Mira visste i
Fakari. Det var säkerligen första gången folk fick se en drake. Hon log
skevt. Tänk att den första draken de skulle få se var Samare.

När hon kom ut genom stadsporten var det en stor folksamling vid res-
ten av drakryttarna. Alla ville se en skymt av drakarna. Att det var männi-
skor som red på dem var ännu större. Samare gjorde ett frustande och
nästan hela folksamlingen hoppade till. Han ägnade folket knappt en blick
utan passerade dem alldeles nära.

Mira vilade båda händerna på sadelknappen och hade största upp-
märksamheten mot drakryttarna framför sig. Hon såg till att se så mycket
av människorna runt sig att ingen skulle bli trampad på av Samare. I
ögonvrån fick hon syn på en liten flicka som försiktigt sträckte fram han-
den mot Samare.

Hon skulle precis säga till barnet att dra tillbaka armen när Samare
stannade till och vred sitt stora huvud mot flickan. Flickan stirrade för-
skräckt på draken, men drog inte tillbaka handen. Hon vågade inte röra

sig överhuvudtaget. Mira tryckte med knäna för att få honom att fortsätta framåt. Han rörde sig inte utan såg bara på barnet. När en kvinna sträckte sig efter det morrade han dovt tills kvinnan drog sig tillbaka.

"Samare, framåt", sa Mira skarpt. "Vi ska fortsätta. Vi har bråttom."

Hon såg hur de andra klättrade upp i sadlarna och gjorde sig redo, men Samare rörde sig inte. Han bara såg på flickan och hennes hand. Mira grymtade irriterat och slog honom hårt i huvudet. Han ruskade bara på sig. Hon tryckte hårdare med knäna. Men istället för att gå framåt vände han sig mot flickan istället. Detta var inte alls likt Samare. Han var inte speciellt förtjust i barn.

"Samare!" röt Mira. "Vi har inte tid med dumheter. De andra väntar på oss."

Han talade på sitt språk och såg snabbt på henne över axeln. Hade han inte bråttom längre? Mira morrade irriterat mot honom. Hon tog ett djupt andetag och satte handen i sidan, den andra vilade fortfarande på sadelknappen. Nå, hon skulle låta honom hållas denna gången.

"Som du vill", sa hon surt. "Men gör inte något dumt."

Hon kände hur han skrockade när han vände sig mot den skräck-slagna flickan igen. Med en suck gjorde Mira sin min mildare och såg ner på flickan.

"Du behöver inte vara rädd, flicka", sa hon vänligt. "Samare må se far-lig ut, men han är vänlig. Han kommer inte att göra dig illa."

Samare grymtade. Trots Miras ord så stirrade folk fortfarande skräck-slaget på draken. Samare rörde sitt stora huvud och såg mot männi-skorna närmast flickan. Han morrade hotfullt och alla tog ett steg bort från henne. Flickan själv stod kvar. För rädd för att röra sig.

När han var nöjd med de andras avstånd såg han åter mot flickan. Han sträckte sakta fram sin nos mot hennes hand. Han släppte aldrig hennes ögon med sina. En liten flickas bruna ögon mötte en etthundra-rettiofyra år gammal dvärgdrakes bruna. En drake på runt niohundra kilo, som med lätthet skulle kunna döda varenda människa här innan någon hunnit reagera, stod öga mot öga med en flicka som inte ens fyllt tio ännu. Plötsligt puffade han på hennes hand. Hon ryckte till och blinkade. Han puffade en gång till innan han tryckte nosen mot henne handflata.

Mira lade sin hand på den andra över sadelknappen och log ner mot flickan. Den skräckslagna minen förbyttes långsamt mot ett hänfört le-ende. Samare skrattade till och lyfte sin högra kloförsedda hand. Folk flämtade till när han försiktigt lade den på flickans huvud. Han sade något till henne innan han tog bort den igen.

"Vad sa han?" viskade flickan när han vände sig bort från henne.

"Han pratar drakarnas språk så jag kan inte svära på vad han sa till dig, flicka", sa Mira vänligt. "Men antagligen att du får berätta för dina barn och barnbarn om dagen då du träffade och klappade Samare, den galne, på nosen."

Samare stelnade till och vred på huvudet mot henne. Han sade något mot henne och såg sur ut. Mira kunde inte låta bli att skratta åt honom och smekte ömt hans huvud.

"Den galne?" viskade flickan och spärrade upp ögonen.

"Kanske inte den galne", skrattade Mira. "Kanske skulle den vilde passa bättre. Jag är Mira Mashok, drakryttaren som rider den vilde draken Samare."

"Vad menar du med vild drake, mor Mashok?" undrade flickan och sprang jämte henne när Samare började röra sig mot dem andra drakarna.

"De där borta är vad vi kallar tama", sa Mira och pekade mot drakarna framför dem. "De är födda och uppvuxna i våra byar. Tillbringar nästan hela sitt liv tillsammans med samma familj. Samare här", hon klappade tillgivet den store draken på huvudet, "är född vild. För ungefär etthundratjugo år sedan vandrade han in i min by och stannade där. Ingen vet varför, inte ens jättedrakarna vet varför. Men Samare är och förblir vild. Han väljer sin drakryttare, ingen väljer honom till sin drake."

"Finns det ännu större drakar?" viskade flickan upphetsat.

"Det finns de tre från Draktand inte långt från Terabelle i Amdoria." Mira tvekade en aning. Det kunde väl inte vara att bryta ett löfte att tala om det för en lite flicka som aldrig skulle träffa henne? "Sedan finns det en fjärde som lever i Terabelle hos drakriddarna. Hon har bott där i två år nu, utan att drakriddarna vet om det. Men först bodde hon här nere i Fakari."

"Bodde hon i Fakari? Var i Fakari? Inte nära Kalat väl?"

Mira kände hur Samare skrockade åt flickan. Alldeles nyss hade hon varit skräckslagen för honom och nu ville hon veta mer om jättedrakarna. Mer om Diriska. Mira log vänligt ner mot henne.

"Vad är ditt namn, flicka?"

"Aneni."

"Aneni, du förstår, jag lovade henne en sak innan jag lämnade Tera-
belle. Jag lovade att inte avslöja vem hon var för en viss general hos
drakriddarna eller någon annan för den delen. Men du kan hålla en hem-
lighet heller hur?" Hon log stort mot flickan när hon nickade allvarligt. "Di-
riska är väldigt rädd för oss människor. Hon levde ensam i många,
många år innan en vänlig bonde lät henne bosätta sig hos honom på
hans gård utanför byn Balden. I nästan tusen år levde hon där gömd för
resten av världen. Sedan hände en hemsk sak här i Fakari för två år se-
dan. Hon förlorade nästan hela sin familj, utom en flicka.

Flickan togs som fånge när drakriddare kom till undsättning. Det var
general Drashin och en till som kom ner tillsammans med Samare här.
De räddade flickan och tog med henne tillbaka till Amdoria. Diriska följde
efter, hela tiden rädd att förlora den sista av hennes familj.

Drashin tog senare flickan till sin lärling och gjorde att Diriska fick bo i
riddarhuset. Där har hon stannat bara för att få vara nära sin skyddsling.
Endast jag, Samare och min make, Asama, känner till vad hon är för nå-
got."

Aneni lyssnade andlöst på hennes berättelse. Mira signalerade åt Sa-
mare att stanna en liten bit från de andra drakryttarna. Hon vände sig mot
flickan igen.

"Du måste lova mig, Aneni", sa hon allvarligt. "Att du inte får tala om
detta för någon. Inte ens för din mor. Diriska är inte redo att visa för värl-
den att hon finns. Hela världen tror endast att det finns tre jättedrakar
kvar. Vi måste ge Diriska den tid hon behöver."

"Om jag besökte Terabelle", viskade Aneni och lade en försiktig hand
mot Samares sida. "Tror du jag skulle få träffa henne? Och drakriddare?"

"Det finns drakriddare som är på väg ner mot Fakari i detta nu", sa
Mira och log mot henne. "De är nog tre veckor efter mig. Om du har tur
så kommer de att passera Kalat på sin väg mot Soma. Efter dem kommer
självaste general Drashin tillsammans med soldater från Amdoria och
Mosker. Tyvärr kommer du troligen inte att få se honom och soldaterna,
då jag träffade en av drakarna i Mosker och han kommer hjälpa Drashin
att ta sig fortare ner till Soma."

Flickan såg en aning besviken ut. Mira signalerade åt Samare att gå
ner på mage. Han knorrade bara när han gjorde som hon ville. Hon
sträckte sig ner och lade en hand på Anenis huvud.

"Om allt går bra för oss där nere och vi kommer hem igen", sa hon
vänligt. "Så kommer jag att spendera mycket av min tid i Terabelle. Om

du någonsin kommer dit fråga så efter Mira Mashok. Alla vet vem jag är och de kan leda dig till mig. Jag skall personligen presentera dig för draken Diriska. Men du måste hålla tyst om detta."

Aneni sken lyckligt upp. Det kunde inte vara så farligt med en enda liten flicka som visste. Mira nickade vänligt mot henne och med ett enkelt ord fick hon Samare att resa sig igen. Han vände huvudet helt kort mot flickan innan han började gå mot de andra. Mira såg sig om. Flickan stod kvar och vinkade ivrigt efter dem. Mira log och vinkade tillbaka. Hon plockade fram sin hjälm och satte den på huvudet. Hon tryckte lätt med knäna och Samare tog till luften. De andra lyfte strax efter honom. Samare gjorde en snabb gir ner mot flickan.

Mira såg flickans förtjusta leende när han susade förbi henne. Han röt till och sprutade ut sin eld innan han tog ledningen för dem tvåhundrasjuttio drakryttarna söderut igen. Mira såg en sista gång ner mot Kalat. Hon kunde se flickan som vinkade efter dem och log. Det var en söt flicka, hon undrade förstrött om hon någonsin skulle få se henne igen.

Diriska såg misstänksamt mot alla soldaterna som stod uppradade utanför riddarhuset. Hon hade aldrig stått så här nära tvåtusen soldater innan. Hon hade vant sig en aning vid drakriddarna. Men de hade aldrig varit beväpnade hela tiden. Här stod tvåtusen man med lansar, svärd och bågar, redo att gå till strid.

Liana stod bredvid henne. Tirasine hade letat fram två svärd åt henne som nu hängde på hennes rygg. Diriska sneglade ogillande på dem, men sa inget. Det var hennes kall nu. Dock bar hon inte kisharan som de andra drakriddarna gjorde.

Diriska såg ner på soldaterna igen. Krashak stod längst fram och talade med deras befäl. En överste vid namn Doran Sarasha. Han var kanske trettiofem, fyrtio år gammal. Vältränad och hade ett par vakna ljusblå ögon. Ansiktet var en aning kantigt och näsan verkade vara en aning stor. Det ljusa håret hängde ner till axlarna.

Dem resterande drakriddarna ur Dödens skvadron var också där, utom Drashin. Han var fortfarande kvar inne i huset och samtalade med de tre kvarvarande generalerna. Asama hade inte kommit tillbaka ännu. Tirasine och Kalar vinkade åt Liana att komma till dem. Ingen av dem visste att Diriska skulle följa med ännu.

Diriska undrade hur länge de skulle stå där när Drashin ställde sig bredvid henne. Han såg bistert ner på soldaterna. Diriska sneglade på honom. Han såg trött ut. Hon undrade om han sov ordentligt. Han var alltid tidigt uppe på morgonen och försvann från riddarhuset för att träffa kung Makar. Han brukade aldrig vara i palatset så mycket. Var han i riddarhuset var han ständigt i möten med dem andra generalerna eller någon annan ur Dödens skvadron. Hon hade knappt träffat honom sedan morgonen han fått utskällningen av Makar.

"Äntligen kan vi ge oss av", muttrade han och drog handen över ögonen. "Det tog längre tid än jag hoppades."

Det hade tagit nästan en och en halv vecka att få ihop alla soldaterna. Trots att det bara var tvåtusen. Makar hade velat skicka fler och nästan halva garnisonen i Terabelle hade anmält sig frivilliga. Nästa tjugotusen soldater! Drashin hade varit nöjd med antalet och hade gått med på det. Men då hade Asmaji och Sultan börjat lägga sig i.

Tänk om det var en fälla? De kunde inte tömma Terabelle på försvarare. Nej, tvåtusen fick räcka. Drashin hade grälat med dem i tre dagar och Makar hade stått vid hans sida, en sällsynt allians hade man sagt till Diriska. Men de två drakarna vägrade ge sig. Till slut hade man fått tvåtusen trehundra soldater. Drashin hade varit fruktansvärt arg när han kom tillbaka till riddarhuset. Diriska hade aldrig sett honom så arg.

Han såg som hastigast mot henne. Hon log osäkert mot honom. Han visade med handen att hon kunde gå ner till sin häst. Hon böjde på nacken och började gå ner. Hon vägrade titta mot de två männen som stod nedanför trappan.

"Vad är detta?" sa den rödhårige argt. "Inte nog för att du tar med dig en lärling, mot alla traditioner. Skall du ta med dig civila kvinnor också?"

"Hon har anmält sig frivillig, Asmaji", svarade Drashin kort där han gick bredvid Diriska. "Ni kanske kan förhindra att vi får med oss tillräckligt med soldater. Men jag tror knappast att ni klarar av att hindra Diriska från att resa."

"Bara för att hon är frivillig", morrade Asmaji, "betyder inte det att hon skall åka."

"Människor har fritt att välja, drake", sa hon avmätt. "Så även alla andra raser. Vad ger er rätten att bestämma över andra än er själva?"

De två muttrade irriterat mot henne. Hon var inte värd att diskutera med dem. Det var så de tänkte. Hon kände hur ilskan bubblade inom henne, men tryckte bestämt ner den. Hon var inte redo att visa vem hon var.

"Alla har rätt att göra sina egna beslut."

Alla ryckte till och vände sig mot dörren till riddarhuset. En svart klädd man, med huvan framfälld, stod högst upp på trappan. Generalerna Hamares Loras och Niashal Gosha stod på varsin sida om honom.

"Han önskade att få se er ge er av", sa Niashal med ett skevt leende. "Han insisterade faktiskt."

"Men, general Niashal draakir", skrockade Ma'sharos'tian och lade en lätt hand på dvärgens axel. *"Varför skall jag inte se när min general och hans krigare ger sig av? Jag får så sällan chansen att se er vandra iväg."*

Drashin bugade med knuten hand mot bröstet. Diriska tvekade en aning innan hon neg för honom. Hon kunde känna hans nyfikenhet mot henne. Det var en road nyfikenhet. Hon undrade vad detta var för en varelse. De två drakarna bugade med händerna på knäna mot honom.

"Mästare", sa Sultan. "Men vi kan faktiskt inte skicka ner civila till ett krig mot demoner. Oavsett om de anmält sig frivilligt eller inte. De har helt enkelt inget där att göra."

Diriska spände argt käkarna och vände sig mot honom. Men innan hon hann säga något lade Drashin en lätt hand på hennes arm. Hon såg irriterat på honom och han log snett mot henne och skakade på huvudet.

"Men med vilken rätt har ni, eller jag, *att stoppa henne?"* undrade Ma'sharos'tian, det *fanns* en road ton i hans röst. *"Vad jag förstår så frågade hon general Drashin om hon fick följa med. Han accepterade hennes hjälp. Så varför skall ni stoppa henne? Om hon kan hjälpa dem där nere så borde hon åka. Det borde kanske ni också överväga att göra, drake Asmaji, drake Sultan."*

De två ryckte till och stirrade förbluffat på honom. Diriska ville inte ha med dem ner. Hon ville inte beblanda sig med de tre *vise*. Hon fnös irriterat.

"Jag kan ha användning för en drake eller två", sa Drashin lugnt och log sitt skeva leende. "Om de nu kan tänka sig att lyda mina order. Jag kommer inte tolerera några motsägelser från dem."

Diriska såg argt på honom. Vad tänkte han? Han klappade henne bara lugnande på armen.

"Ah se där", sa mannen på trappan. *"Han välkomnar er till sina led. Nog borde ni kunna följa order. Drakar Asmaji och Sultan."*

Diriska rynkade på pannan och såg fundersamt på honom. Hade han haft en retsam ton i rösten? De två drakarna harklade sig och såg förläget på varandra.

”Vi kan tyvärr inte följa med ner”, sa Asmaji och vände sina röda ögon mot Drashin. ”Generalen förstår säkert. Vi kommer att hålla uppsikt över allt här hemma och försöka lista ut var denne Asharak håller hus.”

”Som ni vill”, sa Drashin och vände sig åter mot de väntande soldaterna. ”Ni hade ändå bara varit i vägen och ni är värdelösa som krigare. Diriska kanske inte kommer att *strida*, men hon har erbjudit sina tjänster som helerska. Det betyder att hon *kommer* att göra nytta, till skillnad från er.”

Diriska sa inget när hon följde med honom till soldaterna. Hon kände en viss tillfredsställelse över hans ord. De två drakarna morrade mot honom, men sa inget. När hon kom fram till sin häst såg hon sig om mot Ma'sharos'tian framför dörren igen. Han hade fört ihop sina händer framför huvans öppning och hon såg hans röda ögon glittra i huvans mörker. Han verkade mycket road. Hon kände hur hans nyfikenhet mot henne hade växt ännu mer. Hon satt upp i sadeln och böjde hövligt på nacken mot honom. Han bugade lätt mot henne med korsade armar.

”*Vad kommer ni att utföra, Diriska från Balden?*” sa han lågt. Diriska misstänkte att det bara var hon som hörde honom. ”*Vad kommer ni att betyda för honom? Vad betyder han för er? Jag kan inte vänta till den dag då vi möts igen, min kära Diriska från Balden. Ta hand om er nu.*”

Diriska blinkade till och stirrade efter honom när de började rida mot den södra porten. Hittills hade hon nästan enbart sett framemot att få träffa Drashin igen när han reste iväg. Men nu kände hon att hon verkligen såg framemot att få träffa denna underliga varelse. Det fanns något hos honom som gjorde att hon kände sig väl till mods. Han skrämde henne, men inte lika mycket som soldaterna gjorde.

Hon fann sig själv ungefär mitt i kollumen tillsammans med Tirasine, Kalar och Liana. Hon såg osäkert mot soldaterna som tysta red framför och bakom henne. Längst fram red Krashak, överste Sarasha och Drashin. Direkt bakom dem red fanbärare med Amdorias vita baner med den röda draken slingrandes på den. Men inte det baner som Alram Manros hade haft med sig.

”Vi behöver bara ett baner”, sa Kalar när hon frågade. ”Alram bär med sig det. Om vi får med oss fler soldater kommer fler baner att tillkomma. Alla kommer att visa att de kommer till Somas stöd.”

När de passerade genom södra porten stod tusentals soldater uppradade längs vägen, både innanför och utanför porten. Det var soldater som inte hade tillåtits ge sig av. De stod rakryggade, med bistra och besvikna miner och höll hårt i sina spjut. Det var som två vita och röda väggar som ledde dem ut ur staden. Den röda draken fanns på deras bröst och röda mantlar hängde över deras axlar. När de passerade slog varje man sina knogar mot pannan och saluterade sina kamrater som drog ut till krig.

Precis vid porten stod kung Makar och drottning Jesamie. Kungen saluterade dem på samma sätt som soldaterna, med knogarna mot pannan. Drottningen bugade lätt med sina armar korsade över bröstet. Diriska såg hur Drashin besvarade kungens hälsning med knogarna mot pannan. När Diriska passerade de båda åter gällde hon drottningens bugning och korsade sina armar. De hade alltid varit trevliga mot henne när hon hade träffat dem.

"Är inte Marin med dem?" viskade Liana tyst. "Jag trodde att hon skulle komma och ta farväl när vi gav oss iväg."

"Jag hörde att hon hamnade i gräl med Drashin för någon dag sedan", sa Tirasine. "Jag vet inte vad det gällde, men vad jag förstått slutade det med att kungen låste in henne i hennes rum. Hans majestät kommer nog inte släppa ut henne förrän tidigast i morgon igen."

Diriska plockade med hästens man och log. De var prinsessans personliga livvakt. Troligen grälade flickan om att få följa med och det hade krävts både Makars och Drashins gemensamma krafter att hålla henne tillbaka.

"Det är en livlig flicka", sa hon med ett skratt.

"Sant", sa Kalar muntert. "Men det hade varit problematisk om hon kommit med. Vi hade inte kunnat koncentrera oss på vår uppgift. Drashin hade blivit galen om hon varit med oss."

Diriska såg mot generalen som red en bit fram. Han samtalade lågt med de båda överstarna. Han skulle bli galen om prinsessan följde med... Men Diriska var ju med. Hur skulle han agera med henne i sällskapet? Ville hon att han skulle se efter henne?

Hon muttrade på sitt egna språk där hon red bredvid Liana. Hon såg inte de två drakriddarnas förbryllade miner när de såg på henne. Hon fortsatte muttra för sig själv djupt försjunken i sina egna tankar. Hon funderade på vad Ma'sharos'tian hade sagt. Vad betydde han för henne? Vem var Drashin för henne? Muttrandes red hon med soldaterna söderut.

12

iana njöt av solen när de red fram. Den värmde skönt och inte ett
moln syntes på himlen. Det var en underbar försommarvärme. Vädret gjorde alla i sällskapet, soldater som drakriddare, på gott humör
och det pratades glatt och ledigt i leden.

Liana hade rent av pratat med några av soldaterna som råkat rida tillsammans med henne och Diriska under korta perioder. Några av de
yngre hade nyfiket frågat henne om träningen för att bli en drakriddare.

Det hade förvånat Liana hur soldaterna och drakriddarna förflyttade
sig fram och tillbaka i leden. Ingen följde något mönster i var de skulle
vara i leden. Utan helt plötsligt kunde två soldater och en av hennes mästare föra ett samtal tillsammans med henne för att i nästa stund bytas ut
mot bara drakriddare eller bara soldater.

Längst fram red dock endast överstarna eller general Drashin. Ibland
försvann någon av de tre bak i ledet, men ingen tog dennes plats. Nu red
överste Sarasha ensam där framme. Hon undrade var generalen och
överste Do'shank var någonstans.

”Går allt bra här?”

Både Liana och Diriska ryckte till när Drashin plötsligt dök upp intill
draken. Översten kom upp på Lianas sida och puffade på sin pipa.

”Allt går bra med oss”, sa Diriska och log försiktigt. ”Med er då, general?”

”Det är ingen idé att klaga”, sa han och sträckte på ryggen. ”Men om
man fått vila en aning hade ju varit bra. Men vi har inte tid till det.”

”Vila kan man göra i graven”, sa Krashak och viftade med sin pipa.
”Eller vad var det du brukade säga, general.”

Diriska stelnade till bredvid Liana och vände blicken mot klipptrollet.
Liana fick böja ordentligt på nacken för att kunna se upp på honom. Hans
riddjur var mycket större än hennes häst och dess stora, slokande öron
viftade lojt. Det var hårigt och luggen hängde ner för dess ögon, så Liana
trodde att det inte såg något. Men den trampade lugnt vidare och missade varje större sten och alla ojämnheter i marken passerades med lätthet.

”När sa jag det senast?” undrade Drashin och knackade sig fundersamt på hakan.

”När vi stred mot Marish för fem år sedan”, sa Krashak och stoppade pipan i munnen igen. ”Vi hade stridit nästan oavbrutet i tre dagar och de soldaterna vi hade med oss började bli trötta. Flera av dem är faktiskt med oss här idag.”

Diriska slappnade av en aning och Liana andades ut. Draken skulle inte ge någon en uppläxning idag. Drashin grymtade till.

”Desperata tider, överste”, muttrade han. ”Vi var tvungna att göra något. Han pressade tillbaka oss.”

”Hur var det kriget?” undrade Liana försiktigt och fick en vass blick från Diriska.

”Hemskt”, sa Drashin och såg mot henne. ”När det stod klart att det var Marish vi stod upp mot fick flera regenter panik. Alania, dåvarande drottning av Mosker, drog nästan tillbaka sina trupper från slagfältet för att försvara sitt eget område. Men Famala, hennes dotter, tog själv nästan femtiotusen soldater till strid.”

”Flickan red själv i spetsen när de stormade fram vid Jayels kullar”, sa Krashak med en gillande nick. ”Efter tre dagars strider lyckades hon till och med erövra kullarna och staden Gila inte långt därifrån. Marish var rasande över henne.”

”Men det fick hennes mor att skicka tillbaka trupperna till kriget”, sa Drashin uppskattande. ”Lamas, Somas kung, kom även han med nästan sjuttiotusen soldater.”

Liana försökte se framför sig hur stora arméer förflyttades och hur de drabbade samman. Diriska rynkade fundersamt på pannan.

”Fem år sedan”, sa hon dörjande.

Liana mindes att Diriska hade ändrat på sin skepnad vid den tiden. Hon hade ändrat sig så hon såg ut som hon gjorde nu. Liana undrade vad som hände den dagen.

”Det var i slutet av kriget som vi åtta begav oss söderut”, sa Krashak. ”Det hade kommit uppgifter om att Marish flytt ner mot Narkia när han pressades tillbaka i Mosker och Amdoria.”

Drashin grymtade irriterat. ”Falska spår visade det sig”, sa han. ”Krashak och Norek for till Kalat för att tala med hertigen och se om vi kunde få soldater med oss norrut igen. Vi andra for till Balden för att invänta dem.” Han sneglade fundersamt mot Diriska. ”Ma'sharos'tian var säker på att spåren var rätt, men ibland kan till och med han ha fel.”

”Ni var i Balden?” sa Diriska försiktigt.

Liana hörde på hennes röst att hon redan visste det. Krashak verkade också hört det för han sneglade mot henne med ett litet leende. Drashin nickade bara.

"Vi var där i tre dagar medan vi väntade på Krashak", sa han och fumlade med sin vattenflaska. "Det var en intressant vistelse. Det var beklagligt att vi var tvungna att lämna den så snabbt, men vi hade inget val."

Liana försökte låta bli att titta öppet på Diriska. Draken tvinnade nervöst tyglarna mellan sina händer. Det var något med det besöket för fem år sedan. Något som hade förändrat Diriska helt och hållet.

"Dessutom fanns ingen möjlighet att återvända direkt efter att Marish var besegrad", sa Krashak och sneglade mot draken och generalen. "Striderna fortsatte i nästan två månader efter hans död. Men tillslut kunde motståndet skingras, genom ett gemensamt anfall med Drashin, Lamas, Famala och min far i täten för våra trupper."

Drashin stoppade tillbaka vattenflaskan med en suck.

"Balden glömdes bort och livet här uppe återgick som vanligt", sa han och vände sig mot Diriska. "Fram till för två år sedan då vår uppmärksamhet vändes mot Narkia igen. Då for vi ner igen för att undersöka saken."

"Tillsammans med Lindramas", sa Liana och nickade. "Jag kommer ihåg det. Jag pratade med honom på marknadsplatsen."

Krashak nickade, men både Diriska och Drashin fnös irriterat. Liana visste att Diriska inte litade på de andra drakarna, dock kunde hon inte komma på varför. Drashin var nästan öppet fientlig mot de tre. Liana misstänkte att det var därför som Diriska inte vågade tala om för honom vad hon var för något.

"Lindramas", fnös Drashin. "Det enda han gjorde på den resan var att prata med folk han kände och berätta sagor på värdshusen. Det var vi andra fem som följde med honom som fick sköta allt annat. Det enda han gjorde var att skicka Ranin och Meeko att undersöka skogen strax väster om byn, nära er gård tror jag det var. Det mest intressanta dem fann där var en hjort."

Krashak skrockade och knackade ur sin pipa. Liana såg upp på jätten och han blinkade mot henne när han stoppade undan den. Han verkade tycka det var roande att Diriska och Drashin nästan tyckte lika illa om de tre vise. Liana tyckte att det verkade lite oroande. Hon ville gärna veta varför Diriska tyckte så illa om de tre.

"Nu ska vi ändå inte prata om dessa tråkigheter", sa Krashak med ett kort skratt. "Vi kanske skulle ta vägen förbi Taurklanens marker för att få upp humöret lite. Kanske kan vi få med oss några av våra krigare till Soma."

"Det skulle bli en omväg, Krashak", sa Drashin med ett skratt. "Visserligen skulle några av era krigare vara ett välkommet tillskott. Tyvärr skulle din far se till att ölen stod framme innan vi hunnit ta tio steg in i hans by. Jag förstår inte varför alla tycker det är så roligt att supa mig full när jag kommer dit."

Muttrandes manade han på sin häst och red fram till Sarasha. Liana såg hur Diriska sträckte på sig för att se efter honom. Krashak skrattade högt och Liana såg frågande på honom. Diriska gav klipptrollet en ogillande blick och han skrattade ännu mer.

"Ni ska veta att han gör allt möjligt när han blir riktigt full", skrockade han. "Min far tycker det är hysteriskt roligt att få honom att sjunga. Min bror tycker om när han börjar svamla och inte vet vilken värld han är i."

Liana kunde inte låta bli att skratta och såg att det drog en aning i Diriskas mungipor också.

"För några år sedan tillbringade han en hel kväll i en tunna med öl, skålade med en oxe och sjöng halva natten."

Både Liana och Diriska skrattade högt. Liana visste att draken inte var så förtjust i att folk drack sig redlösa. Både hennes far och farfar hade fått sig en ordentlig avhyvling när de gjort det på danskvällar i byn. Men vad Liana visste hade draken inte skällt på Drashin efter deras kväll med Harinak. Liana mindes inte mycket från kvällen själv, men hon kunde svära på att Drashin inte hade sjungit. Diriska hade lett Drashin till hans rum i riddarhuset, men mer än så visste inte Liana.

Hon hade frågat Diriska om vad som hände på vägen hem, men draken hade bara rodnat lätt och sagt att inget hände. Hon drog sig i örsnibben och funderade.

Drashin och de andra hade kommit till Balden för fem år sedan. Ungefär då hade Diriska ändrat på sin skepnad som hon burit i alla år som Liana sett henne. Plötsligt hade hon, från att vara en medelålders kvinna på fyrtiofem, blivit en ung kvinna, ungefär tjugofem år gammal. Vad Liana kom ihåg hade hon verkat lyckligare än på flera år.

Hon hade hört henne mumla till Horak om att kanske gå tillbaka till byn, men att hon var lite rädd. Fyra gånger på två dagar hade hon nästan gått iväg från gården. En gång hade hon till och med gått så långt som till grinden. Men varje gång hade hon nervöst börjat tvinna sina händer och mumlat oroligt på sitt egendomliga språk. När hon slutligen hade tagit sig till byn, med ett stadigt och nervöst grepp om Dareks arm, hade hon snabbt kommit tillbaka hem och låst in sig på sitt rum i tre dagar.

"Han ångrade väldigt att han inte kunde återvända till Balden för fem år sedan", sa Krashak plötsligt. "Även om han säger det så glömde han aldrig bort byn. Vi kom ikapp honom i Loma strax efter att han besegrade Marish. Han hade en bruten arm och flera sår som blödde kraftigt, men han vandrade envist söderut när vi fann honom. Mira helade honom och lyckades övertala honom att vända norrut igen. Jag tror att om vi inte fått tag i honom hade han säkerligen kollapsat på vägen söderut."

Han böjde lätt på nacken innan han manade på hästen. Liana såg efter honom när han red upp på Drashins andra sida.

"Han var på väg tillbaka", viskade Diriska frånvarande.

Liana såg på sin vän. Hon hade ett litet leende och såg efter Drashin med glittrande ögon. Liana vände blicken mot generalen igen och såg hur han slog klipptrollet på armen. Klipptrollet bara skrattade och slog med sin väldiga näve generalen vänskapligt i ryggen. Sarasha skrattade även han. Hon undrade igen hur Drashin hade lyckats få Diriska så ur balans. Vad fick de båda att dras till varandra?

"Han var på väg tillbaka", viskade draken igen. "Trots att han var skadad var han på väg tillbaka till mig."

Liana undrade om hon var medveten om vad hon sa för något. Hon verkade inte det. Liana såg ner på drakens händer. Dem tvinnade tyglarna hetsigt. Det var något med Drashin som fick Diriska att bli så här. Hon undrade vad det kunde vara. Sedan kom hon och tänka på en sak.

Hemma på gården hade Diriska ibland när hon suttit ensam vid köksbordet stirrat drömmande ut genom fönstret. Oftast gjorde hon det när Lianas mor och far skilts åt med en kyss. Hon hade alltid haft ett litet sorgset leende på läpparna när hon försvann på det viset. Då hade alla trott att hon tänkte tillbaka på sina förlorade fränder och låtit henne vara.

Men sedan de kommit till Terabelle hade Liana aldrig sett henne se ut på det viset. Inte ens när Asama och Mira hade kysst varandra. Sedan Drashin och de andra dykt upp i deras liv hade Diriska aldrig fått denna drömmande blick.

Liana undvek att se på sin äldsta vän och log. Nu förstod hon vad det var Diriska verkligen hade längtat efter. Hon tittade bort mot generalen som var i en livlig diskussion med de två överstarna. Diriska hade funnit Drashin. Även om hon kanske inte visste själv ännu, så trodde Liana att hon hade funnit något som hon saknat i många år.

"Varför valde du att komma med på denna resan?" undrade Liana oskyldigt. Egentligen trodde hon sig redan veta svaret.

"Så att han inte ska försvinna igen", svarade draken frånvarande utan att ta blicken från generalen. Hon blinkade till, såg på Liana och tillade snabbt. "Det var för att hålla ett öga på er allihop, vännen. Kom ihåg att jag är här som helerska."

"Ja, mor Diriska", sa Liana med ett leende.

Diriska grymtade nöjt och log mot henne. Det var som Liana misstänkte. Det var för hans skull hon följde med. Även om draken själv inte hade ordning på sina känslor för honom så hade Liana listat ut det. Hon hade verkligen funnit honom. Diriska var förälskad.

De red vidare och samtalade lågt. Då och då tittade någon förbi. Soldaterna tittade alltid med stora ögon på Diriska och det fick henne alltid att skratta till. Ibland fick dessa skratt Drashin att vända sig om i sadeln och titta efter henne. Liana kunde inte låta bli att le. Det verkade som om även generalen hade känslor för den blåhåriga kvinnan. Detta kunde verkligen bli en intressant resa.

Hon undrade om Ma'sharos'tian hade planerat detta när han dök upp på trappan till riddarhuset och bannade de två drakarna. Hon undrade om han redan efter bara några ett möte med de båda visste det som Liana idag kommit fram till.

Dock verkade Diriska fortfarande rädd att tala om sin hemlighet för honom. Kanske var det den rädslan som gjorde att hon ännu inte förstod vilka känslor hon hyste för Drashin. Liana hoppades att hon snart skulle våga berätta. Så hon kunde komma underfund med sina riktiga känslor.

13

Mira tvingade ner Samare mot marken igen. De hade inte hunnit äta något innan de lämnade Kalat. Det fanns en liten by där nere och hon tyckte sig se en marknadsplats.

När de landat tecknade hon åt de andra att de kunde besöka marknaden om dem önskade. De landade fullt synliga från byn på en liten äng. Ett flertal bybor dök upp i kanten av byn och stirrade nervöst mot dem. En del verkade hålla i gamla vapen.

Hon skulle just signalera att hon ville ur sadeln när Samare vände sig mot byn och tittade på byborna. Mira klappade honom tre gånger på huvudet för att han skulle lägga sig ner. Han ignorerade henne och såg bara mot byn.

De andra drakryttarna hade redan kommit ur sina sadlar och lossade på remmarna. De skulle vila några timmar. Byborna var inte intressanta för dem och de sökte inte efter strid.

Mira slog igen mot drakens huvud, hårdare denna gång. Han knorrade, men gjorde ingen ansats att lägga sig ner. Mira morrade irriterat och lyfte blicken mot byn. En liten grupp män kom nervöst emot dem. Hon lyfte sina händer och tog av sig sin hjälm.

"Samare", sa Mira med hög röst så även byborna skulle höra henne, "vi ska inte strida här. Vi ska enbart ha mat och handla lite. Så lägg dig ner nu så jag kan komma ner."

Han knorrade bara och fortsatte att stirra på de annalkande människorna. Mira sträckte sig efter spjutet bakom sig. Hon slog mot hans framben för att få honom att reagera, men han förblev stilla. Med en irriterad suck satte hon tillbaka spjutet och lade händerna på sadelknappen.

"Väl mött", sa hon lugnare än vad hon kände sig. "Ni behöver inte vara rädda, vi kommer i fred. Vi stannar enbart för att vila lite innan vi fortsätter vår färd."

"Vad är det där för något?" frågade en man med glest grått hår. Hans mörkröda rock spände över hans mage och en medaljong i guld hängde runt hans hals.

"Det är en drake, Haran", sa en mansröst innan Mira hann svara.

Ännu en man kom fram och ställde sig bredvid den tjocke mannen. Mira lade huvudet på sned, det var något bekant med mannen. Han var medelålders och hans långa mörka hår var sammansatt i nacken. Skägget var prydligt klippt och han log stort mot Mira.

"Det är draken Samare om jag inte misstar mig", sa han med ett flin. "Då måste ni vara helerskan Mira. Ingen annan rider honom."

"Ni känner till mig?" frågade hon förvånat. Samare knorrade under henne.

"Den som besöker Amdoria och Terabelle och inte hör talas om Mira Mashok, hustru till Ca'Draak och drakryttaren som rider Samare, den vilde, är antingen döv eller död", skrattade mannen och bugade mot henne. "Ni får ursäkta mig, mor Mashok. Mitt namn är Kirom Lakar, handelsman."

"Kirom", sa Mira fundersamt. "Det namnet låter bekant."

Hon klappade Samare på huvudet igen och han lade sig på mage, fortfarande stirrade han på männen fram för sig. Äntligen gjorde han som han skulle. Mira tog spjutet, svingade benet över sadeln och hoppade ner på marken.

"Ni kanske har hört talas om mig från en gemensam bekant", sa Kirom muntert. "General Drashin brukar använda sig av mina tjänster ibland."

"Drashin, givetvis", sa Mira och började lossa på remmarna till sadeln.

När de var lossade ruskade Samare på sig och den föll till marken. Nu hade fler människor vågat sig ut ur byn för att se på dem. En äldre kvinna kom fram och ställde sig bredvid Kirom. Hon pekade mot Samare och gapade.

"Det är en mycket mindre drake", sa hon andlöst.

"Mindre?" sa Mira och såg sig försiktigt om på de andra drakryttarna. Ingen stod nära nog för att kunna lyssna på deras samtal. "Vad menar ni med mindre drake?"

"För två år sedan såg vi en enorm drake", sa hon allvarsamt.

"Lugn, mor Jara", sa Kirom och gav Mira en vaksam blick.

"Balden", sa Mira och skrattade till över deras förvånade blickar. "Jag har kommit till Balden, deras hem."

Samare sa något och hon klappade honom på frambenet. De hade anlänt till Diriskas och Lianas hem.

"Snälla", sa hon med ett leende. "Berätta om denna stora drake. Var såg ni henne?"

"Du vet vem hon är", sa Kirom bara.

"Min vän", sa Mira med ett skratt, "Diriska har gömt sig mitt bland drakriddarna i Terabelle i snart två år. Jag och min make fick reda på vad hon var för bara några veckor sedan. Hittills skulle jag tro är det bara vi två samt Liana Darik som vet vad hon är för något.”

”Så Liana lever”, suckade Kirom lättat.

Han visade mot byn och Mira följde med dem dit. Samare gjorde en ansats att följa med, men efter en sträng blick från Mira stannade han muttrandes kvar.

”Vi visste inte vad hon hette”, sa Kirom när de vandrade in i byn. ”Ingen av oss visste vad hon var heller. Det enda vi visste var att hon då och då kom in i byn tillsammans med någon ur familjen Darik. Vi tyckte att hon var lite udda då hon alltid höll sig nära dem och alltid var väldigt nervös bland folk.”

”Vi människor skrämmer henne”, förklarade Mira. ”Trots att drakriddarna skrämmer henne ännu mer, har hon valt att bo mitt bland dem. Nära den man som skrämmer henne allra mest. Men hon vägrar dessutom avslöja sig för de tre vise, trots att de är hennes fränder.”

Människorna runt henne mumlade förvånat runt henne. Kirom nickade sakta.

”Vad menar ni?” undrade kvinnan. ”Hennes fränder?”

”Asmaji, Sultan och Lindramas är de tre vise från Draktand”, sa Mira och Kirom nickade sakta. ”De tre är drakarna som ger kungarna av Amdoria och regenterna i norr råd. Samt rör sig bland drakriddarna.”

”Det finns fler som henne!” flämtade kvinnan.

”Just nu känner jag till fyra, med Diriska”, sa Mira lugnt. ”Kanske känner Ma’sharos’tian till fler, men jag är tveksam.”

”Ma’sharos’tian…” Kirom gned sig om hakan. ”Är inte det bara en legend? En folksaga?”

”Han var nog så verklig senast jag träffade honom”, sa Mira och skrattade. ”Men nog om det. Var såg ni draken någonstans?”

”Vid familjen Dariks gård”, sa Kirom dörjande. ”När vi samlade deras döda kroppar vid gården.”

”Vid gården”, sa Mira lågt och visslade efter Samare. ”Skulle ni vilja ta mig dit?”

”Varför?” undrade kvinnan förbryllat. ”Vad vill ni göra där? Dem är begravda, och ingen har varit vid gården sedan dess.”

”Jag önskar besöka den plats där drake Diriska tillbringade tusen år av sitt liv”, sa Mira allvarligt och såg kvinnan i ögonen. ”Jag vill se den plats där en rädd och ensam drake fick vara lycklig.”

Folk tog ett steg undan från henne när Samare bistert kom vandrandes genom byns enda gata. Mira vände sig om och stångade sin panna mot hans.

"Där hon fick vara lycklig", mumlade hon och klappade den store draken på kinden.

Narika spanade fram mellan träden. Hon undrade var hon var någonstans och om Samare var nära. Det hade tagit dem fyra dagar att samla ihop alla. Förutom de trehundratolv drakarna hade några nyfikna unga följt med. Sexton unga drakar som ville ut på äventyr. Hon undrade slött hur de skulle klara sig i strid mot demoner. Lanar låg bredvid henne och spanade också.

"Vad tror du detta är för en plats?" undrade han. "Det doftar drake, om än svagt."

"Jag tror att detta varit en av människornas bon", sa Narika och pekade mot den större av dem förfallna trägrottorna. "Jag tror att man hade djur där inne, min hane."

"Draken då?"

"Jag känner också doften från den. Den är gammal, det har gått några somrar sedan den var här senast. Den luktar bekant på något sätt."

"Om boet varit övergiven i några somrar", sa Lanar och reste sig långsamt upp. "Så måste draken spenderat många, många somrar på denna plats med människorna."

Narika nickade bara. Det var något med doften. Hon hade träffat denna drake en gång tidigare. Men var? Hon hörde hur flera andra muttrade om en främmande drake och att det var någon annans revir. Men hon struntade i dem. Draken hade varit ensam så mycket kunde hon utläsa av dofterna. Men det levde inga drakar så här långt söderut, det var hon helt säker på.

"Tror du det kan vara drakmodern, Narika?" frågade plötsligt Hokka.

Narika vände sig förvånat om och stirrade på den yngre drakhonan. Alla i gruppen visste nu om att det fanns en stor drakhona. De andra tystnade och såg uppmärksamt på Narika. Hon var den enda som hade träffat drakmodern. Resha, som varit med vid den stora människoboningen för två somrar sedan, var död. Drakmodern hade stått bredvid Drashin och hennes doft... Det hade varit svårt att finna hennes doft, det var en stor blandning av dofter. Även hans doft hade varit stark hos henne.

"Drakmodern", mumlade Narika och vände sig mot boet igen.
"Kanske. Kan hon ha levt här nere? Helt ensam?"

Hon tog några försiktiga steg ut från sitt gömställe. Lanar morrade oroligt efter henne, men hon tecknade bara åt honom att stanna kvar. Sakta och med blicken hela tiden flackandes fram och tillbaka smög hon ut mellan dem två trägrottorna. Vad kallade människorna dem?

Hon gick först till den stora och luktade försiktigt i luften. Det var svårt att urskilja några specifika dofter här. Alldeles för många djur hade vistats i den här grottan. Hon skulle precis vända sig mot den andra grottan när hon fick syn på fyra små kullar. Stenar var resta vid ena änden av kullarna. Hon smög fram och undersökte platsen.

Det var så här människorna gjorde med sina döda. Man grävde ner dem. Narika förstod sig inte på människorna och de andra raserna. De hade underliga seder.

Hon vände sig mot den andra grottan och skyndade sig dit. Hon ville inte vara ute i det fria för länge. Dessutom skulle Lanar banna henne efteråt för att hon begett sig ut helt själv. När hon kom fram till grottan tittade hon först bara på den. Den hade varit ganska stor. Människor byggde gärna stora bon.

Hon tittade på den lilla öppningen, det var där de brukade gå in. Hon rundade den och gick in genom ett stort hål i dess vägg. Trägrottor kunde inte vara praktiska. Taket hade rasat in och flera väggar låg omkull välta och såg ut att vara brända. Hon kände genast doften av drake. Den var gammal, men ändå skarpare här än den hade varit utanför grottan. Hon drog djupt efter andan och log sedan.

"Drakmoderns bo", sa hon nöjt. "Vi hittade det. Samare kommer bli avundsjuk på oss."

Hon steg ut genom hålet igen och skulle precis vända tillbaka mot gruppen när hon stelnade till. Hon vände hastigt mot den lilla vägen som gick från boet. En stund stod hon bara med huvudet på sned och lyssnade. Sedan kom paniken, det kom någon.

Hon skulle inte hinna bort till de andra utan att bli upptäckt. Narika snodde runt och smet runt drakmoderns bo. Hon sjönk ner så långt hon kunde i det höga gräset och bråten. Hon hoppades att det räckte för att dölja henne. När hon tittade bort mot de andra såg hon hur Lanar gjorde sig redo att springa ut. Hon tecknade åt honom att gömma sig och stirrade sedan spänt mot vägen.

Först fick hon syn på tre av djuren med dem hårda fötterna som människor satt på. Sedan blinkade hon förvånat. Där kom Samare vandrandes bland dem med Mira på sin rygg. Var de så nära varandra? Nöjt såg hon på dem när de närmade sig. Med Samare och Mira där behövde hon inte frukta något. Hon grymtade förvånat till när de svängde in till boet.

"Detta var familjen Dariks gård", sa en av hanarna till Mira på människornas språk.

"Så det var här hon levde", sa Mira och klappade Samare på huvudet. "Det var här hon hade sin familj."

Han gled ner på marken och hon hoppade av hans rygg. Hon höll hela tid en hand mot Samares framben. I den andra höll hon i sitt långa spjut. Hon såg sig omkring och Narika gled ännu längre ner i gräset när hennes blick gled över den plats hon gömde sig på. Samare stirrade rakt på henne och gjorde en fundersam min. Så snart Mira och de andra tittade åt ett annat håll nickade Narika mot träden där de andra drakarna gömde sig. Samare nickade tyst. Han förstod.

"Vi kan inte förstå hur hon lyckades gömma sig här i så många år", sa människohanen igen. "Inte heller hur familjen lyckades hålla tyst om det."

"Som en av de stora drakarna vore det inte något problem", sa Mira med ett skratt. "När hon väl lärde sig magin, så kan det inte tagit lång tid innan hon kom på hur hon kunde byta skepnad. Hade hon inte varit så rädd för er hade hon mycket väl kunnat besöka er by varje dag i hundra år och ingen av er skulle känna igen henne någon av gångerna. Varje dag hade hon kunnat ha en ny skepnad. Att familjen höll tyst om henne var en överenskommelse mellan henne och dem."

Människorna såg förbluffat på varandra, men Narika nickade tyst. Drakmodern hade levt ensam med människorna i det här boet i många somrar. Det var därför doften av drake var så stark att till och med nu, efter flera somrar fanns den kvar. Hanen visade med sin hand mot de små kullarna.

"Gravarna finns här borta", sa han försiktigt.

Mira nickade bara och följde honom bort till kullarna. Narika sträckte försiktigt på halsen för att se dem bättre. Samare gick bredvid Mira. De två stannade framför kullarna och såg ner på dem. Narika såg hur Mira lade en hand mot Samares framben och böjde på nacken mot kullarna. Narika undrade varför hon visade så stor respekt mot främmande människor. Även Samare böjde på sitt huvud.

När de vände om sjönk Narika ner i gräset igen och betraktade dem nyfiket. Hon visste att de andra trehundra drakarna spänt såg på människorna där nere och undrade vad de gjorde. Mira såg upp mot drakmoderns bo. Narika såg hur hon torkade bort en tår. Varför grät hon? Samare såg bistrare ut än vanligt. Hans långa ärr på kinden lyste nästan vitt.

Mira klappade varsamt den stora draken på benet och vände sig mot de väntande människorna, men Samare stod kvar. Hans blick gled över Narika och sedan mot träden där de andra gömde sig.

"Samare", sa Mira och vände sig om, "det är dags att gå."

Narikas bror reste sig upp på bakbenen och stirrade bistert mot den mindre trägrottan.

"Detta var drakmoderns bo!" sa han med hög röst. "Här levde hon i frid under tusen somrar. Med en familj av människor."

Narika lyssnade uppmärksamt på honom. Hon visste att de andra också gjorde det. Samare svepte med handen över boningen.

"Här var hon lycklig", fortsatte han. "Det må ha varit människor, men det var hennes familj. Vi vet alla vad en familj betyder för en drake. *Familjen är helig!*"

Han gled ner på alla fyra igen och slog sina knutna framklor i marken med en fruktansvärd kraft. Narika kände hur kraften i hans slag nådde henne. Hon förundrades alltid över hans väldiga styrka.

"Familjen togs ifrån henne!" röt han till skogen. "Det heligaste av det heliga togs från drakmodern! Den fallne tog hennes familj! Nu är hon ensam!

Hon har sökt sig till Drashin och Dödens skvadron. Med Dödens skvadron söker hon hämnd! Vi ska ge henne hämnd! Drashin har välkomnat henne, även om han inte vet vad hon är. Trots att han inte vill veta av dem stora, har han tagit emot drakmodern.

Han har välkomnat drakmodern! Nu skall *vi* välkomna henne! *Vi* ska bära hennes smärta! *Vi* ska föra fram hennes hämnd! Vi är Dödens skvadron och vi skall hämnas drakmoderns familj!"

Narika kunde inte låta bli att morra lågt. Det ryckte i varje muskel, hon ville springa upp, hon ville vråla ut sin ilska. Den fallne hade tagit drakmoderns familj! Den fallne måste dö! Ett dovt muller hördes från skogen. Varje drake morrade till svar på Samares tal. Alla människorna utom Mira såg oroligt mot skogen. Mira betraktade bara nyfiket Samare.

”Vi är Dödens skvadron!” vrålade Samare igen och reste sig på bakbenen. Han slog sin knutna hand hårt över bröstet. ”Vi är Dödens skvadron!”

”Vi är Dödens skvadron!” mumlade Narika. Från skogen hörde hon drakarnas mumlande. Nu tittade även Mira mot skogen och hon hade en undrande min.

”Vi är Dödens skvadron! Vi ska hämnas drakmoderns familj! Familjen är helig! Vi är Dödens skvadron!”

Samare såg ut över skogen och nickade belåtet. Hans meddelande hade kommit fram. Han gled smidigt ner på alla fyra igen och vände mot Mira som lugnt väntade på honom. De andra människorna stirrade förskräckt på honom.

”Var redo för strid, bröder och systrar”, sa Samare och såg sig över axeln mot Narikas gömställe. ”Detta är bara början på vårt krig mot den fallne. Låt oss strida för Diriska, för drakmodern!”

Narika låg kvar och såg dem försvinna på vägen bort mot den lite större boningen längre bort. När de inte syntes till längre reste hon sig upp. Lanar och de andra drakarna steg fram mellan träden. En stund såg de bara efter Samare och Mira. Sedan gick Narika tillbaka till de fyra små kullarna, gravarna efter drakmoderns familj.

Lanar ställde sig bredvid henne och såg ner på dem, Hokka ställde sig på hennes andra sida. I en vid ring ställde sig drakarna runt kullarna och såg ner på dem. Tysta såg de ner på platsen där drakmoderns familj vilade.

”De må varit människor”, sa Hokka dröjande.

”Men de var hennes familj”, fyllde Lanar i.

”Familjen är helig!” mumlade dem andra.

”Diriska”, sa Narkia och såg upp mot himlen. ”Så det är hennes namn.”

”Min hona?”

”Samare berättade inte hennes namn förra gången”, sa Narika och såg på Lanar. ”Han sade bara att Drashin hade hittat en drakmoder. Att Drashin hade tagit henne till sig utan att veta vad hon var för något. Hon heter Diriska.”

Drakmoderns namn viskades fram och tillbaka mellan de andra. Narika skrattade över deras upprymdhet. Här hade man hittat en ny stor, som levt med en människofamilj i tusen somrar och varit lycklig med det. Hon hade haft en familj, som sedan hade tagits ifrån henne.

"Tror du hon kommer att komma med honom till striderna?" undrade Lanar upphetsat.

"Jag är säker på att hon kommer att komma med honom", sa Narika och log. "Drakmodern, Diriska, vill ha sin hämnd för att hennes familj togs ifrån henne. Vem är bättre att se till att den blir hämnad än Drashin? Hon kommer att följa med honom. Frågan vi ska ställa oss, min hane, är: kommer hon att vara en del av Dödens skvadron när hon kommer söderut?"

Drakarna såg upphetsat på varandra och Narika leende blev ännu större. De skulle få gå till strid med en stor. Med drakmodern skulle dem gå till strid och tillsammans skulle dem hämnas det heligaste av det heliga.

De lämnade gravarna och tog till luften. Sökte sig närmare människoboningen där Samare och Mira befann sig. Narika kände upphetsningen bland de andra och delade den. Snart var de framme. Snart skulle hämnden påbörjas.

14

Liana muttrade surt där hon satt. Hon hade trott att hennes lektioner mer eller mindre var över, men varje rast man tog så fick hon stränga lektioner från sina mästare. Det hade bara gått en vecka sedan de lämnade Terabelle och varje dag var likadan. Varje dag fick hon öva antingen strid utan vapen, strid med vapen eller bågskytte. Och nu när de hade tvåtusen trehundra soldater med sig hade hon helt plötsligt tvåtusen trehundra personer att öva mot!

"Gaska upp dig, flicka", skrockade Krashak medan han stoppade sin pipa. "Se till att avsluta ditt te nu annars kommer du få öva med muggen i handen. Generalen tycker inte om att vänta."

Liana grinade illa och tittade ner i muggen. Teet var bittert och kallt. Hon avskydde kallt te, men just nu fanns inget annat. Diriska satt på en stock mittemot henne och log medlidande mot henne. Med en suck hällde Liana ut teet och reste sig upp. Hon undrade vad det var för träning Drashin skulle hålla i. Det var länge sedan han deltagit i någon av hennes övningar.

Hon vände sig mot ljudet av trä som slog mot trä. Diriska följde med henne. Diriska var nästan aldrig närvarande vid hennes övningar, men hade visat ett stort intresse när Drashin skulle vara med i dag. Liana kunde inte låta bli att le åt draken. Så fort de stannade för att vila sökte hon upp generalen och tillbringade hela rasten med honom. Detta var första gången hon inte gjorde det, och det bara för att hon visste att Liana skulle öva med honom.

"Är det säkert att du vill titta på, Diriska?" undrade Liana. "Du har inte velat vara närvarande tidigare."

"Jag finner det lite intressant att få se när du övar", sa draken svävande och tittade mot ljudet framför dem.

"Död!" ropade Meeko. "Det blir fyra raka till general Drashin!"

Liana och Diriska kom fram till den lilla gläntan som fungerade som övningsområde här. En ring med kanske trettio soldater stod och tittade på de två männen. Ranin satt på marken och skakade på huvudet. Han höll i två träsvärd. Drashin stod två steg från honom. Han höll ett svärd mot Ranin och det andra vilade över hans axel.

"Ger du upp, major Orakt?" frågade han.

"Du är omöjlig", muttrade Ranin och stod upp. "Hur länge sedan är det jag besegrade dig?"

"Tror det var två år sedan nu", skrattade Drashin. "Fast då slog du mig ordentligt. Jag bröt armen, kommer du ihåg?"

Diriska ryckte till bredvid Liana.

"Mira skällde lite på mig för att jag tvingade henne hela dig", sa Ranin och rev sig i huvudet. "Men jag tror ändå att hon var ganska nöjd att du fick stryk."

De båda männen skrattade åt minnet. Tirasine steg in i ringen och tog svärden från Ranin. Han såg frågande på henne när hon viftade undan honom.

"Att det ska vara jag för att visa hur man gör", skrockade hon.

"Och du tror du kommer att lyckas bättre?" undrade Norek och satte sig på huk på andra sidan av den lilla ringen. "Meeko, ser du ordentligt där borta?"

Meeko flyttade sig en aning och lyfte sedan handen till svar. Liana såg mot Drashin och Tirasine. Hon visste att de båda hade haft samma mästare, Ander Nariba, Tirasines far. Själv hade hon aldrig sett de två strida mot varandra. Hon sneglade mot Diriska som grimaserade oroligt när hon såg mot ringen. Kalar och Sareas ställde sig på Lianas andra sida. Sareas lutade sig mot sitt långa spjut och såg uppmärksamt på dem två i ringen.

"Det blir intressant", mumlade Kalar. "Det var ett tag sedan de mötte varandra."

"Vad är ställningen, majorkapten Nariba?" undrade Drashin.

"Sextiofyra till mig och femtiosex till dig", flinade Tirasine. "Tror du att du kan komma lite närmare, general Drashin."

Drashin grymtade och ställde sig redo att möta henne. Ena svärdet höll han vinklat så klingan löpte upp för armen bakom ryggen, det andra höll han upp framför sig. Liana såg att Tirasine höll sina svärd på exakt samma vis. Hon hade aldrig sett några andra drakriddare hålla sina vapen på det sättet.

"När du är redo, Meeko", ropade Norek och såg mot de båda kombattanterna.

Den andra dvärgen lät sin blick glida fram och tillbaka mellan de två och sänkte sedan sin arm. Liana höll andan och stirrade mot ringen. Inget hände. Drashin och Tirasine stirrade bara på varandra. Hon stirrade undrande på dem båda.

"Vad…" började Diriska.

Så for de två mot varande och deras svärd möttes med en smäll. Liana flämtade till. Svärden rörde sig i en otrolig hastighet mot varandra. Hela tiden användes det ena till att hugga eller sticka och det andra användes för att parera. Deras fötter rörde sig hela tiden och dem snurrade runt varandra. Det var nästan som att se dem dansa. En dödlig dans.

"Ander Nariba lärde de båda att dansa innan han brydde sig om att lära dem hantera ett svärd", sa Kalar lågt. "Han lät dem aldrig dansa där de andra lärlingarna kunde se det, men jag lyckades få syn på dem när Ander tog dem till ett tomt rum. Han kunde låta dem två dansa i timmar med varandra. Hela tiden spelade han för dem."

Liana kunde inte slita blicken från de båda. Tirasine gled smidigt undan från Drashins attack och slog ut med ena svärdet mot hans oskyddade rygg. Det såg så enkelt ut när han parerade det och snurrade runt för att göra ännu ett hugg mot majorkaptenen.

"De dansar nästan aldrig med varandra längre", sa Sareas. "Jag har sett det någon enstaka gång. Men de undviker det så mycket de kan. De är duktiga dansare, men de trollbinder inte sina åskådare som på samma sätt som när Drashin dansar med Mira."

"Vad menar du?" sa Diriska dröjande. Anade Liana en svag avundsjuka i hennes röst?

"Det är många bland adelhusen som stoltserar att de är duktiga på att dansa", skrockade Kalar. "Men det blir alltid tyst på dem när Drashin och Mira gjort en dans. De dansar i regel bara en gång med varandra om det blir dans. Det brukar räcka. De får alltid dansgolvet för sig själva."

Liana stirrade på generalen framför henne. Hon hade aldrig sett honom dansa. Den kvällen på 'Drakriddarens gunst' hade han bara suttit vid deras bord. Aldrig gått upp på golvet.

Drashin parerade ännu en stöt från Tirasine och for fram med sitt andra svärd. Kvinnan framför honom skrattade till och duckade för det. Sedan satte hon en axel i bröstet på honom. Han backade förvånat undan och hon gav honom en spark på benet.

Han föll ner på marken och hon förde båda sina svärd mot hans oskyddade mage. Liana hörde hur Diriska flämtade till. I sista stund lyckades han slå undan Tirasines svärd. Med en svordom hoppade hon undan. Drashin satte sina händer i marken ovanför sitt huvud och med en kraftig sving med benen tog han sig upp på fötter igen.

Innan han hade fått full balans på fötterna igen störtade Tirasine fram
igen. Drashin tvingades att ta ett steg bakåt för att inte ramla igen. Han
lyckades precis slå undan hennes angrepp och göra ett eget tillbaka. Ti-
rasine hoppade smidigt undan och han svingade i tomma luften.

Nu hade han fått tillbaka balansen och de gled långsamt runt i en vid
ring utan att släppa varandra med blicken. Långsamt snurrade de sina
svärd i händerna. De två andades tungt.

Liana hörde tunga steg när Krashak kom till gläntan. Den väldige
mannen ställde sig i kanten av ringen och lade sina kraftiga armar över
bröstet. Liana vågade sig en snabb blick mot Diriska. Drakens hela upp-
märksamhet var mot mannen och kvinnan i ringen. Liana såg tillbaka på
dem båda. Hon kunde omöjligt utvinna vilken av dem som hade överta-
get. Tirasine var mindre och smidigare, men Drashin var så mycket
snabbare i sina vändningar.

Så drabbade de samman igen och svärden blev suddiga i de snabba
slagen och huggen. Liana kunde knappt följa dem. Meeko och Norek
följde allt mycket uppmärksamt. Plötsligt sparkade Drashin undan Tirasi-
nes ben och hon sjönk ner på knä. Som blixten högg Drashin med sitt
svärd.

”Död!” utbrast Meeko och höjde sin hand. ”Majorkapten Nariba vin-
ner.”

Liana blinkade till och stirrade på dem två framför sig. Drashins svärd
stannade alldeles ovanför Tirasines huvud. Hon hade lyft sitt ena svärd
så det låg jäms med armen ovanför huvudet. Det andra hade hon lyckats
driva in bakom hans andra svärd och in i hans mage.

”Sextiofem till mig”, skrattade majorkaptenen. ”Du förlorar igen. Tredje
vinsten för mig.”

”Du väntade på att jag skulle sparka undan benet för dig”, pustade ge-
neralen. ”Jag borde förstått det.”

Han hjälpte henne upp på fötter igen. Soldaterna applåderade upp-
skattande. Liana kunde inte låta bli att göra det samma. Hon såg upp mot
Diriska och bara skakade förbluffat på huvudet. Krashak skrattade mun-
ter där han stod.

”Det var länge sedan vi fick se det där”, brummade han.

Drashin grymtade och tog av sig sin skjorta. Han torkade ansiktet med
den. Han tog emot en ny från Meeko och tog på sig den. Tirasine tog
emot en från Norek och gick skrattade åt sidan. Drashin såg buttert efter
henne.

”Hon kan alla mina knep”, muttrade han. ”Det spelar ingen roll vad jag gör, hon har hundra motdrag till allt.”

”Det är problemet med att ha tränat för samma mästare”, sa Krashak. ”Jag förlorade själv åtta raka matcher mot Dokora innan jag lyckades besegra honom. Vi hade samma mästare.”

Drashin nickade buttert och såg ner på Liana. Han grimaserade och såg upp på himlen. Sedan ner på henne igen.

”Vi kan väl säga att detta var din lektion den här gången”, sa han. ”Det tog längre tid än jag trodde det här. Till era hästar, vi far vidare.”

Soldaterna lämnade genast gläntan och gick till hästarna. Liana väntade bara på en nick från Drashin innan hon vände om.

”Tror du vi hinner fram till en by innan det bli mörkt?” frågade Drashin Krashak där de gick strax bakom Liana och Diriska. ”Det hade varit skönt med ett bad.”

Krashak skrattade högt och dunkade generalen så hårt i ryggen att den andre föll till marken. Liana såg hur Diriska skakade på huvudet med ett leende. Liana hoppades att dem skulle slå läger utanför en by. Hon ville också ha ett bad.

”Det hade varit underbart”, mumlade Diriska och log för sig själv.

Strax satt de på hästryggen igen. Tirasine kom upp jämsides med Liana och Diriska. Hon flinade nöjt mot Drashins rygg där han red i täten. Diriska såg först mot generalen och vände sig sedan mot Tirasine.

”Brukar ni ofta gå sådana här... matcher?” undrade hon trevande.

”Vad?” sa Tirasine och såg mot henne. ”Nej, inte så ofta faktiskt. Som drakriddare är det inte alltid att vi har tid med sådana lekar. Antingen är vi på uppdrag i Labyrinten eller så är någon av oss med prinsessan Marin på någon resa. Faktum är att det är nästan två år, kanske tre, sedan jag och Drashin gick en match ihop.”

”Men du sade att ställningen var sextiofem till dig och femtiosex till honom?” sa Liana förvirrat. ”Hur är det möjligt?”

”Jag och han var lärlingar samtidigt”, sa Tirasine tålmodigt. ”Det har jag ju berättat. Vi började våra matcher mot varandra redan då. Det är därför vi har så många segrar var. Inga andra drakriddare har gått upp mot varandra så många gånger som vi har.”

Liana såg mot Drashin som samtalade med överste Sarasha. Krashak var längre bak i kollumen. Hon visste inte att drakriddare gick matcher mot varandra.

"Det är en del av vår träning som färdiga drakriddare", förklarade Tirasine. "Det är ett av få sätt för oss att träna när vi inte är på uppdrag."

"Jag förstår", sa Diriska dröjande och nickade sakta.

Liana såg på sin vän. Hon undrade vad hon tänkte. Plötsligt lämnade Drashin täten och red bakåt i leden. Han gav Tirasine ett sammanbitet leende och fick ett stort flin tillbaka. Han nickade som hastigast mot Diriska och Liana innan han försvann.

Strax hördes det väldiga dunsar sedan kom Krashaks väldiga riddjur galopperande förbi allihop och fortsatte förbi Sarasha. Den amdorianske översten sträckte en aning på sig bara för att se vart klipptrollet var på väg innan han åter sjönk ner i sadeln. Liana hade aldrig trott att det väldiga djuret kunde springa så fort. Så snart översten försvunnit kom Drashin tillbaka. Han muttrade om en by längre fram när han passerade Liana.

"En by?" sa Tirasine undrande.

"Han hoppas få ett bad till kvällen", skrattade Diriska.

Tirasine nickade uppskattande. Liana ville också ha ett bad, de hade inte fått tvätta sig ordentligt på en vecka. De red vidare under tystnad. Den bröts endast ett få tal gånger då någon soldat red upp jämte Tirasine för att gratulera henne till vinsten. Strax innan skymning kom Krashak tillbaka och meddelade att en by fanns mindre än en timma framför dem. Drashin ökade farten på kollumen.

Det kanske var en timma före det blev helt mörk när Liana med en lycklig suck sjönk ner i det varma vattnet i badkaret. Diriska satt redan i ett annat och lutade tillbaka huvudet med slutna ögon. Tirasine höll på att klä av sig medan en tjänstekvinna fyllde upp ett tredje kar.

Det hade bara varit drakriddarna som ridit in i byn. Resten av soldaterna slog upp lägret utanför träpalissaden. Byn var bara aningen större än Balden var, men Liana hade redan vant sig vid Livet i Terabelle och tyckte att den var liten. Hon log när hon tänkte att för två år sedan skulle den varit stor för henne.

När det tredje karet var fullt tackade Tirasine tjänstekvinnan och tryckte en silvermarker i hennes hand. Kvinnan neg djupt för dem och frågade om något mer önskades. Sedan lämnade hon dem. Tirasine gled ner i karet och suckade.

"Bästa idén han haft på flera år", mumlade hon. "Jag kanske borde slå honom oftare."

Diriska gjorde ett frustande och gav henne en vass blick. Liana kunde inte låta bli att skratta. Draken brottades med känslor som hon inte förstod. Liana hoppades att Diriska snart skulle förstå och att hennes känslor skulle göra att hon övervann sin rädsla för Drashin. Tirasine såg mot Diriska och skrattade.

"Så vi kan få ett bad, mor Diriska", skrattade hon. "Han är starkare än mig, men än så länge är jag snabbare."

Diriska fnös högt. Men när hon åter sjönk ner i karet såg Liana att hon log nöjt. Draken uppskattade ett bad lika mycket som dem andra.

"Kanske någon gång då och då", mumlade draken och såg frånvarande in i väggen framför sig.

Mörkret hade lagt sig när de steg ut ur värdshuset för att rida tillbaka till lägret. Drashin samtalade lågt med Kalar och Sareas. Norek, Meeko och Ranin satt och halvsov på sina hästar och Krashak hade sin pipa i munnen och en bok i handen. Liana undrade hur han kunde se något i mörkret.

De småpratade och skrattade på vägen bort till lägret. Vaktposterna nickade bara kort mot dem när de red in i lägret. Några soldater mötte upp dem och tog hand om deras hästar. Deras lägereld låg nästan mitt i lägret. Inga tält hade slagits upp, men det hade inte regnat på nästan en vecka nu, och det såg lovande ut även för morgondagen. Drashin sträckte på sig och gäspade innan han satte sig ner på sina filtar. Liana kunde inte hålla tillbaka en egen gäspning och såg surt på honom. Han skrattade bara.

"Sov nu, Liana Darik", sa han. "Om en vecka är vi i Mosker och några dagar senare är vi i huvudstaden Garatur."

Han lydde själv sina ord och rullade in sig i filtarna. Alla andra drakriddarna, utom Krashak, gjorde det samma. Klipptrollet lutade sig bara tillbaka mot en stor stock, plockade fram sin bok igen och puffade nöjt på sin pipa. Liana såg hur Diriska gav pipan en ogillande blick innan hon lade sig ner för att sova, inte långt från Drashin. Liana log mot sin vän.

En efter en somnade de andra, utom Liana som vände och vred sig. Hon lyssnade till ljudet av de andras lugna andetag och när Krashak vände blad i boken. Efter en stund satte hon sig upp och stirrade in i elden.

"En silvermarker för dina tankar, Liana Darik", sa Krashak lågt utan att lyfta blicken från sin bok.

Liana sneglade på de andra innan hon reste sig och gick fram till klipptrollet. Hon satte sig ner på stocken. Hon såg mot Diriska och Drashin där de sov bredvid varandra. Ansikte mot ansikte.

"Jag undrar om hon verkligen förstår vad hon känner", sa hon lågt för att inte väcka någon.

"Du undrar om hon någonsin kommer våga berätta sin hemlighet för honom", sa Krashak lugnt.

Liana ryckte till och stirrade på honom. Han log snett ner i boken och vände blad igen.

"Vad menar du, överste?" undrade Liana oskyldigt.

"Jag vet att dvärgdrakarna visar någon from av tillgivenhet eller kärlek gentemot sin livspartner", skrockade han. "Men hon är inte van med sådana känslor. Hon har aldrig haft någon nära på det sättet. Hon vet inte hur hon ska agera eller vad det är för känslor hon har för honom."

"Du vet", viskade Liana förbluffat. "Hur? När?"

"Hur är inte så viktigt"; sa Krashak och stängde försiktigt boken. "När? För två år sedan nu. Sedan vi satt i hans rum i riddarhuset, tillsammans med Hiram. Jag tror att hon vill berätta, men hon är rädd för hur han kommer att reagera."

Liana nickade sakta och såg mot draken och generalen igen. Diriska såg så lycklig ut där hon låg vid hans sida. Nästan lika lycklig som den där dagen för fem år sedan.

"Hon ändrade på sin skepnad den dagen", sa hon utan att ta blicken från draken. "Hon och farfar mötte honom på marknaden, farfar sa att hon betedde sig underligt på hela vägen hem, som om hon inte ville lämna byn. Hon tyckte inte om att vara i byn annars, men nu ville hon plötsligt tillbaka. Hon överraskade oss alla på morgonen efter med sin nya skepnad. Min farfar sa till far att hon måste gjort det i hopp om att mannen på marknaden skulle tycka bättre om den. Hon tog bort över tjugo år. Allt för hans skull, utan att hon visste det. Men hon var lycklig, lyckligare någonsin."

Krashak nickade bara och såg mot Diriska.

"Tirasine berättade om Drashins möte med en äldre man och en medelålders kvinna", sa han tyst. "En kvinna med blått hår och mörkblå ögon. Hon fann honom stå och stirra på henne mitt på gatan. Kvinnan på honom, ingen av dem sa något. Tirasine sa att hon aldrig sett honom så förvirrad eller fängslad av någon kvinna tidigare. Jag och Norek kom till Balden på kvällen två dagar efter deras möten och vi lämnade byn strax efter lunchtid dagen efter. Då hade han ägnat hela förmiddagen på marknaden, sökandes."

"Ni lämnade byn bara några timmar innan hon slutligen vågade gå tillbaka", sa Liana med ett kort skratt. "Hon ville så gärna gå tillbaka. I två dagar var hon på väg att gå dit fyra gånger, ensam. En gång kom hon så långt som till grinden. Men varje gång stannade hon upp och grep hårt i klänningen och tittade skräckslaget mot byn."

"Jag vill mig minnas", sa Krashak dröjande. "Att vi passerade en man och en kvinna på vår väg tillbaka mot Amdoria. Vi red så snabbt förbi att jag inte såg dem ordentligt, men när jag tänker efter höll hon honom hårt i armen. Hon verkade nästan skräckslagen där hon gick."

"Det var troligen Diriska och far. Hon höll honom så hårt i armen att han trodde att hon skulle bryta den. Hon var så rädd för människorna byn, men viljan att få se honom igen övervann rädslan. När det visade sig att ni hade lämnat byn, låste hon in sig i sitt rum i tre dagar.

Vi trodde att hon skulle gå tillbaka till den gamla skepnaden igen, som hon burit i nästan tvåhundra år, men hon behöll den här. Jag tror att hon innerst inne hoppades att han skulle komma tillbaka. Ibland fann jag henne mumlandes, ibland på sitt språk, ibland på vårt. Hon trodde inte att någon hörde, men alltid var det samma sak. 'Varför gick jag inte? Varför kunde jag inte få se honom igen? Varför sa jag inget?'"

De satt tysta och såg på mannen och kvinnan som sov framför dem. Krashak stoppade undan boken och knackade försiktigt ur pipan. Liana såg forskande på klipptrollet. Hon undrade hur han listat ut att Diriska var en drake.

"Kanske hade allt tagit en annan väg om dem två verkligen träffats en gång till den där gången", sa han och vände blicken mot Liana. "Han hade inte stannat, det vet jag. Inte så länge Marish fanns kvar. Men kanske hade hon följt med honom tillbaka redan den gången, eller att han återvände till Balden.

Tänk om inte Mira hade lyckats övertala honom att återvända när vi fann honom på väg söderut. Tänk om han hade övertalat henne och Samare att ta honom ner dit. När vi fann honom efter hans strid med Marish, trodde vi att hans skador gjorde honom förvirrad och fått honom att vända åt fel håll. Men han var så beslutsam att gå söderut. Hela tiden mumlade han om blå ögon, blått hår och att han ville veta."

Liana knäppte händerna i knät och tittade ner i sina fötter. Det var en sak som hon undrade över.

"Uppe på muren för två år sedan", sa hon fundersamt. "Demoner lyck-
ades ta sig upp och angrep prinsessan Marin och mig. Men Drashin kom
i tid och räddade oss. Då såg han upp och fick se Diriska bakom mig. Se-
dan sa han 'så vi ses igen' och 'så du fann din skyddsling'."

Krashak skrockade och reste sig upp. "De hade sällskap genom Spök-
riket", sa han och såg ner på henne. "Jag misstänker att han red ifatt
henne efter sitt besök hos Hiram. Eftersom de bara hade en häst med sig
när de anlände till Umala, borde hon ha gått när han kom ikapp henne."

Klipptrollet sträckte på sig och gäspade stort. Liana satte handen mot
munnen och gäspade hon också. Krashak flinade mot henne när han
gick mot sina filtar.

"Det var en trevlig pratstund, Liana Darik", sa han och lade sig ner.
"Men nu är det dags att sova. Dessutom behöver du inte tala om för Di-
riska att jag vet vad hon är för något. Jag tror att hon kommer att visa oss
alla på denna resan vad hon är. Och jag kan lova dig, Liana Darik, att
han kommer att vara med henne även efter det. God natt."

Liana såg hur han lade sig till rätta. Det tog inte lång tid innan han sov.
Liana satt kvar på stocken och såg på Diriska. Hon funderade lite på det
som Krashak hade berättat. Drashin kunde inte stanna i Balden så länge
Marish fanns kvar. Men så snart han hade besegrat honom, hade
Drashin börjat vandra söderut. Hotet från Marish var borta och nu ville
han veta vem den blå håriga kvinnan var.

Diriska ryckte till en aning i sömnen och mumlade något. Hennes ena
hand gled en aning mot Drashin. Liana log när han lade sin hand över
hennes. Till och med i sömnen sökte de sig till varandra. Diriska gav ifrån
sig en lycklig suck.

Liana gäspade ännu en gång och reste sig från stocken. Krashak
hade rätt det var dags att sova. Hon gick bort till sina filtar och lade sig
ner. Snart var det bara vakterna som fortfarande var vakna i deras läger.

15

M ira och Samare flög i täten för drakryttarna. Hon hade på sig den traditionella hjälmen som alla drakryttare bar när dem flög långt. Den var nästan en perfekt kopia av dvärgdrakarnas huvuden. Hjälmarna brukade gå i arv i flera generationer och drakarna höll sig alltid hos samma familj i hela sitt liv. En gång i tiden hade någon ritat dit det ärr som Samare bar på hennes hjälm. Hon undrade förstrött om hennes barn någon gång skulle få flyga på Samare, eller om han valde en ny drakryttare.

Precis som alla drakryttare som flög till strid, bar hon byxor som påminde lite av drakriddarnas, men ännu pösigare. Hennes vita skjorta fladdrade en aning av vinden på så här hög höjd.

Hon såg mot bergen som snabbt kom emot dem söderifrån. På andra sidan om dem låg Soma. Hon vinkade till sig Jarom Stram. Han och Varsk gled smidigt upp jämte Samare.

Varsk böjde respektfullt med huvudet mot Samare som fullkomligt ignorerade den andre. Samare hade all sin uppmärksamhet mot bergen framför sig. Mira kunde känna hur hans muskler spändes och slappnade av. Han verkade se fram emot vad han skulle få möta på andra sidan av bergen.

"Förvarna samtliga, Jarom", ropade Mira för att höras ordentligt. Hennes röst lät en aning ihålig på grund av hjälmen. "Soma ligger alldeles efter bergen. Var redo för vad som helst."

Jarom nickade bara och föll tillbaka bakom henne. Mira såg sig om över den andra axeln. Sira Osan kom genast fram till henne. Hennes drake, Irasa, försökte kråmande få Samares uppmärksamhet. Ett dovt morrande hördes från Samare. Han var inte intresserad av något annat än de kommande striderna.

"Jag vill ha samtliga magiker i en halvcirkel bakom mig", beordrade Mira och lade en lugnande hand på Samares stora huvud. "Vi gör första anfallet innan de andra går in. Var redo, vi vet inte hur det ser ut eller om det *blir* någon strid." Det sista lade hon till lika mycket till Samare.

Sira nickade tyst och föll tillbaka. Mira tog bort handen från Samares huvud och grep tag i sitt långa spjut bakom sig. Även det var ett traditionellt vapen för drakryttare. Om man stred från ryggen av en drake behövde man något som var långt. Alla krigare hade även svärd med sig, men det var spjuten som man föredrog. Samare gjorde några krängande innan han åter flög rakt. Mira förde spjutet intill hans stora huvud och pekade mot bergen med det.

"Det är vårt mål, Samare", ropade hon till honom. "Bortom bergen finns fienden."

Han sade något på drakarnas språk. Det lät upphetsat. Han vred en aning på huvudet och såg på henne. Ärret på hans kind lyste vitt och drog obehagligt upp hans mungipa. Ögat sken av upphetsning. Han såg fram emot striderna. Han vände blicken mot bergen igen.

Så lyfte han plötsligt på huvudet och sträckte ut halsen. Ett högt läte kom från honom. Det lät som om det kom långt ner från halsen. Flera av de andra drakarna gjorde skrämmande skrin. Mira såg sig om och såg hur drakryttarna kämpade med dem. Så gick det upp för Mira vad Samare gjorde. Han kallade på någon.

"Samare, sluta genast!" röt Mira åt honom.

Samare lyssnade inte utan fortsatte att kalla. Så hördes det gensvar strax norr om dem. Mira tvingade sig att se sig om, fruktade vad hon skulle få se. Där, bara en eller två mil bakom dem, dök flera skuggor upp bland träden. Det blev bara fler och fler och himlen blev nästan alldeles svart bakom dem. Det var flera hundra av dem! Hon hörde några av drakryttarna ropa till. Alla stirrade nu vantroget bakom sig. Den stora massan kom snabbt närmare och närmare. Drakar, Samare hade kallat på vilda drakar!

Bergen som markerade gränsen till Soma passerade under dem och Somas ökenlandskap bredde ut sig framför dem. Aldrig förr hade vilda drakar begett sig så här långt söderut. Mira kastade en blick över axeln igen. De vilda drakarna höll sig nu strax bakom dem. De kom varken närmare eller föll tillbaka. De tama for med sina rädda blickar fram och tillbaka. Den enda oberörda draken var Samare, men han var ju i grunden en vild drake.

"Fakras Niorta", sa Samare under henne. "So ke fakras Niorta! Ki niorta!"

Niorta betydde döden. Mira rynkade förbryllat pannan. Fakras var ett av få ord hon kunde på drakanas språk. Skvadron. Hade han kallat på Dödens skvadron? Var alla drakarna bakom dem Dödens skvadron? 'Ki Niorta' var en del av drakriddarnas stridsrop och betydde 'intill döden'.

Mira svor över honom att han hade gått bakom hennes rygg. Detta kunde inte sluta väl. Det fanns ingen som kunde styra de vilda. Hon kände hur Samare rörde huvudet fram och tillbaka. Han spanade. Han sökte efter strid.

Med grymtning kröp Mira ihop i sadeln, med ett stadigt tag om sadelknappen och höll spjutet hårt i handen. Med den långa svärdsklingan riktad framåt. En drakryttare som gjorde sig redo för anfall. En snabb blick över axeln visade att de andra drakryttarna hade fått ordning på sina drakar och satt nu i samma ställning som henne. Samares vilja att gå i strid hade smittat av sig på alla andra. *Nå*, tänkte Mira, *Det är krig. All hjälp är välkommen i krig mot demoner.*

Med en morrning ändrade Samare riktning en aning, mot sydöst. Mira spanade mot hans nya mål. Ett stort dammoln rörde upp sanden där nere. Mira kunde inte se om det var en strid eller bara något som rörde sig snabbt över sanden. En plötslig explosion kastade upp sten och kroppar i luften. Det var en strid!

Mira höjde sitt spjut och samtliga ökade farten. När de kom närmare såg de en förlorande strid mellan ryttare och en hord av demoner. Innan Mira hann göra något vrålade Samare.

Med ett överraskat skrik grep Mira hårdare om den stora sadelknappen. Samare ökade farten ännu mer! Så här fort hade hon aldrig flugit med honom innan. Hon vågade sig en blick över axeln. De tama drakarna gjorde sitt bästa att försöka flyga lika fort. De vilda passerade över och under dem med utspärrade klor. Dem besvarade Samares vrål.

Hon skrek ännu en gång när Samare slog ihop vingarna och gjorde en spiraldykning för att komma närmare marken. Det gick bara fortare och fortare. Så planade han ut igen och flög alldeles ovanför marken. Mira såg ner på sandiga marken som susade förbi under henne. I en normal hastighet skulle hon kanske, som värst, bryta ett ben eller två om hon ramlade ner. I den här hastigheten skulle det inte gå att känna igen hennes lik när man fann henne.

Två drakar gled upp på vardera sida om henne. Hon vred på huvudet och såg först på den ena och sedan den andra. Det var Narika, Samares syster, och hennes partner, Lanar. Honan gjorde några krängningar i luften och tjattrade något. Mira kunde inte höra något från vindens sus. Hon hörde Samare säga något och kände hur han gestikulerade. Han gav de andra order inför striden. Lanar nickade och skickade vidare ordern.

Mira riktade blicken framåt igen. Striden som hon sett från luften syntes inte nu. Men då och då dånade det av en explosion och en kaskad av eld och sten for upp i luften. Bakom nästa sanddyn. Mira grep hårdare i sadelknappen och sträckte ut sig efter Samares kropp. Hon blev ett med draken, brukade man säga. Greppet om spjutet hårdnade också och hon förde det framåt, så dess svärdsklinga löpte jämns med Samares huvud.

Hon hörde Samare knorra något. Väntade han på att hon skulle dela ut ordern? Hon slog med skaftet mot hans framben. Tecknet till honom att bära henne till strid, hon var redo.

Samare vrålade på nytt. Mira vrålade med honom. Drake och drakryttare var ett i strid. Runt henne vrålade över trehundra vilda drakar till svar. Långt bakom sig hörde hon hur de tama vrålade till svar. Men hon brydde sig inte om dem. Hon var ett med Samare. Hon var ett med familjen.

Den sista sanddynen passerade under henne och striden blev synlig igen. Ryttarna hade blivit ännu mer tillbakapressade och det låg fler döda män och hästar än det låg demoner. Hon blinkade till av fasa. Det var över tvåtusen demoner.

Hon samlade all sin kraft och kallade fram det ena eldklotet efter det andra och kastade in dem bland den monstruösa massan. Demonerna stannade förvånat upp när drakarna kom emot dem. Människorna tog tillfället i akt och vände sina hästar och red bort från striden.

Sedan hände allt på en gång. Mira kände kraften i spjutet när det rände in i kroppen på en demon och den kraftiga dunsen när Samare dundrade in i två andra. Med klor och käftar slet han sina byten i stycken. Mira svingade sitt spjut med all den skicklighet hon hade. Hon försvarade både sig själv och draken. Drake och människa var ett.

Plötsligt var hon omringad av demoner. Hon slog med spjutet åt alla håll hon kunde. Kastade sina eldklot och formler så fort som hon för mådde. Döda kroppar lades på hög runt henne och Samare. Men inte ens tillsammans skulle de kunna försvara sig mot detta speciellt länge.

Så kom Narika till undsättning och dödade snabbt tre demoner som lyckats undkomma Mira och Samare. En eldpelare svepte strax framför henne när Lanar sprutade sin eld och brände tio demoner till döds. Hon såg i ögonvrån hur en drake övermannades av demoner. Fyra demoner dog innan dem lyckades döda den. Mira såg ytterligare tre döda drakar ligga inte långt från henne. Alla hade ett tiotal döda demoner runt sig.

Just som hon undrade var resten av hennes drakryttare var ljöd Jaroms stridshorn. Genast slog blixtar ner överallt bland demonerna där inga drakar fanns. Nya explosioner hördes och lemlästade demoner flög åt alla håll. Sedan dundrade de tama drakarna in i striden. Drakryttarna stred på samma sätt som Mira gjorde. Svingade sina långa spjut och högg upp djupa sår i demonernas bröstkorgar, halsar och magar.

Mira skrek till när hon såg hur Sira slets ur sadeln på Irasa. Hon såg skräcken i den andra kvinnans ansikte när hon drogs till marken. Irasa svängde den väldig bepansrade svansen och fick genast en tom cirkel runt Sira. Magikern tog sig upp på darrande ben och höll ostadigt i sitt spjut. Hon hade fått ett sår i pannan och blodet strömmade ner i ansiktet. Irasa rörde sig ursinnigt runt sin drakryttare och gjorde allt för att hålla henne fredad från demonerna.

Plötsligt såg Mira hur en demon med tre gula ögon och utsträckta armar rusade fram mot den ostadiga kvinnan.

”Sira!” vrålade hon och stötte sitt spjut i bröstet på en demon med stora horn.

Kvinnan såg först oförstående på henne innan hon sakta vred på huvudet mot den annalkande faran. När hon fick se demonen förstod hon att det var försent. Likväl försökte hon kraftlöst att svinga sitt spjut mot den. Irasa vrålade av sorg och vrede när hon såg sin drakryttare. Inte ens hon skulle hinna komma till undsättning.

Så dök en av de vilda drakarna upp och grep tag i demonen alldeles innan den fick tag i Sira. Med ett ursinnigt vrål bet demonen draken i ena frambenet och klöste den med sin enda fria hand över bakrelåret. Med en morrning bet draken demonen i huvudet och slet av det med ett ryck.

Draken kastade liket åt sidan. Med Sira emellan sig cirkulerade nu den tama och den vilda draken för att hålla undan demonerna. Mira såg hur krampaktigt magikern höll i sitt spjut, men blicken gled hela tiden vaksamt fram och tillbaka.

När ännu ett horn ljöd, denna gång från väster, såg Mira upp. De somiska ryttarna var på väg tillbaka in i striden igen. Hon gissade på att det kanske var tretusen soldater som red in i striden. Hon drev sitt spjut in i bröstet på en enögd demon och drog snabbt ut det igen. Hon pekade med det mot ryttarna.

”Samare!” ropade hon. ”Bana väg! Eld, full kraft!”

Hon kände hur han drog in luft i lungorna och vände sig åt det håll hon pekade. Med ett dån släppte han ut sin eld. Med plågade skrik brändes dussintals demoner ihjäl. Genast följde flera drakar efter hans agerande och deras eldar brände upp stora hål i den stora massan.

Med ordlösa vrål stormade soldaterna in i demonernas led. Dock kom de inte långt innan det tog stopp. Men demonernas stridslystnad verkade vara nära på att brista.

Mira såg att det inte fanns några levande demoner runt henne längre. När hon såg öster ut fick hon se hur flera demoner redan hade börjat fly mot bergen. Med bensignaler fick hon Samare att vända sig åt öster. Hon stötte spjutet i Samares sida två gånger. Det var tecknet för att han skulle stå still. Det darrade en aning när han motvilligt stannade kvar. Huvudet svängde hela tiden fram och tillbaka, spanandes efter nya fiender.

Mira slöt ögonen och höll sitt spjut framför sig. Hon började mumla fram orden i formeln. Hon öppnade ögonen och svepte sakta spjutet över himlen framför sig. Genast bildades sex stora gyllene cirklar. Hon drog tillbaka spjutet en aning och stirrade stint efter de flyende demonerna.

"Nomra!" röt hon och drev spjutet framåt.

Sex spjut av hett ljust for iväg över himlen österut. Snabbare än hon hann blinka nådde de sitt mål och marken exploderade där demonerna fanns. Allt var bara ett enda stort klot av eld, och sten. Hon visste att hon inte lyckades döda alla, men några var bättre än inga.

Samare grymtade gillande och vände sig mot de somiska soldaterna igen. Nu såg Mira att alla demoner var antingen döda eller hade flytt sin väg. De somiska höjde sina krökta svärd i luften och jublade. Alla utom en som bistert såg sig omkring bland förödelsen. Mira såg sig också om.

Sexton vilda drakar hade fått sätta livet till. Åtta drakryttare satt och höll om sina döda drakar. Tre drakar låg bredvid sina döda drakryttare och puffade försiktigt på dem. Ytterligare sju drakar och deras drakryttare låg döda på marken. Helerskorna var redan runt och undersökte alla ska-dade, människor och drakar, vilda som tama. De vilda godtog att bli he-lade även om de tittade misstänksamt på människorna som gick runt dem.

Samare sjönk ner i sanden. Med en suck gled Mira ostadigt ur Sama-res sadel. Hon sjönk utmattat ner på knä och fick hålla stöd mot draken för att inte ramla omkull helt och hållet. Han vände sitt stora huvud och tit-tade oroligt på henne. Hon gav honom ett matt leende.

"Du har aldrig flugit så fort med mig innan, Samare", sa hon ömt och lade kinden mot hans sida. "Snälla, förvarna mig nästa gång."

Han knorrade något på sitt språk och puffade på henne med sin trubbiga nos. Sedan såg han upp först mot de somiska soldaterna och sedan mot de vilda drakarna. Han såg frågande mot Mira igen.

"Gå till de dina", sa Mira och tog sig ostadigt på fötter. "Jag klarar mig."

Knorrande reste han sig och vandrade bort mot sin syster och de väntande vilda drakarna. Irasa stod inte långt från gruppen och stirrade intensivt på den drake som kommit henne och Sira till undsättning. Sira själv hängde utmattat på Jarom när de båda gick fram till Mira. De hade båda tagit av sig sina hjälmar.

Mira såg oroligt på den äldre kvinnan. Hon log matt och tecknade att allt var bra. Jarom grymtade bara och såg mot soldaterna.

"Vad firar dem?" morrade han.

"De lever, Jarom", svarade Mira lugnande och tog av sig sin hjälm. "De lever för att kunna se en morgondag."

Jarom fnös och såg österut. Där demonerna hade försvunnit. Mira suckade och vände sig mot soldaterna. Den bistre mannen hade suttit av sin häst och var på väg mot henne. Han var klädd i ljusgröna pösiga byxor som var instoppade i de höga stövlarna. En mörkare grön rock, fläckad av smuts och blod, som hängde nästan hela vägen ner till knäna. En liten, ljusare grön ruta med ett rött lejon fanns över hans bröst. Runt hans midja var ett brett bälte där hans krökta svärd hängde. Hjälmen var prydd med en tofs i grönt och rött som hängde ner för dess sidor. Mannen lyfte händerna mot sin hjälm och tog av sig den. Mira såg fundersamt på mannen.

Han var äldre än hon hade trott, kanske femtio eller lite till. Det korta stiliga skägget var mer grått än svart, och hans axellånga hår hade mest stänk av svart i sig. Mira undrade om somiska män åldrades snabbare än män från norr. Hyn var mörk, nästan svart och hans ögon var nästan mer svarta än bruna. Han var ganska lång, inte mager, men inte tjock. Mira misstänkte att han fortfarande höll sin kropp i hårdträning.

"Mitt namn är Salaam Najdjin", presenterade han sig och bugade mot de tre. Han såg nyfiket på dem och verkade undra vem av dem som hade befälet.

"Jag är Mira Mashok", sa Mira och bugade med ena handen mot hjärtat och den andra mot honom. Helt på drakryttarnas vis. "Jag för med mig tvåhundrasjuttio drakryttare från Amdoria till er hjälp mot demonerna."

"Tvåhundrasjuttio?" sa Salaam förvånat och stirrade mot drakarna bakom henne. "Ni får ursäkta mig, men jag kan se många fler än tvåhundrasjuttio drakar."

"De trehundra andra drakarna som ni ser bakom oss är vilda", förklarade Mira tålmodigt. "Varför de är här kan jag inte svara på. Men det verkar som om Samare har kallat hit dem. De lyder under honom."

"Samare, er drake?"

"Samare är sin egen. Ingen har någonsin eller kommer någonsin att kunna kalla honom för sin drake. Han är trots allt en vild drake."

Salaam nickade sakta och gav henne en respektfull blick. Någon som kunde rida på en vild drake vann alltid respekt.

"Mashok", sa han plötsligt. "Ni råkar inte vara en släkting till Asama Mashok, drakriddarnas ledare?"

"Min make."

"Mina djupaste ursäkter, ers nåd", sa han och bugade djupt. "Jag menade inte att förolämpa er."

"Ingen fara", skrattade Mira och höjde handen. "Ni kan kalla mig mor Mashok, om ni vill vara formell. Annars går det lika bra med Mira."

Han log ett bländande leende och visade mot de resterande soldaterna.

"Tillåt mig att få eskortera er och ert sällskap till Karash", sa han. "Det är fortfarande den mest säkra platsen i Soma. Där kan ni vila och vi kan planera hur vi ska göra med demonerna."

Mira bugade tacksamt och visslade efter Samare. Salaam gick till sin häst när Samare kom lufsande. Han sjönk ner i sanden och Mira klättrade upp på hans rygg igen.

Hon såg sig om mot de vilda drakarna. De betraktade henne nyfiket, inget spår av fientlighet fanns mot henne. Om Samare hade accepterat henne, så accepterade dem henne. Hon var en i familjen och för drakar var inget viktigare än familjen.

Narika reste sig på bakbenen och höjde en kloförsedd hand mot henne. Sedan lyfte trehundra drakar från marken samtidigt och flög norrut mot bergen. Mira såg efter dem medan Samare reste sig och vandrade fram mot Salaam och hans soldater. Hon mindes när hon varit vid resterna av familjen Dariks gård. Ett högt morrande hade hörts från skogen när Samare hade pratat. Nu visste hon vad som hade gjort de ljuden. Samare hade talat till drakarna, han hade förklarat för dem vilken plats det var de besökte.

"Ger de sig av?" frågade Salaam oroligt och såg efter dem.

"Jag skulle tro att de bara gömmer sig i bergen tills vi kommer att behöva dem igen", sa Mira lugnt. "Drakar hatar demoner mer än något annat."

"Drashin", sa Samare lugnt under henne. "Fakras Niorta eh Drashin be haarsk ohrea kokkate. Narika haarsk uh Drashin."

Mira rynkade på pannan och försökte fundera ut vad Samare menade. Skulle Narika vänta på Drashin? Skulle drakarna vänta på Dödens skvadron?

Salaam grymtade till och vände sedan sin häst västerut. Mira red på Samare jämte honom. Sitt spjut hade hon satt på sin plats strax bakom henne. Det stod upp med svärdsklingan i luften, lätt att få tag i om dem blev angripna.

"Så min son kom till Terabelle", sa Salaam plötsligt. "Jag är glad att han klarade det så snabbt."

"Han fann en av de vise på vägen som tog honom ända till Draktand. Jag och mina drakryttare for i förväg. Vi skulle kommit fortare, men vi stannade till i alla länderna på vägen ner och talade med deras regenter. Vi bad om mer soldater."

"Jag är tacksam för er omtanke, Mira", sa Salaam med en suck. "Men jag är tveksam om någon hjälp kommer från dem. Alla våra budbärare har kommit tillbaka utan några löften."

"Vi fick inga löften heller. Endast Mosker gav oss ett positivt svar. Drottning Famala kommer att sända soldater tillsammans med Drashin när han kommer söderut."

"Så han kommer ändå."

"Jag var den första att komma. Överste Alram Manros, borde anlända om tre eller fyra veckor med ungefär trehundrafemtio drakriddare."

"Så många!"

"Drashin borde komma strax efter med resten av skvadronen och minst tvåtusen amdorianska soldater. Drottning Famala lovade mig minst tretusen soldater. Så Drashin kommer att ha med sig minst femtusen soldater till Soma."

"Femtusen soldater, tvåhundrasjuttio drakryttare och över trehundrafemtio drakriddare", andades Salaam. "Samt ytterligare trehundra vilda drakar. Vi kanske kan rädda Soma trots allt."

"Vi får se", sa Mira sammanbitet. "Vi kanske inte kan rädda landet, men vi kan förhoppningsvis rädda folket."

16

Alram Manros sträckte lojt på sig. Det var hans vaktpass och han gick som vanligt runt med Mantera Krams. Kaptenslöjtnanten hade en vana att oftast gå ett steg bakom översten, men i natt gick dem sida vid sida. Mantera var en ganska tyst pojke, som vuxit upp i östra Amdoria inte långt från Alrams egna hemby.

Alram hade inte varit drakriddare i mer än kanske två år när Mantera hade dykt upp i riddarhuset. I trasiga kläder och fruktansvärt smutsig. Goran, som hade skött inskrivningarna på den tiden, hade tvekat inför att skriva in honom. Men till slut hade han blivit inskriven.

När man hade tvättat honom och fått på honom passande kläder hade det visat sig att det var en riktigt stilig pojke. Men det var svårt att få honom att prata. Det var inte ofta Alram hört honom säga någon längre mening.

Mantera hade aldrig haft några mål att bli en av de starkaste drakriddarna, men likväl hade han varit bäst i sin årskull. En av endast fyra som faktiskt lyckade ta sig hela vägen och bli en drakriddare det året. Som drakriddare hade han nästan genast sökt sig till Alram.

Alram som redan då lyckats göra sig ett namn bland drakriddarna, mest genom ren tur, och stigit i graderna till major på kortast tid någonsin. Han hade först känt sig smått irriterad över att fått en sergeant efter sig. Men sakta hade en vänskap vuxit fram mellan dem och nu var de nästan aldrig skilda åt under uppdrag. Det hade varit helt naturligt att ta med Mantera i den svarta legionen när Asama och Ma'sharos'tian hade bett honom plocka ut den.

"Ännu en lugn natt ser det ut som", sa Alram när de passerade ännu en lite brasa. En vaken drakriddare satt vid varje brasa och höll den igång.

"Ja", mumlade Mantera kort.

"Tror du vi är i Fakari nu, pojk?"

"Troligen. Om inte, så i morgon."

Det var nog fler ord än vad han sagt på tre dagar. Alram log för sig själv. Mantera var en taktiker, inte en pratare. Han kunde läsa in allt möjligt av en blivande stridsplats eller gissa sig till vad en fiende skulle kunna hitta på härnäst. Bara genom att utgå från hur han själv skulle göra.

Fakari, då hade de ungefär två veckor kvar innan de nådde Somas norra gräns och ytterligare två eller tre dagar till de nådde Karash. Dem färdades snabbt, det var bra. Drashin skulle vara nöjd. De hade tagit sig till Fakari på mindre än tre veckor.

"Tror du generalen har lämnat Terabelle ännu?" frågade Mantera plötsligt. Det var den längsta meningen han sagt på tre veckor.

"Förhoppningsvis är han i Mosker nu", sa Aram fundersamt. "Kanske i Garatur. När den pojken väl börjar röra på sig så brukar det gå undan. Men jag misstänker att något mycket väl kan uppehålla honom i Terabelle."

Mantera grymtade och nickade. Han hade också märkt Drashins nya märkliga uppträdande. Ibland var den gamle generalen där, men sedan Diriska dykt upp hade han blivit en helt annan person.

Han ignorerade inte lärlingarna på samma sätt som innan, kanske berodde det mest på Liana. Hans gräl med Asama hade inte längre samma glöd och var inte lika underhållande längre. Längsta grälet det här året hade bara varit i två dagar, tidigare hade dem kunnat hålla på i veckor. Till och med under uppdrag kunde de två gräla.

Alram hade sett Krashak försökt medla fred mellan de två generalerna mitt under en strid. Samtidigt som de ilsket gormat mot varandra hade de dödat demoner omkring sig. Med Krashak mellan sig som försökte lugna ner dem.

Alram såg upp mot natthimlen och log. Det hade varit mycket tveksamhet bland drakriddarna när Diriska flyttade in i riddarhuset. Men kanske var detta början till något bra. Drashin kanske skulle finna en viss frid i sitt liv nu. Han verkade generad över att blivit skadad på sitt senaste uppdrag, det hade aldrig hänt innan. Han verkade funnit något att komma tillbaka till. Och allt var tack vare en enda person.

"Flickan kanske är bra för honom", mumlade han muntert och gick vidare på sin runda.

Stål mot stål och skrik från döende och skadade ekade över lägret. Liana landade tungt på ryggen av tryckvågen när marken exploderade framför henne. Demonen flög i en vid båge över henne och landade på huvudet en bit bort. Hon tog sig snabbt upp på fötter igen och höll hårt i sina svärd. Hon såg bara kort mot den döda demonen innan hon rusade mot nästa.

En demon med tre korta horn, fyra ögon som sken grönt och en mule istället för mun drog ur sitt svärd ur en soldats kropp. Innan den hann vända sig helt mot Liana, drev hon det ena svärdet in i dess mage och det andra i halsen. Den såg förvånad ut när den gled död ner på marken framför henne.

Ännu en explosion hördes nära henne och det regnade sten och jord över henne. Ett vrål var det enda som varnade henne. Hon snurrade runt och lyckades precis stoppa den stora yxan från att hugga av henne huvudet. Kraften i slaget fick henne att lyfta från marken och flyga en bit. Hon tappade svärden när hon landade. Innan hon kunde plocka upp dem svingade demonen sin yxa efter henne.

Panikslaget rullade hon bort på marken och yxan slog i marken med en duns. Under tiden demonen drog yxan ur marken lyckades Liana ta sig tillbaka på fötter igen. Hon såg sig om efter sina svärd, men hittade dem inte. Hon hade inte tid att finna något annat för demonen rusade efter henne igen. Tvingade henne att backa undan från den. Hon hade inget annat val än att dra sin dolk. Med ett ondskefullt flin som visade alla demonens vassa tänder svingade den sin yxa igen.

Liana duckade smidigt för demonens taggiga yxa och drev in sin långa dolk i benet på den. Den lyfte huvudet och ylade av smärta. I en smidig rörelse drog hon loss dolken igen och skar ett djupt sår i halsen. Demonens ylade upphörde i ett gurglande och den föll till marken.

Hon såg sig flämtande omkring. Lägret var i fullkomligt kaos. Hästar skriade och sprang överallt genom lägret. Man löpte lika stor risk att bli nertrampad av en häst som att bli dödad av en demon. Soldaterna stred i grupper om fem och fem. Bara drakriddarna stred ensamma där de stod.

Hon såg hur Norek drev piggen på sin ena stridsyxa i magen på en enögd demon och den andra yxans egg in i ögat när den sjönk ner. Krashak hade tappat sin ena yxa, men medan han svingade den andra yxan i vänster handen krossade hans väldiga höger näve demonernas ansikten och knäckte deras bröst.

Det var inte många demoner som hade anfallit dem, men innan någon hade reagerat hade redan tio soldater fått sätta livet till.

Diriska kom skyndade till henne. Draken hade hållit sig undan striden så mycket som möjligt. Liana såg på henne. Håret var i en enda röra, klänningen skrynklig och smutsig. Hennes blåa ögon såg oroligt på Liana.

"Är du oskadd?" frågade hon oroligt.

Liana nickade trött och stoppade undan dolken. Hon undrade var hennes svärd var någonstans när hon fick syn på drakens händer. Hon höll fram svärden till Liana.

"När jag fann de här, blev jag orolig", sa hon. "Även Drashin var rädd att du hade dött."

Liana log tafatt och tog emot svärden. Diriska gav henne en ogillande min, men sa inget.

"Det är min tur att försvara dig, Diriska", sa Liana och grep hårdare om hjalten. "Du har alltid sett efter min familj, nu är det min tur att se efter dig."

Diriska skrattade kort och klappade henne ömsint på kinden.

"Sareas!" röt Drashin längre bort i lägret. "De sista befinner sig framför oss nu. Låt dem inte fly!"

"Genast, general!" svarade Sareas genom oväsendet.

Liana gav Diriska en snabb blick innan de båda skyndade bort mot rösterna. De fann Drashin stå med armarna korsade över bröstet och stirrade ut i mörkret framför honom. Sareas stod ett steg framför honom. Han höll sitt spjut med båda händerna med spetsen neråt. Liana och Diriska stannade strax bakom generalen tillsammans med de andra drakriddarna. Allas uppmärksamhet var riktad mot Sareas.

"Jag är redo", förkunnade Sareas sammanbitet.

"Magiker", befallde Drashin och höjde höger handen mot luften, "lys upp!"

Genast fylldes natthimlen med ljus och Liana var tvungen att skydda ögonen från det plötsliga ljuset. Framför dem hukade kanske trettio demoner med händerna för ögonen. De vrålade hatiskt mot ljuset.

"Sareas", sa Drashin och pekade mot demonerna. "Utplåna!"

Liana stirrade på alven när han med all kraft drev spjutet ner i marken. Från spjutet började marken att göra vågor som gick sakta mot demonerna. Sareas förde fram spjutet och vågorna for fram snabbare.

Med högljudda vrål började demonerna tappa fotfästet och föll mot marken och över varandra. Sareas släppte spjutet och förde händerna långsamt uppåt. Vassa pelare av sten for upp bland demonerna och spetsade flera av dem. Plötsligt slutade marken röra sig bland demonerna och de återstående tog sig ostadigt på fötter igen.

Sareas svepte med höger handen i luften framför sig och sex stora gyllene cirklar formades framför honom. Han drog bak handen och stirrade mot demonerna. Sedan sträckte han hastigt fram den igen.

"Nomra!" röt han.

Genast for sex spjut av hett vitt ljus fram ur cirklarna och for iväg mot demonerna. Förskräckta tjut kom från demonerna när de fruktlöst höjde sina händer för att skydda sig. Spjuten träffade med full kraft överallt runt dem. Med ett dån exploderade marken framför lägret. Sten for åt alla håll och soldater och drakriddare kastade sig ner på marken. Diriska slog armarna om Liana och lade sig över henne.

Liana kikade försiktig fram under draken och såg att varken Drashin eller Sareas hade rört sig. Drashin fångade upp en sten med handen som precis skulle träffa hans ansikte. Med en svordom släppte han den till marken igen. Sareas hängde utmattat på sitt spjut. Drashin gick fram till honom och klappade honom på axeln.

"Bra gjort, majorkapten", sa han. "Jag tror att vi fick dem alla."

Alven nickade bara trött och hängde tungt mot spjutet.

"Det är fortfarande några timmar kvar tills det blir ljust. Sov, Sareas, det är en order. Kalar, ta med din bror till sina filtar."

Kalar gick genast fram och tog tag i Sareas arm. Han lade Sareas arm över sin axel och gick där ifrån med honom lågt pratandes. Norek gick fram och drog loss hans spjut från marken och följde efter alv bröderna. De andra drakriddarna började röra sig tillbaka mot sina filtar. Endast Krashak, Liana och Diriska stod kvar med Drashin. Klipptrollet hade hittat sin andra yxa och granskade kritiskt dess egg.

"Jag tror inte vi behöver oroa oss för mer ikväll", sa Drashin och vände sig mot Krashak. "Men fördubbla vakterna för resten av natten. Tala om för överste Sarasha att jag vill ha en full rapport på antal döda och skadade innan natten är slut. Begrav alla döda så fort som möjligt. Alla som inte behövs i arbetet eller som vaktposter skall vila. Jag vill ha de så utvilade som möjligt i morgon."

Krashak nickade kort, satte yxan bredvid den andra på ryggen och vände om. Innan han hunnit gå tre steg hade han börjat ropa ut order. Han ropade att Tirasine, Meeko, Ranin och Sarasha genast skulle komma till honom.

"Det kan hända att du inte får mycket sömn resten av natten, Diriska", sa Drashin med ett ursäktande leende. "Men jag behöver dig att se över de som är allvarligast sårade. Hela alla som inte kan rida eller strida. Om du fortfarande har krafter kvar kan du hela alla som önskar så. Om du vill kan du använda Liana."

Diriska nickade kort och lade en hand på Lianas axel. Hon såg upp på draken som inte släppte generalen med blicken. Det fanns en orolig glimt i dem blå ögonen.

"Är ni oskadd, general?" frågade Diriska försiktigt.

"Förutom att bränt mig en aning på den där stenen", sa Drashin med ett skratt. "Jag är oskadd. Jag har bränt mig värre när jag kokat vatten. Det kanske blir ett litet märke, men om det skulle bli värre söker jag upp dig. Om det inte är något mer så lämnar jag er till ert arbete."

Han inväntade bara en nick från Diriska innan han gick förbi dem två. När han passerade Liana gav han henne en klapp på axeln. Det var det närmaste beröm som hon någonsin fått av honom. Hon vände sig halvt efter honom och såg honom försvinna in i lägret.

"Det blir inte mycket vila resten av den här natten", mumlade Diriska och släppte hennes andra axel.

Liana såg upp på henne igen. Draken såg efter generalen. Diriska hade utgett sig för att vara helerska, men det var för att inte förlora Drashin igen som hon följde med på resan. Hon var osäker på hur mycket Diriska kunde om att hela människor. Visst hon var duktig på örter och sådant, men att hela med magi. Liana hade sett Mira göra det några gånger och det hade sett väldigt komplicerat ut. Men Diriska hade försäkrat henne om att hon skulle klara av det. Hon hade studerat Mira noga när hon helat Drashin senast, och även i smyg andra gånger när Mira inte hade sett henne.

"Kom nu, Liana", sa draken och började gå in i lägret. "Vi har mycket att göra i natt. Förhoppningsvis kan vi få lite sömn innan det är dags att fortsätta."

17

Morgonen efter angreppet från demonerna var de åter igen på väg söderut. Diriska kvävde en gäspning och ruskade på sig. Hon hade kanske fått sova en timma innan Drashin hade gett order om att lägret skulle packas ihop. Han hade varit noga med att låta henne, Liana och Sareas få sova så länge som möjligt så alla ljud högre än en viskning hade tystnats omedelbart.

Hon hade ändå inte kunnat sova, men legat tacksamt kvar i sina filtar. Soldaterna hade rört sig snabbt och så tyst de bara kunde runt henne för att inte väcka henne. Hon hade fått stor respekt efter att helat nästan en femtedel av lägret.

Runt Sareas hade man varit ännu tystare och så fort någon råkat trampa på en kvist eller sparkat på en sten hade alla runt honom genast stannat upp. De hade stirrat skrämt när han, muttrande, rört sig i sömnen. Men så snart han blivit stilla pustade alla ut och skyndade på sitt arbete.

Diriska kastade en blick mot alven som red på andra sidan av Liana. Han hängde trött med huvudet och verkade hela tiden vara på väg att somna. Det han hade gjort hade tagit hårt på honom. Hon vände blicken framåt igen.

Nu red Krashak ensam längst fram. Han hade sin pipa i munnen, för en gångskull var den inte tänd. Diriska rynkade förbryllat pannan. Drashin fanns inte framför henne längre. Hon undrade varför hon inte märkt när han lämnade täten. Hon kvävde ännu en gäspning. Hon var för trött för att oroa sig över honom nu.

Liana bredvid henne var förvånansvärt pigg. Hon red rak i ryggen och såg med klara ögon framför sig. Diriska hade skickat flickan till sina filtar efter en timma då hon, nästan somnat stående.

"Meddela, generalen", ropade plötsligt Krashak över axeln. "Vi rider strax in i Mosker. Gränsstationerna blir synliga om en halvtimma."

En soldat vände genast sin häst och skyndade bakåt i ledet. Diriska såg efter honom. Det var strax över tvåtusen trehundra soldater som hade lämnat Terabelle för en vecka sedan. I nattens angrepp hade femtioåtta soldater dött.

Hon kunde inte se Drashin någonstans bakom sig. Det var helt omöjligt att kunna urskilja någon av de andra drakriddarna heller. Det var som

159

ett enda stort hav av vitt och rött. Krashak var den ende drakriddare som red där framme och Sareas var den ende som red i närheten av henne. Resten red någonstans bland dessa soldater, och de kunde byta plats närsomhelst. Hon gäspade stort och vände sig om igen. Åh vad trött hon var.

"Fick du sova något alls, Diriska?" frågade Liana och såg oroligt på henne.

"En timma eller så, vännen", svarade hon och log matt mot henne.

"En timma?" mumlade Sareas och såg trött över Liana. "Jag hörde från Kalar hur hårt du arbetade i natt, mor Diriska. Du fick sova endast en timma och ser ändå ut som om du fick sova mer än halva natten."

Diriska skrattade. "Du ser ut som om du varit halvvägs ner i graven och vänt, mäster Dobai", sa hon och gäspade igen.

"Det var länge sedan jag använde så mycket kraft, mor Diriska", sa Sareas med en grimas. "Drashin kommer nog att skälla lite på mig senare när jag blivit lite piggare. Och snälla kalla mig, Sareas."

"Nå", sa Diriska allvarligt, "så länge du envisas med att kalla mig 'mor Diriska', kommer jag att kalla dig 'mäster Dobai'"

Sareas verkade fundera över det en kort stund. "Då tror jag att jag enbart kallar er Diriska hädanefter", sa han med ett trött leende. "Det är ju trotts allt det enda namn jag känner till."

Två hästar i snabb trav hördes bakom dem. Drashin och överste Sarasha red förbi dem. Dem två slöt upp jämte Krashak längst fram i ledet. Drashin i mitten och de båda överstarna på varsin sida om honom.

Även om Sarasha hade överste som titel stod det klart att han var långt ner på befälskalan. Ingen av drakriddarna tog några order från honom. Han gav inga till dem heller, så vida inte Drashin gav dem först. Meeko hade till och med gett Sarasha en order om något och han hade lytt den. Diriska undrade hur en major kunde ge en överste order.

"Drakriddare lyder inte under armén", sa Sareas.

Hon stirrade förvånat på honom innan hon insåg att hon hade ställt frågan högt. Liana lyssnade uppmärksamt på Sareas.

"Till och med en sergeant inom drakriddarna kan ge överste Sarasha order, även om det är sällsynt att de gör det", förklarade Sareas vidare. Efter en blick mot Liana tillade han. "Dock blir lärlingar straffade om de försöker sig på något sådant. Först av sin mästare och sedan av den som han, eller hon, gett ordern till."

Han flinade när han såg Lianas bestörta min. Den ende lärlingen i drakriddarnas historia som hade åtta mästare.

"Gäller detta alltid?" frågade Diriska och dolde sitt leende.

"Drashin skulle kunna lämna befälet hos Sarasha, om han skulle lämna oss", sa alven fundersamt. "Ingen av oss skulle säga något och rätta oss efter hans beslut. Drashin har då gett honom tillstånd att ge oss order. Det är dock tveksamt om han skulle ge oss någon direkt order, utan mer be oss göra saker. Men mest troligt är att Drashin ger Krashak befälet om något sådant skulle ske. Krashak har alltid varit och är nummer två i ordningen i vår grupp."

"Men hur blir det nu", sa Liana osäkert. "Nu när den svarta legionen och överste Manros blivit en del av Dödens skvadron."

"Mest troliga är att vi kommer bli två grupper inom samma skvadron, med Krashak som ledare för den ena och Alram för den andra. Drashin är den som leder hela skvadronen, Krashak och Alram kommer där näst. Därefter är det ingen som riktigt vet, och ingen som troligen bryr sig."

Sareas sträckte på sig och gäspade stort. Diriska fick kämpa för att inte göra detsamma.

"Vi är flera som tror att om Drashin skulle dö", fortsatte han försiktigt utan att se på Diriska, "så skulle skvadronen upplösas. Kanske inte helt, men Dödens skvadron skulle inte existera utan honom. Vi skulle antagligen bli två grupper igen, en med Krashak som ledare, en med Alram."

"Han kommer inte att dö", mumlade Diriska sammanbitet.

"Eller så kommer han att upplösa skvadronen", fortsatte Sareas snabbt. "Vilket är det mest troliga. Hittills har vi inte stött på något som kunnat döda honom och Mira har alltid dragit honom tillbaka om han varit nära att dö. Dessutom," tillade han med en blick mot Diriska, "verkar han funnit en anledning att inte vilja dö i den här världen."

Diriska stelnade till och gav honom en skarp blick. Han gav henne ett oskyldigt leende innan han vände på sin häst och red längre bak i ledet. Muttrande stirrade Diriska generalen stint i ryggen. Hon funderade på att säga honom ett par väl valda ord när de slog läger till kvällen.

Vägen framför dem kröktes en aning och gränsstationerna blev synliga. Tio amdorianska soldater i sina vita rockar och röda mantlar stod utanför stationshuset och betraktade andra sidan av det lilla vattendraget som utgjorde gränsen mellan Amdoria och Masker. På andra sidan stod flera hundra moskiska soldater med blå vapenrockar och gröna mantlar.

När de kom närmare vände sig amdorianerna om och såg på deras sällskap. Diriska såg den röda draken som var broderad över deras bröst. Avståndet var fortfarande för långt för Diriska att se ordentligt, men det verkade vara något broderat med silvertråd på soldaterna på andra sidan vattendraget. En av männen stod närmare vattnet och väntade dem.

Drashin red förbi det amdorianska stationen utan att stanna. Officeraren lyfte handen en aning, men sänkte den genast efter en vass blick från överste Sarasha. De båda överstarna höll tillbaka sina hästar lite, men följde efter generalen ut i vattendraget. De två första leden av soldater hann ner i vattnet innan Drashin tecknade för halt. Diriska stannade alldeles vid vattenbrynet.

"Jag är general Drashin av drakriddarna", förkunnade Drashin högt. "Jag är på väg mot Soma för att bistå dem i striderna mot demonerna. Med mig har jag tvåtusen trehundra amdorianska soldater. Hennes majestät Famala känner till att vi är på väg."

"Jag är major Damin Soras", svarade mannen och höjde handen som hälsning. "Jag är här för att eskortera er och era soldater till Garatur, general Drashin av drakriddarna. Hennes majestät önskar tala med er innan ni ger er av söderut igen."

"Gott", sa Drashin och manade på sin häst igen. "Jag har som önskemål att få prata med henne också."

Diriska fnös till när hon manade på hästen för att vada över vattnet. Hon kunde inte låta bli att undra vad drottningen av Mosker ville Drashin. Och varför ville han träffa henne? Hon fnös en andra gång när hon såg hur Liana betraktade henne från ögonvrån. Enfaldiga flicka, hur kunde hon tro att en drake behövde någon form av medlidande. Men det fanns ändå en liten orolig tanke som gnagde i Diriskas huvud.

Ett rop från andra sidan vattendraget fick henne att vrida på huvudet och stirra förbluffat. Efter de sista amdorianska soldaterna kom flera hundra klipptroll på liknande djur som Krashak red på. Drashin kom tillbaka i leden och såg frågande mot dem. Han stannade sin häst bredvid Diriska och lade en lugnande hand på hennes arm.

"Vad är detta nu då?" muttrade han fundersamt.

"Hallå, general Drashin!" brölade jätten i täten. "Vad glada vi är att ni inte kommit så långt ännu!"

"Rasham!" brölade Krashak med ett skratt. "Vad gör du här?"

Alla klipptrollen red förbi soldaterna och in i Mosker. Många av dem var klädda i samma svarta kilt som Krashak och hade tjurhuvudet broderat på sina skjortor. De hade även renrakade huvuden så när som den kort klippta hårkammen. Men flera bar även byxor och hade andra märken broderade på sina bröst. Däremot bar alla stora vapen, stridsyxor, svärd och stridshammare. Ledaren, Rasham, och två till stannade vid Drashin. De tre klipptrollen gav Diriska en nyfiken blick och gned med tjocka fingrar över näsan.

"Rasham Lok'bar", sa Drashin och böjde lätt på nacken. "Vad är detta? Varför är ni här?"

De tre klipptrollen vred huvudet mot honom och flinade stort.

"Harinak skickade bud till Taurklanen efter ert möte i Terabelle", sa Rasham och flinade. "Klanhövdingen bestämde sig för att skicka några gossar till er hjälp."

"Goshklanen ställer upp med hundra krigare", sa mannen bredvid honom.

Han var klädd i svarta byxor och grönskjorta. På hans bröst var ett svart varghuvud broderat. Han hade långt hår som var samlat i nacken. Ett stort svärd hängde över hans axel.

"Ramenklanen kommer med hundrafemtio krigare", sa den tredje jätten och sneglade mot Diriska igen.

Även han bar byxor och hans röda skjorta hade en örn i gult på bröstet. Två yxor hängde vid hans bälte. Inte lika stora som de som Krashak bar, men likväl stora. Hans svarta hår var kort.

Diriska försökte att inte visa det, men hon kände sig orolig över att se så många klipptroll så nära sig. Drashin klappade henne lugnande på armen igen.

"Taur kommer med närmare trehundra krigare", sa Rasham. "Vi hade säkert kunnat få med fler från både Gosh och Ramen, men pojkarna här var otåliga och ville komma ikapp er så fort som möjligt."

"Frash", sa Krashak och grep om handleden på jätten från Gosh. "Gott att se dig. Fyrtiofem år senast vi stred ihop."

"Det var tider det, Krashak", flinade den andre. "Det var tider det."

"Dram Oh'sika", sa Drashin och böjde lätt på huvudet. "Jag hade aldrig väntat mig att träffa Ramens blivande klanhövding här."

Dram ryckte till och slet blicken från Diriska. Han log snett mot generalen.

"Far tyckte att jag behövde få lite erfarenhet i strid", sa han ursäktande. "Han säger att jag håller på att drunkna i mina böcker."

Dem andra klipptrollen skrockade muntert och Drashin skakade flinande på huvudet. Diriska såg oroligt mot de tre. Amdorianerna hade hon vant sig vid nu, men detta var främlingar för henne. Klipptrolls krigare som kommit för att ansluta sig med dem. Krigare från tre klaner.

Krashak sa något på klipptrollens språk och de tre gav henne först en frågande blick, sedan såg de på Drashin innan de slutligen nickade.

"Vi ska sprida det till de andra krigarna", brummade Frash. "Vi ska se till att de förstår vikten av att vara tysta."

Diriska undrade vad han menade när han manade på sitt stora riddjur och red efter sina krigare. Dram gav henne ett stort leende innan han också red iväg. Hon kurade ofrivilligt ihop sig.

"Dram är en bra pojke", muttrade Rasham till Krashak. "Men jag är mer orolig att han skall prata bredvid mun än de andra. Han har levt för länge i sina böcker."

"Vi kan be Frash hålla ett öga på honom", sa Krashak. "Han vet när man ska vara tyst."

"Vad pratar ni två om?" muttrade Drashin och såg misstänksamt på dem två.

De två jättarna gav först Diriska en blick innan de flinade stort mot Drashin.

"Bara ett litet privat skämt, general", brummade Rasham. "Harinak hälsar och hoppas få dela en tunna eller två med er snart igen."

Med en sur grymtning vände Drashin på sin häst och red tillbaka igen. Rasham skrockade och blinkade mot Diriska. Hon kunde inte låta bli att le, men hon såg misstänksamt på honom. Hans flin blev ännu större.

"Harinak hade rätt", sa han och nickade mot henne. "Ni är verkligen en intressant... person."

Han red vidare mot sina krigare. Diriska stirrade undrande efter honom. Han hade ändrat sig i sista stund. Hon undrade vad han skulle säga egentligen. Krashak muttrade något och skyndade framåt han också.

"Krigare från klipptrollen", viskade Liana upphetsat. "Det trodde jag aldrig att jag skulle få se."

"Du träffar Krashak varje dag, vännen", sa Diriska och spanade efter jättarna.

"Men han är drakriddare", envisades Liana. "Här är över femhundra stora krigare!"

Kalar och Sareas kom upp jämte dem.

"Krigare från tre klaner", sa magikern och nickade uppskattande.

"Femhundra krigare är en god summa", sa Kalar och såg på Diriska och Liana. "Det är lika mycket värt som nästa alla amdorianska soldater vi har med oss."

"Rasham sa att de hade kunnat få med sig fler från Goshklanen och Ramenklanen", sa Liana upphetsat. "Men att dem andra två hade så bråttom att komma ikapp oss."

Drakriddarna nickade bara. Sareas kliade sig bakom örat, gäspade och spanade bort mot de stora krigarna.

"Det hade gjort oerhört mycket för oss", sa han. "Men femhundra är gott nog. Om Hasram ville och kunde skulle han troligen själv kommit med hela sin klan. Bara Taurklanen har nästan tusen krigare."

"Han gjorde det i senaste kriget mot Marish", sa Kalar. "I slaget vid Horma ställde Hasram upp med nästan tusen klipptroll från Taur och sextusen moskier. En av Marishs generaler kom mot dem med nästan tjugotusen soldater."

"Tjugotusen!" utbrast Diriska.

"Moskers soldater var nära att fly vid första åsynen", sa Kalar med en nick. "Men Hasram och hans krigare gjöt mod i dem och de stred tappert. Nästan fyratusen moskier dog i striden och tvåhundra ur Taurklanen."

"Men Hasram visade varför just Taurs krigare är respekterade över hela världen", fyllde Sareas i. "Dem utplånade motståndet till sista man och började genast tåga vidare till nästa strid.

Vi stred vid Soran i Loma och var svårt tillbaka pressade. Hade det inte varit för Hasram och de överlevande moskiska soldaterna som otröttligt marscherat till undsättning och kastat sig in i striden. Då hade vi förlorat Soran och kanske blivit pressade ända ner till Fakari och fört kriget ner till er."

Diriska blinkade till och vände blicken mot klipptrollen framför dem. De var alla krigare, nästan från födseln, och hade oerhört lång erfarenhet av krig. Rasham hade sagt att nästan trehundra av dem kom från Taurklanen. Klanen som hindrat att ett krig kom till Fakari.

"Varför kommer inte Hasram själv?" undrade hon högt.

"Klanhövdingen måste närvara vid hövdingarådet", svarade Kalar. "Annars hade han mycket väl kommit med oss, och haft hela klanen med sig. Han tycker bra om oss i Dödens skvadron och om Drashin bara frågade honom skulle han släppa allt för att tåga med honom till krig."

"Han är redo att göra det nu också", fortsatte Sareas. "Men den här gången tänker han övertala resten av klanerna att följa med i krig. Det är därför varken han eller Garak, hans son, är med."

Diriska nickade sakta. Hon trodde att hon förstod. Dock förstod hon inte varför klipptrollen gned om sin näsa så snart de fick se henne första gången. Och hur de tittade på henne. Dessa nyfikna blickar. När hon tänkte efter så hade Krashak också haft en undrande blick när hon mötte honom första gången. Och när han sedan mötte henne i Terabelle hade han gnidit sin näsa. Varför gjorde de så? Hon sjönk ner i sina egna funderingar när de red in i Mosker och fortsatte sin färd söderut.

18

et tog dem två dagar att komma fram till Garatur. Drashin hade
hela tiden ridit i täten med Krashak, Sarasha och major Soras.
Soldaterna från Mosker hade ställt upp sig direkt efter befälen och
ridit efter i strikta led. De amdorianska soldaterna hade grumsat en del
om det tills Drashin rutit till. Moskierna hade flinat överlägset mot amdori-
anerna, men så snart de insett att de andra var många fler kröp dem ihop
en aning i sadlarna. Klipptrollen hade bara flinat stort åt alltihop.

Liana var en aning nervös första timmarna efter moskiernas anslut-
ning. Diriska hade synbart stelnat till i sadeln när ytterligare femhundra
tungt beväpnade soldater anslutit. En del soldater hade tittat nyfiket på de
två kvinnorna. Liana visste inte hur långt ryktena om henne själv,
Drashins lärling, hade gått.

Något som verkligen gjorde moskierna förvirrade var hur de amdori-
anska soldaterna hela tiden rörde sig fram och tillbaka. Speciellt när nå-
gon av drakriddarna kom ridandes upp i leden och förbi dem grumsades
det mellan dem. Allihop flinade stort när de red förbi moskierna, oavsett
om det fram eller tillbaka de red. Klipptrollen hade inte sett något under-
ligt över det utan hade helt enkelt gjort som amdorianerna och beblandat
sig med dem.

Tirasine var den enda av drakriddarna som stannade till hos Liana och
Diriska för att samtala med dem på resan. Dock var det flera av klipptrol-
len som gav Diriska nyfikna blickar och gned sig om näsan. Liana und-
rade hur mycket de visste om Diriska.

Så hade resans två dagar sett ut. Drakriddarna hade ridit fram och till-
baka genom leden med jämna mellanrum. Amdorianerna hade myllrat
runt i leden tillsammans med klipptrollen, aldrig hade dem gått förbi Liana
och Diriska visserligen. Liana saknade lite att få tala med soldaterna igen
som tidigare, men Liana och Diriska var en gräns mellan moskierna och
amdorianerna. Dock kom de tre ledarna för klipptrollen ofta förbi dem och
stannade till för att prata lite. Moskierna stirrade nervöst på alla när de
rörde sig fram och tillbaka.

Nu var murarna till Moskers huvudstad, Garatur, synliga och närmade
sig. Liana studerade muren. Det som skilde från Terabelles var att denna
var grå istället för vit och att alldeles ovanför den stora porten fanns två

kraftiga torn. Ovanför varje port i Terabelle fanns fyra pelare, så att en av jättedrakarna skulle kunna stå där uppe vid ett anfall.

"Sarasha", sa Drashin när de var en halv mil från staden, "Ta soldaterna och vänta utanför murarna. Gör ett tillfälligt läger. Jag hoppas kunna vara på väg igen innan lunchtid."

Översten bugade sig lätt i sadeln och vände sin häst. Klipptrollen följde med amdorianerna under höga skratt och glada samtal.

"Major", sa Drashin och vände sig mot Damin. "Jag antar att ni inte behöver alla era soldater för att eskortera mig till drottningen. De kan slå läger med sina landsmän där borta."

Liana såg åt det håll Drashin pekade åt. Ett stort läger var uppslaget utanför stadens murar. Ett blått baner med Moskers silverlilja svajade lojt i den milda brisen.

"Drakriddare med mig", beordrade Drashin med stadig röst och manade på hästen.

Liana tvekade en aning. Räknades hon som en drakriddare eller som en av soldaterna? Hon blinkade till när Diriska manade på sin häst och red i kapp generalen. Liana skyndade efter henne.

Drashin såg som hastigast på Diriska innan han vred sig om i sadeln och såg på Liana. Hon log osäkert mot honom. Han nickade bara utan röra en min och vände sig sedan framåt igen. De andra drakriddarna var snabbt ikapp dem och strax anslöt även major Soras med tjugo soldater.

Den här gången räckte det med bistra blickar och med fingrade dolkar för att moskierna skulle lägga sig som eftertrupp. Damin grimaserade en aning från sin plats jämte Drashin, men sa inget.

Liana passade på att se sig omkring. Det var första gången hon var i Garatur. Staden var stor, dock inte riktigt lika stor som Terabelle. Husen var mer gråaktiga, precis som muren och strikt byggda. Inte som Terabelle som var ljus och husen hade många olika färger, oftast efter kvarter. Och husen där kunde vara vackert utsmyckade. Liana tyckte att det verkade vara en mycket grå och tråkig stad hon kommit till.

Men människorna i staden var av alla möjliga slag. Deras kläder var färgglada och det låg ett sorl i luften av alla samtal. Liana fick känslan av att människorna gjorde sitt bästa att måla staden i färger när inte husen gjorde det. Det var lika mycket folk på gatorna som i Terabelle, men de hade inga problem att ta sig fram.

Det bildades snabbt en tom väg för dem när folk såg vilka som red
förbi. Liana hörde Drashins namn nämnas flera gånger, även Krashaks
namn hördes här och där.

Även om det delades en väg för dem kunde de inte ta sig fram fortare
än skritt. Det gjorde att Liana kunde snappa upp brottstycken av vad som
sas.

”Hans nåd Drashin...”

”... träffa drottningen...

”Vem är kvinnan intill honom?”

”... amdorianska soldaterna...”

”... hans kvinna...”

Liana sneglade på Drashin och Diriska som red alldeles framför
henne. Drashin verkade frånvarande i sina egna tankar. Diriska rörde
hela tiden huvudet ryckigt fram och tillbaka. Vid vissa ord verkade hon
rycka till, andra kröp hon ihop. Draken tyckte inte om den här uppmärk-
samheten. Omedvetet förde hon sin häst närmare generalens.

Det kungliga palatset dök upp framför dem och Liana stirrade förbluff-
fat på det. Det kunde mäta sig med palatset i Terabelle utan problem.
Och den vita putsen glänste i förmiddagens sol. Tre höga, kupolförsedda
torn rest sig innanför palatsmurarna. I toppen av alla tre tornen svajade
det blå baneret med silverliljan. Här hade Liana trott att Garatur var en
alltigenom grå stad och så dök det här vackra palatset upp.

De red in genom porten som stängdes snabbt bakom dem. Alla utom
de moskiska soldaterna satt av och började gå mot palatset. Där stod det
en man i blått och grönt livré, med silverliljan broderad på bröstet, och
väntade dem.

”General Drashin”, sa han och bugade djupt. ”Mitt namn är Trian. Var
vänlig och följ mig. Drottningen väntar er.”

Drashin grymtade till svar och tecknade åt mannen att leda vägen.
Han spärrade förvånat upp ögonen när alla drakriddarna, Liana och Di-
riska följde efter honom.

”General”, stammade Trian. ”Drottningen önskar endast träffa er.”

Drashin nickade otåligt och vinkade åt honom att fortsätta gå. Ingen
av drakriddarna stannade. Liana började känna sig en aning orolig över
vad som nu skulle hände. Diriska såg bara rakt framför sig och ignore-
rade mannen som ledde vägen. Hela hon visade hur lättad hon var över
bristen på människor här inne.

”General,” sa Trian desperat. ”Drottningen kommer...”

"Inte göra någonting", sa Drashin barskt. "Hon vill träffas, jag behöver prata med henne. Var nu tyst människa och led vägen."

Trian snubblade nästan vid hans ord. Mannen snodde runt och vägrade skrämt att se bakom sig igen. Liana såg hur Diriska gav Drashin en ogillande blick. Hon själv kände ett visst ogillande av vad han gjort, men sa inget.

Trian ledde dem snabbt till tronsalen där han stammande överlämnade dem till en äldre man med ett vänligt leende. Med en skrämd blick på Drashin skyndade sig sedan Trian därifrån.

"General", skrockade den äldre. "Ni måste sluta skrämma palatstjänarna. Vi har snart inga kvar som vågar möta upp er vid era besök."

"Kammarherre Uram", sa Drashin och böjde lätt på nacken. "Vi har inte tid med artighetsfraser eller att jag ska sluta skrämma tjänare. Han fick hit oss snabbt, du kan ge honom min innersta ursäkt senare om du vill. Jag är här för att tala med Famala."

Uram nickade kort. Han såg bara som hastigast på Liana och de övriga innan han vände sig mot tronsalens dörr. Han bad om ett ögonblick och gled in. Liana hörde hur han presenterade general Drashin och Dödens skvadron. Sedan öppnade han dörren ordentligt och allihop steg in.

Liana försökte stirra på allt på samma gång där inne. Tronsalen var enorm och taket var målad som en vacker sommardag med blå himmel och små lätta moln. De stora fönstren vätte mot väster och skulle snart släppa in kvällssolen. Men högt upp i taket fanns fönster åt alla väderstreck och speglar satt där uppe för att släppa ner ljuset mot tronen.

Hennes blick föll mot kvinnan som stod framför tronen och såg mot dem. Det var en mycket vacker ung kvinna ungefär lika gammal som Drashin. Hennes hår hängde i långa röda lockar ner för hennes axlar och rygg. Hennes blå ögon glimmade till av snabb förvåning. På hennes huvud vilade ett vackert diadem i guld och diamanter. Hennes röda klänning var prydd med blå och gula vargar i språng i fållen och runt livet. Strax bredvid tronen stod en man i svart mantel med huvan fram dragen.

Uram ledde fram dem till henne och stannade tre steg ifrån henne. Liana och de andra stannade, men Drashin tog ett steg till. Han såg stadigt in i hennes ögon. Ingen av dem sa något eller vek med blicken. Liana tyckte det kändes som om de mätte varandras styrka och vem som skulle slå ner blicken först.

"Drashin", sa kvinnan tillslut. Det hördes på hennes röst att hon var van att befalla.

”Famala”, grymtade han nöjt och nickade. ”Ni har talat med Mira förstår jag.”

”Hon kom förbi här för två veckor sedan”, svarade Famala svalt och vände sig mot tronen. ”Hon berättade att Soma var i fara. Och att dem bett Amdoria om hjälp.”

”Dem bad mig om hjälp”, sa Drashin och nickade mot drakriddarna bakom honom. ”Soma bad om Dödens skvadron.”

Famala satte sig ner och såg fundersamt på personerna bakom honom. Liana kände hur hennes blick blev undrande när hon tittade på henne. Hennes ögon smalnade en aning när hon såg på Diriska. Liana misstänkte att kvinnan helst av allt ville ha Drashin här ensam, kanske såg hon Diriska som någon slags rival.

”Ni tio”, sa hon tillslut och svepte med handen över dem. ”Lamas bad om er tio.”

”Jag sa Dödens skvadron”, sa Drashin och fnös. ”Jag har redan skickat trehundrafemtiosju drakriddare till Soma. De borde anlända inom en kanske två veckor. Mira ställde upp frivilligt med tvåhundrasjuttio drakryttare.”

”Men ni gav er av senare”, mumlade Famala med ett litet leende.

”Makar ville visa sitt stöd för Soma och samlade ihop tvåtusen trehundra soldater som jag reser tillsammans med. När vi passerade gränsen kom femhundra klipptroll från klanerna Taur, Gosha och Ramen ikapp oss.”

”Tio drakriddare, tvåtusen trehundra amdorianska soldater och femhundra klipptroll passar alltså genom mitt rike för att komma till Soma.”

”Tio?” Drashin blinkade förvånat samtidigt som mannen i den svarta manteln gjorde ett frustande.

”Detta är Liana Darik”, sa Drashin och svepte med handen mot Liana. ”Hon är lärling till mig, därför följer hon med. Detta är Diriska”, han visade mot draken, ”hon är helerska som anmält sig frivillig att följa med oss på vår resa ner.”

Nyfiket studerade drottningen Liana. Liana vred sig olustigt vid hennes blick. När blicken gled över till Diriska blev den aningen hårdare och hon spände ogillande käkarna. Liana förstod att hon verkligen såg Diriska som en rival om mannen framför henne. Diriska rörde inte en min, men sneglade mot Drashin.

”Intressant”, sa drottningen tillslut och lutade sig tillbaka på tronen. ”Jag har tretusen soldater utanför staden som är redo att marschera mot

Soma. Jag ger dem till dig, general Drashin. Du för befäl över dem från det de lämnar sitt läger till dess att du återlämnar dem till mig här i Garatur."

Han nickade kort. Liana såg hur drottningen gav Diriska ett triumferande leende.

"Önskar ni, general, dela en måltid med mig innan ni ger er av?"

"Tyvärr har vi inte tid med det", sa Drashin genast och tog ett steg framåt. "Jag måste omedelbart lämna Garatur och bege mig mot Soma. Jag har bara en liten begäran innan jag ger mig av."

Famala såg med glittrande ögon mot honom där han lutade sig fram mot henne.

"Åh, vad önskar ni av mig?"

Snabbt som blixten grep Drashin tag i mannens mantel, svepte undan huvan och drog honom till sig. Liana hörde hur någon av dem andra visslade till bakom henne. Hon stirrade på mannen som Drashin höll i. Det blonda håret var kortklippt och dem gula ögonen stirrade förbluffat på Drashin.

"Kan jag få låna den här idioten en stund?" sa Drashin utan att ta blicken från drottningen.

"Lindramas", flämtade Diriska förbluffat.

"Hur visste du?" frågade Lindramas drog sig ur hans grepp.

"Ibland skall man inte alltid lita blint på familjen, Lindramas", svarade generalen, rätade på sig och släppte den vises krage.

"De andra visste inte att jag var här."

"Du glömmer en." Drashin vände sig från tronen och återvände till dem andra. "Hon brukar berätta det mesta för mig."

"Mira", suckade Lindramas. "Varför talade hon om det för dig?"

"Hon älskar mig, Lindramas", sa Drashin och slog ut armarna med ett skratt. "Och för att jag är så charmig."

Liana såg hur drottningen ryckte till vid hans ord. Diriska grymtade bara när hon slog följe med generalen ut ur tronsalen.

"Kom nu, Lindramas", sa Drashin över axeln. "Vi har bråttom till Soma."

Liana såg hur Lindramas buttert bugade mot drottningen innan han muttrande följde efter Drashin och de andra.

Innan de hunnit ut ur palatset hade drottningen hunnit ikapp dem och slöt upp bredvid Drashin. Han såg inte åt henne. Liana såg hur Diriska och Famala växlade kalla blickar med varandra på var sida om generalen. Hon hoppades inte att detta skulle leda till några problem.

Deras hästar stod och väntade på dem. Ett vackert vitt sto kom ledandes till Famala. Lindramas muttrade något och lyfte från marken och flög iväg. Diriska såg fundersamt efter honom. Liana visste att hon hade lärt sig mycket nya saker som hon skulle kunna göra med magin. Hon såg hur Drashin sneglade på Diriska.

"Vad önskar ni ha vise Lindramas till, general?" frågade Famala när dem red genom staden.

"En portöppning", svarade Drashin kort. "Vi har bråttom har jag ju sagt."

Resten av vägen red dem tysta. Liana såg hur Diriska och Famala hela tiden kastade kalla blickar mot varandra. De tyckte inte om varandra. Liana kände en viss oro över att de skulle börja slåss om mannen som red mellan dem.

Alldeles utanför stadsportarna väntade Lindramas på dem. Han verkade inte lika butter längre och hans vanliga lilla leende speglade över hans läppar. Liana såg hur det blev aningen ansträngt när han kände stämningen mellan Diriska och Famala.

"Jag tog mig friheten att ge order om avfärd", sa han och såg på Drashin.

"Det sparar tid", svarade Drashin med en nick. "Jag vill att du gör en portöppning strax söder om Fakari eller så långt du nu kan göra. Alram och resten av skvadronen borde inte vara långt från Somas gräns nu. Det tog onödigt lång tid för oss att lämna Terabelle. Jag vill ta igen lite av den tiden."

Lindramas nickade allvarligt och stegade bort mot de amdorianska soldaterna och klipptrollen. Drashin vände sig mot Famala. Liana såg hur klipptrollen hälsade hövligt mot Lindramas när han passerade dem.

"Om ni har något att säga till era soldater, ers majestät", sa han och visade med en gest mot de väntande moskierna.

Drottningen nickade allvarsamt, satt av och skred iväg mot sina landsmän. Drashin följde med henne. Liana såg efter henne.

"Den kvinnan..." muttrade Diriska sammanbitet.

"Det är en speciell kvinna", höll Krashak med. "Hon borde hittat en make vid det här laget. Men hennes mål verkar vara något som hon inte kommer kunna uppnå."

Liana såg upp på den väldige mannen bredvid henne. Hans kantiga ansikte sprack upp i ett brett flin och han klappade henne på axeln med en väldig näve. Hon hörde hur de andra drakriddarna skrockade bakom henne. Diriska fnös irriterat. Liana skakade långsamt på huvudet och kunde inte låta bli att le.

Famala hade avslutat sitt tal för sina soldater och Drashin stod och pratade med några av dem. Resten började röra sig mot den amdorianska truppen. Amdorianerna hade redan börjat röra sig genom den portöppning som Lindramas skapat. Klipptrollen ställde upp sig för att rida igenom efter amdorianerna. Liana såg hur Famala var på väg tillbaka mot dem.

"Ers majestät", sa Krashak med en lätt bugning mot henne.

"Generalen", sa hon sammanbitet, "önskar att ni sju gör er redo för avfärd."

"Sju?" undrade Kalar fundersamt.

"Som han önskar", sa Krashak endast. "Drakriddare, utgå!"

Genast lämnade drakriddarna Diriska och Liana ensamma med drottningen. Drottningen ställde sig emellan dem två och såg bort mot Drashin. Liana visste inte hur hon skulle agera. Den amdorianska kungliga familjen var inte så formella av sig om det var en privat samling. Officiellt var en helt annan sak. Då var hon inte ens tillåten att närvara, på grund av att hon endast var en lärling.

"Så du är hans lärling", sa Famala plötsligt.

Liana hoppade till. "Ja, ers majestät", sa hon tveksamt.

"Jag trodde inte att det var sant när jag hörde att han tagit sig en lärling", fortsatte drottningen och såg på henne. "När Makar berättade det för mig när jag var i Terabelle senast kom det nästan som en chock. Generalen för Dödens skvadron, nej *hela* Dödens skvadron, hade tagit en flykting under sina vakande ögon och gjort henne till en av drakriddarnas lärlingar. Jag undrar vad Asama tyckte om det."

"Dem två grälade i flera veckor om det", sa Diriska kort. "Men tillslut såg Ca'Draak det på hans sätt."

Famalas leende blev en aning stelt när hon såg på Diriska.

"Det är också förvånande att Drashin", hon sa hans namn med stor hetta, "tagit någon annan helerska än Mira Mashok till sin sida."

Liana såg bort mot Drashin. Han var nu på väg tillbaka mot dem. Hon önskade att han skulle skynda på sina steg.

"Som han sa, jag anmälde mig frivilligt", sa Diriska försiktigt och såg ner på mannen som kom emot dem. Hon hade en undrande glimt i sina ögon, nästan som hon än en gång funderade på varför hon valt att följa med.

"Är du hans älskarinna?"

Liana ryckte till och stirrade på drottningen. Diriska spärrade upp ögonen och stirrade med gapande mun på henne. Drakens blick gled mellan Drashin, som kom mot dem, och drottningen, fram och tillbaka.

"Nej!" sa hon hetsigt. "Jag är... hans... helerska."

"Oh", sa Famala nöjt och vände sig belåtet mot Drashin.

Han stannade upp några steg framför dem och såg misstänksamt på de tre. Famala strålade av belåtenhet, Liana visste inte om hon skulle titta på henne eller Drashin. Diriska stirrade, högröd i ansiktet, ner i gräset vid hennes fötter.

"Jag vill nog inget veta", sa han tillslut och gick fram till drottningen. "Dina överstar verkar lovande. Tror nog att de kan komma överens med Sarasha också. Verkar vara samma sorts karlar alla tre."

"Och om de inte skulle det?" undrade Famala.

"Då ser jag till att Krashak får dem att komma överens", sa han bistert. "Vi ska inte slåss mot varandra, vi ska slåss mot demoner. I slut ändan blir det ett krig mot Asharak."

"Du tror inte att han är i Soma?"

"Nej, jag tror att han låter Trasher sköta det. Detta är bara en liten del av det krig som Asharak har påbörjat. Vårt mål nu är att rädda Soma."

"Rädda Soma", sa Famala fundersamt och såg honom i ögonen. "Om vi inte kan rädda Soma?"

Drashin tvekade en aning. "Vi kanske inte kan rädda riket som det är nu. Men vi kan rädda deras folk. Kan vi rädda Somas folk så kan de återuppbygga sitt land igen. Vi behöver Somas lejon för att samla resten av länderna runt Dromadaöknen. För det behövs Salaam Najdjin."

Drashin såg bort mot Lindramas, där han övervakade soldaternas marsch genom porten. Liana såg hur Krashak ställde sig bredvid den vise från Draktand och hur de andra drakriddarna red genom porten tillsammans med klipptrollen. Snart hade samtliga amdorianer och klipptroll passerat och moskierna började gå igenom.

"Jag samlar min armé", sa Famala med en suck. "Jag skickar bud till Makar om min upprustning. Vi behöver vara samlade inför det här hotet."

Drashin nickade och vände sig mot henne igen.

"För hem så många av mina soldater du kan, Drashin", sa drottningen med ett litet leende.

Hon tog tag i hans kinder och gav honom en lång kyss. Han spärrade förbluffat upp ögonen. Liana bara stirrade gapande på drottningen. Hon hörde Diriska flämta till och stirrade på dem två.

"Jag väntar på dig", viskade Famala och vände sig om med en suck.

Liana såg hur hon gav Diriska ett triumferande leende innan hon med högburet huvud gick tillbaka till sin häst och sin eskort. Liana såg efter henne när hon försvann mot staden.

"Vad...", sa Drashin förbluffat.

Hon vände sig mot Drashin som stirrade efter kvinnan. Diriska såg först efter drottningen, sedan på generalen innan hon åter slog ner blicken mot marken. Utan att säga ett ord satte sig Diriska upp i sadeln och red ner mot soldaterna. Drashin såg efter henne när hon försvann. Liana klättrade upp på sin häst.

"Inte en chans att jag tänker gå i närheten av den här staden på mycket, mycket länge", hörde hon Drashin säga innan hon red efter draken.

Kvinnan hade trott att hon vunnit över Diriska i en strid som inte fanns. En strid om honom. Liana log för sig själv och skyndade ikapp Diriska. Leendet bleknade när hon såg sin väns ansikte. Draken stirrade ner i hästens man medan hon red närmare porten. Liana hade aldrig sett henne ha sådana ögonen innan. Diriska hade alltid haft glittrande ögon, oavsett om det varit glädje, sorg eller ilska. Aldrig förr hade dem blåa ögonen varit så tomma.

Liana såg Drashin galoppera förbi dem. Han gav dem en snabb blick, men fortsatte bort till Lindramas och Krashak. Klipptrollet nickade kort mot honom innan han vände sitt stora riddjur mot porten och red in.

Diriska manade på sin häst och red in mitt bland moskierna. Liana skyndade på för att inte komma för långt efter sin vän. Hon såg hur Drashin såg efter dem när det vita ljuset sköljde över henne. Hans ansikte var lika bistert som alltid, men hans ögon såg oroligt efter Diriska.

Men det som var i Lianas tankar var ett par blå ögon som stirrat ner i hästens man. Blå ögon som aldrig förr varit så tomma.

19

Tre dagar efter de gått igenom Lindramas portöppning lämnade dem Fakari och red in i Tora. Att drottningen kysst Drashin innan deras avresa hade spridit sig som löpeld bland soldaterna. Speciellt moskierna verkade betrakta honom mer och mer som en prins. Amdorianerna hade fortfarande lite svårt för vad de skulle tro om det hela, men med tanke på att de visste vem han var så var de väldigt försiktiga med vad de sa när han var i närheten. Vad klipptrollen tänkte höll de för sig själva och visade inget. De pratade glatt med alla och skrattade sina bullriga skratt som ekade över leden.

Diriska hade inte pratat med honom sedan den dagen. Hon höll sig borta från honom så mycket hon kunde. Hon var mycket fåordig med de andra drakriddarna också, även mot Liana. Hon höll sig så mycket för sig själv hon kunde i en trupp på nästan sextusen soldater.

Hon försökte få ordning på sina känslor. Just nu var det enda hon kände en stor tomhet. Famalas kyss hade kommit från ingenstans och den hade etsat sig i Diriskas sinne. Hur hon än försökte kunde hon inte få den att försvinna. Egentligen skulle hon väl känt viss glädje över att han kanske funnit någon. Men det hade varit som om nästan hela hennes värld hade börjat rasa samman igen. Varför var han så viktig? Varför kändes det så tomt?

På kvällen den tredje kvällen hamnade Diriska utan att märka det vid samma lägereld som drakriddarna och Liana. Drashin syntes dock inte till ännu.

”Var är general Drashin?” frågade Liana försiktig utan att se på Diriska.

”Han sa att han var tvungen att göra något”, förklarade Krashak lugnt och skar av en skiva kött från svinet som hängde över elden. ”Han kommer tillbaka i natt.”

”Finns det någonstans att tvätta av sig ordentligt här i närheten?” frågade Tirasine. ”Senaste jag fick ett ordentligt bad var för en vecka sedan, innan vi red in i Mosker.”

”Jag såg en liten sjö en liten bit bort ditåt”, sa Ranin och viftade med handen mot höger. ”Det finns en liten skyddad vik som du kan hoppa i. Ingen borde kunna komma nära utan att du upptäcker det.”

Tirasine reste sig upp och sträckte på sig.

"Gott", sa hon och sken upp i ett leende. "Då tar jag, Liana och Diriska ett bad."

Diriska blinkade till och försökte protestera när de båda kvinnorna tog henne i armarna.

"Du kan väl hälsa samtliga att jag kommer att skära loss vissa delar från dem om de försöker kommer ner till sjön innan vi är tillbaka, överste."

Krashak höjde näven till svar och mumlade något med munnen full. De andra drakriddarna skrattade och började genast sprida ut budskapet. Klipptrollen Rasham, Frash och Dram kom gåendes mot deras lilla eld när kvinnorna gick iväg.

Det var skönt att få sjunka ner i vattnet och känna hur flera dagars svett och smuts försvann. Vattnet var skönt. Diriska slöt ögonen och lutade ryggen mot den stora stenen som låg i vattnet. Toppen av stenen reste sig nästan fyra fot ovanför vattnet.

Liana sjönk ner med en suck bredvid henne. Diriska öppnade ögonen och log mot henne. Flickan flinade tillbaka. Hon såg upp mot den lilla stranden där Tirasine fortfarande stod.

Drakriddaren var naken och stod till hälften vänd åt det håll som de kommit ifrån. Hon verkade spana om det varit någon som följt efter dem. I sin ena hand höll hon i sin dolk. Diriska såg på henne. Hon var muskulöst byggd, men hade ändå fina drag och kurvor. Hennes ögon smalnade en aning vid det långa ärr som löpte snett över hennes mage. Det syntes att det var gammalt. Drakriddaren grymtade belåtet. Ingen verkade vara i närheten. Satte dolken i marken inte långt från vattnet och gick ut i vattnet till dem andra två.

"Så skönt", suckade hon lyckligt när hon sjönk ner på andra sidan om Liana. "Tänk om vi kunde hitta flera sådana här sjöar på vår väg ner till Soma."

"Det låter på dig som om det blir svårt", sa Liana försiktigt.

"Kanske inte så svårt", sa drakriddaren och gned sig om ena axeln. "Men så snart vi gått genom Hamapasset och gått in i Soma så är det en öken. Inte en sjö så långt ögat kan nå. Det är därför vi har dem stora vagnarna med vattentunnorna. Det behöver vi när vi kommer in i Soma."

"Det kommer bli en besvärlig resa", mumlade Diriska och började gnugga håret mellan händerna.

"Det kommer det", sa Tirasine och såg på henne ovanför Lianas huvud. "Men Drashin har allt klart. Vi har varit i Soma många gånger så vi vet vad vi har att vänta oss."

Diriska stelnade till när hans namn nämndes, men började snabbt att tvätta håret igen. Hon ville inte tänka på honom nu. Tirasine grymtade till och såg ner i vattnet.

"Han säger att han inte tänker återvända till Garatur efter Soma", sa hon försiktigt.

Diriska slutade röra på sig och stirrade tyst ner i vattnet.

"Han sa något liknande innan vi lämnade staden", sa Liana snabbt.

"För att vara ärlig kommer han inte så bra överens med Famala", fortsatte drakriddaren och skrubbade sitt långa mörka hår. "Han har svårt för kungar och drottningar. Åh, Jesamie kommer han överens med, oftast. Den enda kung som jag vet som han faktiskt tycker om är kungen av Soma. Kung Lamas."

Diriska sade inget. Hon började tvätta håret igen med mekaniska rörelser.

"Famala har försökt att göra honom till sin i många år. Även innan hon blev drottning. Han har alltid hållit henne på avstånd. Detta är första gången som han faktiskt varit tvungen att möta henne utan någon av de andra generalerna eller att någon av de vise varit närvarande. Hon måste tagit tillfället i akt och överraskat honom."

Diriska nickade sakta. Han hade faktiskt ryckt tag i Lindramas när han stått framför tronen. Där hade hon nästan trott att han skulle kyssa drottningen. Sedan hade kvinnan sagt åt de andra drakriddarna att Drashin gett dem order om att gå genom portöppningen. Nu gick det upp för Diriska att Famala hade bara sagt åt drakriddarna. Om Drashin verkligen gett order om att lämna så skulle han sagt åt samtliga. Kvinnan hade velat att endast Diriska och Liana skulle varit i närheten. En helerska och en lärling skulle aldrig kunna hindra vad hon hade haft i tankarna. Dessutom hade det tvingat honom tillbaka till henne, istället för att hon tvingats gå till honom där han valde att möta henne.

"Jag förstår", sa hon tyst.

Trots att hon kommit på kvinnans avsikt med det hela och Tirasines och Lianas försäkran att han inte skulle återvända till Garatur. Kändes det tomt inom henne. Hon hade inte hört det från honom. Hon ville höra honom säga det.

Ett plingande fick alla tre att stelna till. Liana öppnade munnen, men Tirasine lade snabbt en hand över den. Hon tecknade åt dem båda andra att vara tysta. Alla tre lyssnade spänt. Så höres ännu ett plingande. Diriska pekade mot stenen bakom deras rygg. Det kom på andra sidan om den.

Tirasine såg bort mot dolken som satt i marken vid stranden. Hon skulle omöjligen kunna ta sig dit utan att bli upptäckt. Hon gjorde en ansats, men Diriska grep om hennes arm. Draken skakade lätt på huvudet när drakriddaren såg på henne.

Liana hade vänt sig om och började försiktigt se över stenen. Diriska grinade illa och sneglade på Tirasine. Drakriddaren gav dolken en sista blick innan hon försiktigt såg över stenen hon också. Med en tyst suck lyfte Diriska försiktigt på huvudet.

Hon blinkade förvånat över vad hon såg. På en sten inte långt ifrån dem satte en ung man med korsade ben på en sten. Kvällssolen lyste rakt på honom och då och då lyfte han på ansiktet och slöt ögonen mot ljuset. Ett litet leende speglade på hans läppar. Håret var kort och ljust. Men det som var mest underligt var hans kläder. Han hade på sig en tunn tröja med korta ärmar, och byxor som verkade sluta kort ovanför knäna. Över hans knä låg en underlig låda av något slag.

"Han är inte amdorian eller moskier", viskade Liana.

"Var kommer han ifrån?" undrade Diriska lika lågt.

"Första världen", andades Tirasine. "Det är liknande kläder som Drashin ibland bär när han reser till eller kommer tillbaka från första världen."

Diriska stirrade förbluffat på den andra kvinnan. Sedan såg hon upp på mannen igen. Så detta var en av människorna som levde i Drashins värld. Hur hade han kommit hit?

"Sami!"

Alla tre ryckte till när Drashins röst hördes.

"Ohoj, Mac!" ropade mannen och höjde handen i luften. "Vilken tid det tog. Trodde nästan att jag skulle få sova på den här stenen. Inte för att jag klagar på utsikten."

Drashin klättrade upp på stenen och satte sig med korsade ben bredvid mannen. Han bar på något som han räckte över. Det klirrade när den andre tog emot det.

Diriska studerade Drashin intensivt. Hon visste inte hur länge han varit borta. Men han verkade ha rakat sig och tvättat sig ordentligt. Kläderna var liknande de som han alltid bar. Nu var det en blå skjorta och svarta byxor. Han rättade till sin kishara så att han inte satt på den. Lade den till rätta över hans ben.

"Snygga kläder du har", sa Sami och räckte över en flaska. "Var hittar jag sådana?"

"Skräddarsydda, Sami", sa Drashin och tog en klunk. "En av de bästa skräddarna i Terabelle."

Drashin hade visat Diriska vilken skräddare hon skulle gå till om hon ville ha nya kläder. Hon kunde inte låta bli att le en aning.

"Terabelle", sa Sami och stirrade upp i himlen. "När ska du låta mig åka dit?"

"Om jag fick bestämma, aldrig. Terabelles kvinnor är inte redo för dig ännu."

"Jag som är den mest charmige och vänligaste personen som finns."

"Den skränigaste också, Sami. Glöm inte det. Du är en vandrande katastrof ibland."

"Men du är ju alltid där och hjälper till, Mac. Kommer du ihåg när vi ställde upp för alla de där döva flickorna?"

"Ja, jag kommer ihåg det. Berntsson lät oss sitta inlåsta i tre dagar."

Sami skrattade till och dunkade Drashin i ryggen.

"Han borde tackat oss", sa Sami. "Emelie var med flickorna."

"Det var nog därför han låste in oss så länge. Hade det inte varit för Johanna hade han säkert kastat bort nyckeln också."

Diriska lutade sig ofrivilligt framåt. Det var namnet på hans syster. Drashin knackade på lådan som Sami hade i knät.

"Varför tog du med den där?" frågade han och tog emot en ny flaska. "Vi kan inte föra för mycket oväsen, då väcker vi lägret. Dessutom tog jag bara hit dig för att prata."

"Du sa att det fanns flickor i lägret", skrockade Sami och det plingade.

Diriska såg på Liana och Tirasine. De båda såg förvirrat på henne. Samma fråga lyste i deras ögon som hon själv hade. Vem var denne man som pratade så ledigt och nästan oförskämt med Drashin, den mest fruktade personen i hela världen?

"Du håller dig borta från dem", sa Drashin med ett skratt. "Tirasine kanske skulle kunna hantera dig, även om jag tvivlar, men inte de andra två."

Sami skrattade och vände sig bort från dem. Drashin skrockade och såg ut över vattnet. Diriska undrade vad han behövde prata om och varför han tagit med sig någon från den första världen hit.

"När ska du ta med dig henne hit?" frågade Sami plötsligt allvarligt.

Diriska kände ett tryck i bröstet igen. Henne? Liana lade en hand på hennes hand och kramade den.

"Vad..."

"Du vet vad jag menar, Markus", avbröt Sami honom. "Du tar hit mig för att prata. Visst jag kan prata med dig. Men jag vet att hon har frågat dig flera gånger. Hon har nämnt det för mig också."

Drashin satte ena handen för pannan och stirrade ut över vattnet. Diriska tyckte han såg sorgsen ut där han blickade ut. Hon hade aldrig sett honom sådan innan. Aldrig så sårbar. Drashin som alltid verkade vara oövervinnerlig.

"Jag kan inte", sa han tillslut med en suck och slöt ögonen. "Inte nu, det är för farligt."

"Tirasine kan jag förstå", sa Sami och lade en hand på hans axel. "Men du tar med dig en flicka och en kvinna, som aldrig deltagit i strid innan, till ett krig. Ett krig som du kanske inte överlever."

Diriska reste sig nästan upp, men Tirasine tryckte ner henne igen. När hon såg på drakriddaren skakade denna häftigt på huvudet.

"Dessutom, min vän", sa Sami och visade med en gest över vattnet. "Hon skulle älska den här utsikten, eller hur."

"Ja", sa Drashin och satte ner armbågarna i knäna, slog ihop händerna och lade hakan att vila på dem. "Hon skulle verkligen älska att se det här. Hon har träffat Krashak och de andra."

"Klipptrollet", sa Sami och lutade sig tillbaka. "Det är en drinkare det."

"Hon har tjatat i flera år om att få träffa Mira och Asama", sa Drashin och med ett skratt tillade han. "Till och med de tre från Draktand skulle hon vilja träffa."

"Din syster har en konstig smak, Mac", skrockade den andre. "Jag skulle inte vilja träffa dem efter dina historier. Samare däremot, han verkar intressant. Har du mer öl? Jag blir törstig av att prata så mycket."

"Finns mer där borta", sa generalen och pekade.

Diriska och de andra andades ut när han pekade bort från dem. Med ett skratt hoppade Sami upp på fötter. Nu såg Diriska att han var ungefär lika lång som Drashin, men lite kraftigare byggd. Inte tjock, han verkade vara byggd av nästan enbart muskler. Hon såg när han gick iväg bort från dem. Den underliga lådan bar han med sig. Det plingade från honom när han gick. Drashin skrattade tyst för sig själv och skakade långsamt på huvudet när hans vän gick iväg. Han tittade ut över vattnet igen.

"Jag börjar bli kall", viskade Liana. "Vi behöver komma här ifrån."

"Så länge de sitter där kan vi inte gå någonstans", sa Diriska lika tyst.

Om det bara varit Diriska hade det inte varit några problem. Hon hade bara förvandlat sig till något djur och promenerat därifrån. Men nu var Liana och Tirasine med henne och hon ville inte avslöja sig för drakriddaren. Tirasine sträckte försiktigt på sig och spanade över stenen. Diriska sträckte ut handen efter henne med en väsning. Drakriddaren tecknade åt henne att lugna sig.

Försiktigt såg Diriska över stenen igen. Drashin satt fortfarande ensam och såg stilla ut över vattnet. Så blinkade han till och vred på huvudet. Han såg rakt på dem och höjde förvånat på ögonbrynen.

Liana gav ifrån sig ett lågt skri när Tirasine, utan att bry sig om sin nakenhet, reste sig upp och tecknade hetsigt mot generalen. Först stirrade han bara oförstående på henne innan han ryckte till. Med ett kort skratt reste han sig upp och vände sig bort från dem.

"Sami" ropade han lågt och Diriska höll andan. "Hittar du ölen?"

"Ja då", svarade hans vän. "Jag är på väg tillbaka nu."

"Glöm det", ropade generalen tillbaka. "Jag vet var vi kan sitta ner och prata. Den där stenen började bli hård i vilket som. Dessutom fick jag med mig muffins från Johanna."

"Muffins", jublade Sami. "Joan älskar mig."

Diriska hörde inte vad Drashin svarade då han försvann bakom stenen. De tre kvinnorna skyndade sig upp ur vattnet, torkade sig och klädde sig snabbt. Bara deras hår var fortfarande blött när de skyndade tillbaka till lägret.

Endast Krashak var fortfarande vaken vid deras eld. De andra klipptrollen hade återvänt till sina eldar. Han hade sin pipa i munnen och puffade nöjt medan han läste i eldens sken. Diriska gav pipan en snabb ogillande blick när hon satte sig vid elden. Rökning tyckte hon verkligen om inte om.

"Jag har rökt pipa i sextio år, fru Diriska", sa Krashak runt skaftet utan att titta upp ur boken. "Det är ett av få nöjen jag har, så snälla låt mig få ha denna last."

Diriska fnös bara och började torka sitt långa hår. Tirasine började borsta sitt med långa drag.

”Är general Drashin tillbaka ännu?” frågade hon oskyldigt.

Diriska stelnade till och såg sammanbitet på henne. Vad tänkte kvinnan?

”Nej, inte ännu”, sa Krashak lugnt och vände lugnt blad i boken. ”Var det något majorkaptenen ville säga till honom?”

”Nej, nej”, skrattade Tirasine låg. ”Jag var bara nyfiken.”

Hon gav Diriska en snabb blick. Drashin hade inte varit i lägret innan han gått till sjön för att samtala med sin vän. Draken nickade sakta, om han gått till lägret hade han säkerligen fått reda på att Diriska och de andra badade och antagligen sökt sig någon annanstans för sitt samtal. De satt uppe en liten stund innan de lade sig ner för att sova.

Diriska visste inte hur länge hon sovit när hon slog upp ögonen. Det var helt mörkt nu. Elden hade slocknat, men glöden var fortfarande stark nog för att lysa upp den närmaste omgivningen. Hon blinkade sömnigt när hon upptäckte Drashin sitta bredvid henne med korsade ben. Han såg in i glöden med tunga ögonlock och log fånigt, nästan som den gången på värdshuset. Hon såg sig försiktigt om. Ingen annan av drakriddarna var vakna. Liana vände sig i sömnen och suckade tungt.

Diriska satte sig upp och såg på honom. Han rörde sig inte utan log fortfarande in i glöden. Hon satte sig tillrätta bredvid honom och rättade stillsamt till klänningen. Sedan såg hon tyst in i glöden. Han gungade en aning där han satt, troligen var han en aning berusad.

”Jag hade ingen aning om att ni befann er i vattnet”, sa han lågt.

”Vi vet”, svarade hon lika lågt.

”Det som hände i Garatur”, sa han och vände sig mot henne.

”Jag vet.”

”Jag trodde aldrig att hon skulle göra något sådant. Speciellt inte när du stod där.”

Diriska sa inget utan såg bara ner i glöden. Han blinkade osäkert mot henne och vände sig om igen.

”På vägen hem lämnar vi moskierna bara och rider förbi staden”, sa han kort. ”Jag vill inte träffa den kvinnan på väldigt länge igen. Helst aldrig om jag fick bestämma.”

Diriska fick kämpa för att inte visa några känslor. Inombords kände hon sig lättad. Varför kunde hon inte svara på, men det var vad hon kände. Hon sneglade på honom. Han log igen mot glöden och blinkade slött.

”Sami, ta hand om henne åt mig”, mumlade han trött.

Diriska blinkade till och stirrade in i glöden igen.

"Hon kommer bli arg på mig om jag inte kommer hem igen", viskade han och hans huvud föll mot Diriskas axel.

Hon stirrade förbluffat på honom.

"Kanske till och med argare än du, Diriska Darik" mumlade han med en suck.

Hon såg sig förvirrat omkring. Lägret var tyst. Deras eld låg nästan mitt i lägret så inga vakter skulle passera dem. Försiktigt lade hon ena armen om hans axlar och den andra mot hans kind. Sedan lade hon kinden mot hans hår. Han mumlade något som hon inte kunde höra och somnade sedan.

Hon satt så med honom en stund och såg in i glöden. 'Hon' hade han sagt innan han somnat. 'Hon skulle bli arg' om han inte återvände. Kanske argare än Diriska. Hon stirrade undrande in i glöden. Sedan gick det upp för henne. Han kunde omöjligen prata om Famala, då han tydligt sagt att han inte ville se henne igen. Dessutom hade han sagt 'hem'. 'Hem' betydde…

"Din syster", viskade Diriska ömt till honom och log. "Hon kommer bli arg om du inte återvänder hem. Du har lovat att komma tillbaka till henne, eller hur?"

Mira och Asama hade sagt att han alltid höll sina löften. Och hans syster var den enda familj som han hade kvar. Då Trasher hade mördat hans föräldrar strax efter att han blivit en drakriddare. Diriska såg upp mot himlen som skymtade mellan trädkronorna.

"Jag ska se efter honom åt dig", viskade hon. "Jag ska se till att din bror kommer hem till dig."

Han rörde en aning på sig, men blev snabbt stilla igen. Hon log en aning och lade försiktigt ner honom på hans filtar. Hon såg på honom där han sov stilla. Utan att tänka smekte hon försiktigt hans kind. Sedan lade hon sig ner på sin plats igen. Hon såg på hans stilla ansikte där han sov. Strax somnade hon också, med ett litet leende.

20

Liana vaknade av att Krashak försiktigt ruskade på henne. När hon såg sömnigt på honom satte han ett tjock finger mot sina läppar och pekade åt höger. Hon såg vart han pekade och kunde inte låta bli att le.

Diriska låg och sov djupt. Ansikte mot ansikte med henne låg Drashin och sov lika djupt han. Deras händer rörde nästan varandra där de låg.

Krashak väckte de andra snabbt och tyst. Runt dem vaknade sakta lägret upp. Snabbt spreds det ut att general Drashin var tillbaka och att han fortfarande sov. Lägret skulle plockas ihop så tyst som möjligt för att inte väcka honom eller hans helerska.

Drakriddarna och Liana städade snabbt undan sina filtar och sina andra ägodelar. Deras hästar blev sadlade och de satte sin packning bakom sadeln. Ranin och Meeko granskade deras eldplats noga, hällde försiktigt vatten över askan, för säkerhets skull, innan de började skyffla jord över högen. Norek och Liana plockade fram bröd och ost till frukost, och delade ut till de andra. Tirasine och alv bröderna satte sig på en stor stock och pratade lågt medan de åt.

Efter frukosten gick Krashak iväg för att träffa de andra överstarna och klipptrollens ledare. De andra drakriddarna vandrade iväg för att se om lägret snart var redo för avfärd. Kvar blev Liana med dem två sovande.

Efter en liten stund började Diriska röra på sig en aning. Liana sa inget utan försökte koncentrera sig på sitt svärd. Hon drog putstrasan i långa drag över klingan. Egentligen behövdes det inte putsas, men hon hade inget att göra. Långsamt lyfte draken på huvudet och såg ner på generalen som låg framför henne. Liana satt så hon inte kunde se Diriskas ansikte.

"God morgon, Diriska", sa hon lågt.

Draken ryckte till en aning vid hennes röst, men återhämtade sig genast. Hon vände sig mot henne. Idag hade hennes ögon fått tillbaka det glittrande som hon hade saknat dem senaste dagarna. Hon log mot Liana.

"God morgon, vännen", sa hon och sträckte på sig. "Var är alla?"

"De ser till att lägret blir redo för avfärd", förklarade Liana och granskade kritiskt sitt svärd. "Överste Do'shank gav strikta order om att det skulle ske så tyst som möjligt. Han är hos de andra överstarna just nu."

Diriska nickade och reste sig upp. Hon såg sig försiktigt omkring innan hon med magi ordnade både klänningen och håret. Hon rullade snabbt ihop sina filtar.

En soldat dök upp med hennes och generalens hästar. Han bugade djupt för henne och gav henne en storögd blick innan han vände och skyndade där ifrån. Diriska skrattade till med sitt klingande skratt. Alla i lägret kände till general Drashins vackra helerska.

Hon fäste sina filtar bakom sadeln. Hon tvekade kort med en blick över axeln mot den sovandes generalen innan hon öppnade den ena sadelväskan. Liana såg hur hon plockade fram tre långa band, ett rött, ett blått och ett gult, och en borste. Med ännu en snabb blick på den sovande mannen på marken skyndade hon bort till Liana och räckte henne banden och borsten. Liana satte tillbaka svärdet i skidan på ryggen och tog frågande emot dem från henne.

"Vill du fläta in dem i mitt hår, Liana?" frågade draken med ett litet leende. "Som du gjorde som liten?"

Med ett kort skratt reste sig Liana och klappade mot stocken. Strax var hon helt koncentrerad på Diriskas hår och banden. Hon blev lite överraskad när Tirasine kom tillbaka och gav vissa råd. Snart var de färdiga och två små flätor var samman flätade med det blå och röda bandet och löpte bakom hennes öron. Det gula bandet var inflätat i en del av hennes hår baktill, resten av håret hade de låtit falla fritt över hennes axlar. De andra drakriddarna kom tillbaka och gav henne stora komplimanger för det vackra håret.

"Tänker du ansöka om att bli en del av skvadronen", pikade Ranin en aning. "Det är ju våra färger."

Diriska skrattade bara åt honom och klappade honom vänligt på kinden. Han flinade stort mot henne.

Krashak kom promenerandes tillsammans med de andra överstarna och klipptrollens tre ledare när Drashin började röra sig under sina filtar. Krashak och de andra klipptrollen flinade stort mot Diriska, medan de andra stannade och stirrade förbluffat på henne. Liana dolde ett leende. De tre överstarna stirrade på henne som om de inte sett henne innan.

"Man kanske måste börja tilltala er som det sig bör", skrockade Krashak och blinkade mot Liana. "Ers nåd Diriska."

”Då kanske jag blir tvungen att tilltala er som furst Krashak”, svarade Diriska med ett litet leende.

Ranin och Meeko skrattade högt åt henne och Norek flinade. Liana såg frågande på dem.

”Det skulle faktiskt vara helt fel”, sa Kalar och synade oskyldigt sin bågsträng.

”Du är ju trots allt son till en klanhövding, Krashak”, fyllde Sareas i.

”Furst Krashak”, rättade Tirasine honom med ett skratt. ”Glöm inte det.”

”Vi behöver inga furstar”, muttrade Frash och satte sig på en av stockarna.

Rasham skrattade och dunkade Krashak i ryggen.

”Berätta inte det för din far, Krashak” bullrade han. ”Hasram kanske tycker om idén och inför furstetitlar i Taurklanen.”

Liana stirrade gapande på det generade klipptrollet framför henne. Hon visste att det fanns en hel del furstesöner bland riddarna, general Hamares Loras var en av dem. Krashak blinkade åt henne med ett flin.

”Vi kan låta det stanna vid bara Krashak, om jag får be”, sa han en aning generat och sneglade på den flinande Rasham. ”Så ska jag låta bli att kalla er något annat än Diriska.”

Diriska böjde lätt på nacken mot honom och log vänligt. Hennes leende blev bredare när de andra överstarna överöste henne med komplimanger och bugningar. Hon gjorde ingen ansats att tysta dem när de kallade henne för 'ers nåd Diriska'. Liana sneglade på Drashin som satte sig upp med ett stön och stirrade på platsen där lägerelden varit.

”Full?” frågade Krashak med mild röst.

”Nej”, sa Drashin och skakade på huvudet.

”Bakfull?” undrade Tirasine utan att röra en min.

”Så in i helvete”, sa generalen och tog sig om huvudet. ”Det jävla aset slutade inte att ge mig mer, och innan jag visste ordet om det började vi visst sjunga.” Han sträckte upp en hand i luften. ”Lite hjälp att komma upp, tack.”

Med ett skrockande grep Krashak tag i hans arm och lyfte upp honom. Drashin hängde en stund i luften innan klipptrollet försiktigt sänkte ner honom på marken igen. Drashin tackade honom med en nick och en grymtning.

”Sjöng du?” sa Rasham och suckade sorgset. ”Och det fick vi inte vara med och se. Ibland är livet orättvist.”

"Sjunger han så bra?" frågade Dram nyfiket.

"Inte direkt", skrockade Farsh. "Enda gången jag har hört honom sjunga skränade han som en kråka."

Drashin gav honom en sur blick som fick honom att skratta ännu högre.

"Det är sångerna, Dram", sa Rasham allvarsamt och klappade den andre på axeln. "Det är dem vi vill höra."

Liana såg uppmärksamt på Drashin med han synade sina kläder, borstade av lite löv och drog handen genom det korta håret. Han stirrade på ett löv han fått tag i innan han kastade det åt sidan. Han verkade inte något annorlunda än tidigare. Han gav de tre klipptrollen en butter blick och vände sig muttrande mot överstarna. Klipptrollen flinade stort mot honom och blinkade mot Diriska och Liana.

"Vi har ungefär en och en halv vecka innan vi når Soma", sa Drashin allvarsamt. "Jag vill att alla från och med nu blir extra vaksamma. Vi har kommit hit mycket fortare än beräknat, tack vare Lindramas. Även om demonerna skall finnas i Soma, kan vi inte räkna med att det inte rör sig några utanför landets gränser. Patruller ska vara tre gånger så stora som innan. Alla svärd skall vara redo att dras på ett ögonblicks varsel och alla som kan hantera ett spjut eller hillebard skall vara i kollumens kanter."

Han väntade bara på deras bestämda nickar innan han tecknade åt dem att ge sig av. Överstarna skyndade sig till sina soldater, medan klipptrollen i lugn takt promenerade tillbaka och skrattade sinsemellan.

Drashin vände sig muttrande om och förde handen till huvudet med en plågad min. Liana såg hur Tirasine räckte över hans filtar åt honom. Först stirrade han oförstående på dem innan han tog emot dem och vände sig om. Då fick han syn på Diriska och stannade upp med uppspärrade ögon. Filtarna i hans händer var som bort glömda och han bara stirrade på henne. Krashak skrockade muntert och beordrade att de skulle sitta upp. Liana följde med honom, en aning ovilligt. Hon såg sig om över axeln hela tiden.

Dem två stod bara och såg på varandra. Diriska nästan lika lugn som hon hade varit innan händelserna i Balden. Hennes händer som höll hårt i klänningens tyg avslöjade dock hur nervös hon var. Drashin, som alltid verkade vara sinnebilden av kontrollerat lugn, rörde inte en muskel.

Så sa Diriska något som fick honom att ruska på sig. Han böjde lätt på nacken och skyndade att fästa sina filtar bakom sin sadel. Sedan vände han sig mot Diriska. Med en viss tvekan gick han fram till hennes häst.

Han grep tag i tyglarna och sträckte sedan ut en hand mot henne. Diriska tog den tveksamt och steg upp i sadeln med hans hjälp. Han sa något till henne och hon böjde på nacken med ett litet leende.

Liana vände sig mot sin häst och klev upp i sadeln. Hon satte sig till rätta och förde hästen mot Diriska. Hon log mot sin vän. Diriska log strålande tillbaka mot henne. Det hade gått flera dagar sedan Liana sett henne så här. Diriskas humör verkade smitta av sig på hennes häst som dansade några steg. Hon skrattade till och klappade stoet på halsen.

Liana såg bort mot Drashin som nu satt i sadeln. Krashak red upp jämte honom på sitt väldiga riddjur. Han räckte över en mugg till generalen. Drashin tog emot det och tittade misstänksamt ner i det. Han kastade en blick på Krashak som såg oskyldigt på honom. Med en grymtning drack generalen upp innehållet.

"Vad satan vad det där?" frustade Drashin när han sänkte muggen igen. "Det smakade vidrigt."

"Bara något som Mira gett mig", sa Krashak oskyldigt och manade på sitt djur igen. Det dunsade när djurets hovar slog i marken.

"Den kvinnan kommer jag aldrig kunna komma ifrån", muttrade Drashin surt när dem båda red förbi Liana och Diriska. "Om jag så låg död och begraven skulle hon dra upp mig igen och slå liv i mig igen."

"Det har hon ju gjort", sa Krashak menande. "Flera gånger."

Liana blinkade till och sneglade mot Diriska. Hon log fortfarande, men hennes ögon blixtrade till.

"Visst", sa Drashin med en grymtning. "Men när hon har återupplivat mig drar hon alltid i mina öron och slår mig i huvudet. Hon drar mig i öronen och slår mig i huvudet om jag så kommer tillbaka oskadd." Drashin tystnade med en ny grymtning och såg bistert på Krashak. "Varför detta trevliga samtal om vår *kära* vän och helerska?" sa Drashin och tillade torrt. "Må vi inte träffa henne på länge."

Diriska frustade till. Liana såg frågande på henne.

"Inget viktigt egentligen", sa Krashak och kastade en road blick över axeln.

Drashin såg irriterat på honom innan han med en grymtning såg framåt igen. Liana flinade mot Krashak. Diriska skakade på huvudet med ett leende. Krashak hade tydligen gett honom något för huvudet. Något som Mira hade kokat ihop, i fall Drashin hittade på något dumt.

Under en vecka red de vidare utan att det hände något. Liana hörde en del av soldaterna nämna att det kanske inte var så illa här nere i södern som man först trott, och flera började slappna av en aning. De enda som inte slappnade av utan snarare blev mer spända inför varje dag man kom närmare sitt mål var drakriddarna och klipptrollen.

Drashin gav order om att spaningsgrupperna inte skulle bege sig långt ifrån huvudgruppen. Till slut skickade Drashin endast i väg drakriddare på spaning. Han höll sig alltid nära Diriska och Liana nu. Liana kunde nästan känna att det var något fel i luften. Det var nästan som om det luktade fel. Hon undrade om det kunde vara på grund av värmen, men något sa henne att så var inte fallet. Hon hörde hur klipptrollen muttrade sinsemellan medan de spanade omkring sig och fingrade på sina vapen.

Så kom dem tre dagar från Soma.

Alram såg på när de sista av drakriddarna red genom Hamapasset. Det hade tagit dem en halv dag att rida igenom, men nu var de i Soma. Han skuggade ögonen med handen och såg ut över ökenlandskapet framför sig. Luften dallrade vart han än vände blicken. Sten och sand så långt ögat kunde se. Inte skymten av en väg fanns någonstans.

Furst Isham och hans soldater hade lämnat dem när de nått passet och ridit före. Ivriga att få komma tillbaka hem och meddela att drakriddare kommit till Soma.

Mantera kom gåendes med hans svarta hatt. Alram tog emot den med en tacksam nick. Solen brände och hatten gav ett visst skydd från värmen. Han tittade bort mot den lilla gränsstationen. Fyra små hus som var nästan helt osynliga för ögat där dem låg mot klipporna.

”Inga vakter”, sa Mantera kort.

”Tecken på strid?” undrade Alram och rättade till svärdsskidorna på ryggen.

”Inga. Verkar varit tomt länge.”

Alram nickade och vände sin häst till början av ledet med drakriddare. Så snart han var på plats började man sprida ut sig. Ledet gick från tio man brett till trettio. Alram behövde inte ge några order om det. Alla visste hur han ville ha det.

”Olram!” ropade han över axeln.

Strax kom en drakriddare travandes vid sidan av leden och kom upp jämte honom.

”Överste”, sa han med skrovlig röst.

”Karash ligger rakt söderut här ifrån, eller hur?”

”Nästan”, sa Olram och plockade fram en karta från sadelväskan. Han såg ner på den och drog fingret över den. ”Men jag skulle tro att om vi håller kurs mot söder i en dag, sedan svänger av svagt åt sydväst, så borde vi rida rakt på staden.”

”Gott”, sa Alram och nickade nöjt. ”Du kan återgå, major.”

Olram slog näven mot bröstet och vände tillbaka till sin plats i ledet. Alram vred sig i sadeln och såg på manskapet bakom honom. Ett hav av svarta hattar mötte hans blick. Han log skevt, inte konstigt att de kallades för den svarta legionen. Han vände sig om igen och de red lugnt vidare. Hela resan ner till Soma hade gått lugnt till. Inga angrepp, inga onödiga stopp hade gjorts.

Alram var nöjd, det var utvilade och entusiastiska krigare som anlände till Soma. Den lätt uttråkade stämningen som varit under den långa resan från Terabelle var som bort blåst. En förväntan vilade i luften hos drakriddarna. Nu var det dags att visa att de var en del av Drashins skvadron. De skulle visa att de var Dödens skvadron.

En skugga blev synlig från luften och närmade dem snabbt. Alram kisade upp i himlen och försökte se vad det var. Snart visade det sig att det var en ensam drake. En drake med en ryttare.

När den kom närmare såg Alram att det var Samare. Då kunde drakryttaren på hans rygg inte vara någon annan än Mira Mashok. Han höjde handen till hälsning och hon lyfte sitt spjut.

”Hisa! Hisa!” ropade hon ner till dem.

”Hoja! Hoja!” svarade trehundrafemtiosju strupar.

Det var en flera tusen år gammal hälsning mellan en drakryttare i skyn och en drakriddare på marken.

Mira gjorde en lång gir runt hela kollumen innan hon lät Samare gå ner för landning strax framför den. När Alram passerade draken slöt han upp bredvid och gick med honom. Mira lyfte av sig sin hjälm och såg på Alram med sina bruna ögon. Hennes långa bruna hår låg klistrat mot huvudet av svett. Alram kände redan svetten som började rinna ner från hans kinder. Vid alla gudar vad varmt det var.

”Var hälsad, mor Mashok”, svarade han med en lätt bugning. ”Allt väl?”

”Var hälsad, överste Manros” svarade Mira och åter gällde bugningen. ”Allt väl. Det är skönt att se er anlända till Soma, Alram.”

”Hur illa är det, Mira?”

”Nästan hela östra Soma är förlorat”, rapporterade hon. ”Nästan alla städerna där är övergivna och de flesta har lyckats ta sig antingen över bergen till länderna norrut, eller till huvudstaden. Det finns fortfarande två större städer i öster där det finns människor samt flera mindre byar. Nomaderna har börjat ta sig in i städerna likaså.”

”Hur långt borta ligger närmaste stad?”

”Agra ligger en dagsmarsch österut härifrån. Kan gå fortare om ni rider, men ni drakriddare strider ju aldrig från häst. Furst Salaam är på väg för att möta upp er i detta nu. Med sig har han trettiotusen soldater och drakryttarna. Staden är inte akut i fara, men ingen vet hur snabbt demonerna kan röra sig.”

”När kommer furst Salaam att komma fram till oss?”

”Han borde vara här om en timma kanske lite mer.”

Alram nickade och vände sig bakåt mot sina krigare.

”Gör er redo att börja gå, pojkar”, ropade han. ”Vi skall mot Agra. Det blir strid förr än ni anar.”

Utan ett ljud stannade samtliga och steg ur sadlarna. Under lågmält prat och skratt började drakriddarna att lossa på spjut och bågar som var surrade på deras hästar.

”Hur långt efter lämnade Drashin?” frågade Mira.

”En vecka kanske”, svarade Alram när han steg ur sadel. ”Förhoppningsvis är han inte mer än högst två veckor efter mig.”

”Troligen mindre”, sa Mira och flinade ner mot honom. ”Lindramas var i Garatur och jag meddelade generalen att använda sig av honom för att komma ner snabbare. Han borde inte vara mer än några dagar efter dig.”

Alram nickade gillande. Troligen ville fursten att han skulle ta befäl över alla soldaterna som stred mot demonerna här nere tills Drashin dök upp. Han var inte förtjust i att behöva beordra folk som inte var drakriddare. Om Drashin bara var några dagar bakom honom så skulle han kanske kunna slippa det.

”Återvänder ni till fursten?” frågade han och såg upp på Mira.

”Nej, jag tänker flyga norrut och se om jag kan hitta Drashin”, sa hon, tog på sig hjälmen igen och vände blicken mot bergen. ”Kanske kan jag få honom att röra sig ännu snabbare.”

Innan Alram hann säga något ropade hon ett kommando till Samare. Draken tog några språng bort från drakriddarnas hästar och kastade sig upp i luften med ett par kraftiga vingslag. Alram såg efter henne när hon försvann bort mot bergen och Hamapasset. Om det fanns någon som kunde skynda på Drashin så var det Mira Mashok.

21

iana kände sig väldigt orolig. De var nu knappt tre dagar från Somas norra gräns. Själva bergen var i stort sett omöjliga att ta sig över, men det fanns flera pass som man kunde gå igenom. De var på väg mot Hamapasset, hade Tirasine berättat. Det var den snabbaste vägen till Somas huvudstad, Karash. Om tre dagar skulle de komma till en krigszon. Där det var döda eller dödas som gällde.

De moskiska och amdorianska soldaterna hade börjat komma bra överens och samtalade glatt med varandra på deras resa nu. Ingen av dem verkade känna av det som Liana, Diriska, de åtta drakriddarna och klipptrollen kände. Det var något i luften.

Drashin red nu ensam i täten. Hela tiden gled hans blick sökandes fram och tillbaka. Hela hans kropp skrek att han var redo för strid. Liana såg på Diriska som red på hennes högra sida. Även hennes blick vilade inte särskilt länge på något. Hennes mun var ett sammanbitet streck. Diriska hade inte lett sedan kvällen innan, och då hade det varit ett tillkämpat leende.

Tirasine dök upp framför dem. Drashin tecknade för halt och red ensam henne till mötes. Hon rapporterade snabbt vad hon hade sett och red sedan tillbaka in i ledet igen. Liana såg hur Drashin stirrade in i skogen framför sig.

Så vände han på hästen och började rida tillbaka. Enda varningen som kom var att Drashins hand plötsligt började glöda med ett blått sken. Sedan exploderade fyra eldklot på hans vänstra sida.

"Drashin!" skrek Diriska förskräckt, men innan någon hann göra något stormade demonerna leden.

Liana drog sina svärd och svingade desperat efter en demon med tre röda ögon som sträckte sig efter henne. Den föll ifrån henne med ett skrik, men snabbt var nästa efter henne. Innan hon hann göra en stöt med svärdet for den plötsligt bakåt. Krashak uppenbarades och med en stor bepansrad näve krossade han demonen huvud.

"Till vapen!" brölade han. "Slåss för era liv!"

"Sar Ma'sharos'tian ki Niorta!" hördes ropen från drakriddarna. "Ki Niorta!"

Liana hoppade nästan ur sadeln på sin häst. Det var så här hon hade tränats på att strida. Till fots inte till häst. Klipptrollen vrålade sina stridsrop på sitt egna språk.

"Intill döden!" skrek hon. "Intill döden."

"Amdoria och den Vita Tigern!"

"Mosker och silverliljan!"

Liana duckade när två kraftiga klor grep efter henne och drev det ena svärdet djup i bröstet på demonen. Med det andra parerade hon en taggig yxa som var på väg mot hennes rygg. Med ett ryck fick hon ut svärdet. Hon snurrade undan det fallande liket och var tvungen att parera ytterligare ett hugg från yxan.

Två långa betar stack ut ur munnen på demonen framför henne. Det enda ögat glödde som guld och den saknade näsa. Frustande försökte den sticka henne med betarna. Hon lyckades sparka den på knät och den backade undan ett steg från henne. Liana tog tillfället och högg av den handen som höll i yxan och drev det andra svärdet in i halsen på monstret. Gurglande föll den till marken.

Flämtande såg hon sig omkring. Diriska hade kommit ur sadeln. Hon hade bara ögon för platsen där Drashin varit och såg inte de fyra demonerna som hoppade efter henne.

"Diriska!" vrålade Liana och rusade mot henne.

Draken vände sin skräckfyllda blick mot henne innan hon vred den mot demonerna. Hon viftade lätt med handen och genast fattade de fyra eld. Liana hann ta tre steg till innan hon var tvungen att stanna för att blockera en demons svärd. Hon sjönk ner på knä, skar av demonens ben och sedan i en smidig rörelse gled upp till ståendes igen och skar upp hela buken.

Hon tittade flämtande upp igen och såg hur Diriska rörde sig som i trance. Liana följde hennes blick och såg Drashins häst ligga död på marken. Drashin själv stod på alla fyra och gungade fram och tillbaka. När han försökte ta sig upp på fötter ramlade han ihop i en hög igen.

"Drashin!" vrålade Liana när hon fick syn på sex demoner som gjorde sig redo för språng mot honom.

Liana började springa mot honom, men hon insåg att hon aldrig skulle hinna fram. I ögonvrån såg hon hur tre klipptroll rusade mot honom, men blev hindrade av flera demoner som spärrade deras väg. De sex demonerna tog ett språng i luften mot honom med utsträckta klor. Plötsligt stod Diriska mellan honom och demonerna. Liana blinkade, hon hade aldrig sett henne röra sig så fort. Hennes långa mörkblåa hår svajade i den svaga brisen. Det var utslaget igen, men hon bar fortfarande dem tre banden i håret.

Diriska rörde vänster handen i en vid cirkel och fyra av demonerna slets i tu. Hon lyfte höger handen och den femte dog tjutande i ett klot av eld. Den sista fångade hon upp i den vänstra handen i strupen och slet loss ett stort stycke av halsen med ett ryck.

Liana stirrade på kvinnan framför Drashin. Hon hade varit så rädd att någon skulle avslöja vem hon var inför honom. Nu var hon på väg att göra det själv. Men generalen hade blivit hennes värld nu.

Än hade inte Drashin lyckats att ta sig upp. Liana såg honom rulla runt så han satt på marken. Även sittande var han ostadig. Hans fäste osta-digt blicken på Diriska framför honom.

"Liana, bakom dig!" ropade Tirasine.

Liana snurrade runt i sista stund. Just där hon stått slog en demon ner sin kraftiga näve. Utan att tveka drev hon det ena svärdet in i sidan på besten och det andra i halsen. Hon drog ut dem igen när den gurglande föll till marken.

Hon såg sig omkring. Inga demoner fanns bland dem längre. Runt henne låg döda män och demoner på varandra. Hon vände blicken mot Drashin och Diriska igen. Han satt kvar på marken, svårt att fokusera blicken. Diriska stod framför honom vänd mot skogen. Liana stirrade för-skräckt vad som var på väg ut från den.

"Åh, nej", viskade hon.

Fyrtio demoner kom rusandes mot Drashin och Diriska där de stod. Li-ana trodde inte ens draken skulle klara av så många. Och Drashin som knapp klarade av att ta sig upp på benen.

"Sareas", ropade Krashak. "Kan du göra något?"

"De är i vägen!"

Plötsligt bildades små gyllene ringar i luften framför Diriska. Det var samma ringar som Sareas framkallat i den senaste striden. Men de blev bara fler och fler. Tio, tjugo, tillslut fanns femtio ringar i luften.

"Omöjligt!"

Liana såg sig om över axeln. Sareas stirrade med stora ögon på sce-nen framför honom. Rasham och Frash såg fascinerade på vad Diriska gjorde. Hon vände tillbaka blicken mot sin äldsta vän.

"Vad gör du, Diriska?" viskade hon. "Du vill ju inte att han ska veta."

Med en avmätt gest med vänster handen skickade hon iväg de heta ljusspjuten ut från ringarna. De var mycket mindre än de som Sareas hade gjort. Men vilken *kraft* de hade. Demonerna som rusade fram utplånades med höga tjut. Träden välte framför dem och sten kastades högt upp i luften.

"Det är så det ska göras", skrockade Frash och satte en armbåge i sidan på Dram. "Det är nästan synd att vi inte kan magi."

Dram grymtade bara och satte tillbaka sina båda yxor i öglorna i bältet. Rasham skrockade muntert och korsade sina väldiga armar över bröstet.

När dammet hade lagt sig var allt stilla en kort stund. Sedan kom det ännu fler demoner vrålandes ur skogen. Liana såg nu hur Diriska osäkert började flacka med blicken. Plötsligt osäker på vad hon skulle göra.

Drashin tog tag i hennes arm med båda händerna, när han tillslut lyckades dra sig upp på fötter. Han vinglade en aning, men hans blick verkade vara någorlunda stadig igen. Diriska grep om hans arm med sin fria hand. Han såg först henne i ögonen innan han vred på huvudet och såg på de stormande demonerna.

Plötsligt landade en slank figur, med ett långt spjut och en mycket underlig hjälm, alldeles framför Drashin och Diriska. Liana blinkade till och undrade var den kommit ifrån.

"Harsah!" röt en kvinnoröst och eldklot efter eldklot landade bland demonerna.

Med blodtörstiga vrål ökade de farten. Allt för att få tag i sitt villebråd framför dem. Figuren rätade på sig och drog av sig sin hjälm. Det var en kvinna! Långt, brunt hår svajade när hon skakade på huvudet.

"Samare!" röt hon och stötte spjutet i marken.

Med ett vrål som till och med överröstade demonernas föll något stort och dödligt ner bland monstren. Liana stirrade på dvärgdraken som med full kraft störtat in bland demonerna. Lemlästade kroppar flög åt alla håll där han plöjde fram och slog vilt omkring sig med sina stora klor och högg med sina käftar. Eld virvlade där inne i kaoset och demonernas dödsskrin ekade omkring dem.

Liana skyndade efter de andra drakriddarna när de sprang fram till Drashin. Mira nickade snabbt åt dem alla innan hon vände sig mot Drashin. Liana hade aldrig sett helerskan bära sådana kläder innan. Den ljust röda skjortan satt löst, men dolde ändå inte hennes former. De mörkblå byxorna var ännu pösigare än drakriddarnas. På fötterna hade hon ett par högskaftade stövlar som byxorna var nedstoppade i. Vid hennes sida hängde ett kort svärd, liknande de som drakriddarna bar. Spjutet var prytt med en svärdsklinga.

"Det verkar vara tur att vi kom när vi gjorde det", sa hon och lade sina händer om hans huvud. "Är du allvarligt skadad?"

"Lite yr och svajiga ben", svarade Drashin kort. Han hade inte släppt Diriskas arm ännu. Det och Diriskas hand på hans arm verkade vara det enda som gjorde att han inte ramlade omkull.

Mira nickade innan hon sänkte huvudet och mumlade tyst. Drashins ben slutade genast att darra och hans blick verkade klarare. Han släppte greppet om Diriskas arm.

"Tack", sa Drashin och log snett. "Det var nära där ett tag."

"Det är inte över ännu", sa Mira och visslade högt. "Samare, tillbaka!"

I en kaskad av eld, jord, sten, träd och kroppar virvlade sig Samare ur striden och sprang genast tillbaka till Mira. Nästan femtio demoner låg döda framför dem. Ytterligare trettio stod fortfarande upp och svingade förvirrat sina vapen och klor omkring sig. Så verkade de märka att deras plågoande var borta och vände uppmärksamheten mot drakriddarna som stod samlade framför dem.

"Nå, Mira", sa Drashin och drog sina två svärd. "Får man lov att föra denna dansen?"

"Åh", sa Mira med ett kort skratt, drog upp sitt spjut och lät det snurra i sina händer, "trodde inte att du skulle fråga."

Samtidigt som demonerna började rusa mot dem, började Mira och Drashin springa dem till mötes.

Diriska stirrade förskräckt på drakriddaren och helerskan där de rusade ensamma mot fienden. Samare såg efter dem två och fnös. Han såg på Diriska och gick fram till hennes sida. Han sjönk ner på marken och lade sitt stora huvud på sina framben. Blod rann över nästan hela hans kropp. Krashak ställde sig på hennes andra sida och stötte ner in sin ena yxa i marken med en duns. Den andra hade han över axeln.

"Titta noga nu, pojkar och flickor", sa han pustande. "Detta är något som få får se under sin livstid."

"Du menar att vi ska titta på när dem båda strider?" undrade Farsh med en grymtning och satte sitt stora svärd på ryggen.

Diriska stirrade på scenen framför henne. Mira saktade in en aning och började slunga eldklot mot dem annalkande demonerna. Drashin fortsatte framåt. Diriska flämtade till när han rusade igenom ett av kloten. Mira rusade efter honom. Eldkloten exploderade och Demonerna närmast förvandlades till aska.

Diriska såg Drashin mitt bland demonerna, han svingade och stötte med sina svärd. Gled mellan demonerna som om han verkligen dansade. Miras spjut virvlade i hennes händer där hon inte långt från honom utförde sin egen dans.

Plötsligt exploderade marken vid Miras fötter. Hon flög upp i luften åt ett håll och hennes spjut flög åt ett annat håll. Hon vred kroppen och landade på fötter igen. Demonerna rusade under vilda tjut efter henne. Diriska såg att hennes spjut låg alldeles för långt borta.

Mira slog ut med handen och ett nytt eldklot for iväg. Sedan drog hon sitt svärd och kastade sig framåt i striden igen. Drashin dök upp vid hennes sida. Han rusade förbi henne och höll upp hjaltet till ett av hans svärd. Utan att se grep hon tag i det och svingade svärdet i en vid båge över hans huvud.

Drashin rusade vidare mot spjutet som låg på marken. Fyra demoner sprang efter honom med blodtörstiga vrål. Han kastade sig efter spjutet, grep tag i det och gjorde en volt för att åter komma upp på fötter igen. Med en snabb stöt med spjutet drev han dess svärdsklinga in i den första demonens bröst. Med ett ryck drog han tillbaka det och med ett kraftigt svingande lyckades han skära djupa sår i de övrigas halsar. Sedan rusade han tillbaka mot Mira.

"Det brukar vara dem två och Asama", sa Samare plötsligt.

Diriska såg ner på honom. Han tittade på henne med ena ögat. Det andra höll han på striden. Hon såg försiktig på de andra. Men de var som uppslukade av striden framför dem. Rasham hade lagt armen om Dram och talade upphetsat med honom. Det yngre klipptrollet nickade upprymt. Dessutom hade draken talat lågt. Även om de hade hört så hade de inte förstått honom. Han talade på drakarnas språk. För dem skulle det varit som om han pratade för sig själv.

"Det är inte för intet att de brukar kallas för de tre mäktigaste krigarna", fortsatte draken och drog en hand över huvudet för att få bort lite blod. "Jag har sett dem många gånger."

"Du känner till mig?" undrade Diriska tyst. "Har hon berättat för dig?"

"Självklart", fnös Samare. "Hon undanhåller inget från mig. Allt hon vet, vet jag. Det kan ibland hänga på liv och död."

"Har du sagt till någon annan?"

"Familjen har rätt att veta. Skvadronen vet. Men vi vilda är inte lika pratsamma som de uppvuxna i byarna. De tre har inget fått veta. När det är dags bestämmer du. Han vet ännu inget heller, men jag tror att han börjar misstänka något nu. Framför allt efter idag."

Diriska såg bort mot striden. Drashin och Mira snurrade runt i sin dans med demonerna. Den ena efter den andra av monstren föll döda till marken.

"Du tycker jag ska berätta." Det var ingen fråga.

Samare vred på huvudet och betraktade henne. Hans ärr på högra kinden lyste vitt genom allt blod.

"Som jag sa, du bestämmer när. Men i hans fall kanske tidigare än dem andra. Han kommer inte att säga något. Enbart skvadronen kommer få veta. Om du valt att strida som en av dem, så borde de få veta."

Diriska förde handen till sitt hår. Banden i rött, blått och gult fanns där fortfarande. Samare tog det som att hon valt att bli en av hans krigare. Som hon såg det var det hans färger.

"Men jag måste säga", skrockade Samare och vände sig åter mot striden. "Du gjorde mig mycket konfunderad första gången jag träffade dig. Inte ens de tre kan blanda sina dofter på det sättet. Till och med vid ditt bo, hade du redan dragit till dig så mycket av hans doft. Då hade du bara träffat honom två gånger vad jag förstått. Det verkar som om det var ödet som bestämde att ni två skulle mötas. Och ödet har fört er samman där ni är idag."

Diriska stirrade på honom. Hennes bo? Menade han gården? Det hon gjorde med sin doft var ett försvar som hon skapat för flera tusen år sedan. Men att hon hade dragit åt sig av hans doft redan då, omöjligt. Hon såg upp mot striden igen.

"Mira nu!" röt Drashin och sjönk ner på knä framför helerskan.

Diriska såg hur hon höjde handen mot skyn. Knöt näven och sedan drog den ner i marken med kraft. De sista tio demonerna kastade sig mot dem från alla håll. Men marken exploderade runt dem och dolde allt. Sten och jord kastades upp i luften. Tjut hördes innan för dammet, men tystades tvärt. Marken skakade vid deras fötter. Marken lugnade sig strax och ett tjock damm av jord dolde skogen framför dem.

"Drashin", viskade Liana på andra sidan av Krashak.

"Lugn", muttrade Samare och reste sig upp. "Se."

Diriska stirrade oroligt mot dammet. Två skuggor kom gåendes mot dem. En lite kortare än den andra. Den längre bar ett spjut över axeln. Drashin och Mira klev ur dammet.

"Du behövde kanske inte göra det så grundligt, Mira", sa Drashin och försökte, utan framgång, borsta dammet från sina kläder.

"Vi eller dem, Drashin", svarade helerskan trött. "Det är vad du alltid brukar säga. Bättre göra det ordentligt med en gång än att kanske låta någon av dem komma undan." Hon räckte över hans svärd till honom. "Här är din kniv."

"Tack", sa han och räckte över spjutet. "Din pinne."

"Är ni oskadda?" frågade Krashak och gick emot dem.

"Hel, men dammig", sa Drashin och såg mot Diriska. "Mira kanske behöver lite hjälp."

"Jag klarar mig", svarade kvinnan avmätt.

Drashin petade på en blodfläck på hennes högra sida. Hon grimaserade illa och slog bort hans hand. Han flinade stort mot henne.

"Det är första gången du är skadad och jag är oskadd", sa han och skrattade till. "Det brukar alltid vara jag och Asama som blir drabbade."

"Det var fantastiskt!" brölade Rasham och dunkade Drashin i ryggen så generalen ramlade omkull.

Dram nickade gillande och Frash skrockade tyst. Diriska stirrade på de tre klipptrollen. Dem var inte kloka. Rasham lyfte upp Drashin på fötter igen och skrattade åt hans sura min. Samare grymtade och puffade försiktigt på Mira. Hon lade tillgivet kinden mot hans huvud. Samare gav Diriska en menande blick.

"Ibland är människor inte så farliga som du tror", sa han lågt. "Jag fann henne när hon bara var en unge. Och på något vis… även om hon är en människa, så är hon min unge."

Diriska undrade vad han menade. Drashin var ingen unge. Han var en vuxen människa, en vuxen, farlig människa. Hon var inte direkt rädd för personen Drashin. Hon var rädd för hur han skulle behandla henne om han fick reda på vad hon var för något.

Hon lyfte blicken från dvärgdraken och såg mot Drashin. Han samtalade lågt med Krashak, Kalar, Tirasine och de tre klipptrollen. Hon fick syn på Sareas som iakttog henne vaksamt. Hon svalde hårt och försökte se åt ett annat håll.

"Mira", sa Drashin och vände sig mot helerskan. "Låt Diriska se över dina sår. Hon är vår helerska på den här resan."

"Intressant", sa Mira sakta och betraktade henne fundersamt. "Jag låter mig väl helas av din helerska då. Vi går lite vid sidan av."

"Liana, kom och hjälp till", bad Diriska en aning nervöst.

Mira såg kort på flickan när hon skyndade fram till Diriska. Sedan fick hon syn på Sareas och hur han tittade på Diriska.

"Skulle vi kunna ta med Sareas, Drashin?" frågade hon.

Diriska stirrade förskräckt på henne.

"Varför...?" började Drashin.

"Det kan hända att det fortfarande finns demoner kvar i närheten, general", sa Sareas snabbt. "En extra person för att vakta är inte fel, general."

Med en grymtning vinkade Drashin iväg dem. Han vände sig åter mot Krashak och de andra. Norek, Ranin och Meeko gick runt bland liken vid skogsbrynet och letade efter eventuella överlevare. Rasham och Frash stannade hos generalen, medan Dram gick iväg för att se efter om någon av deras krigare blivit sårade eller dödade.

När Diriska och hennes följeslagare började gå åt sidan, kom de tre överstarna mot Drashin. Samare skyndade i förväg för att kontrollera att allt var lugnt. Så snart de kommit ur synhåll vände sig Mira mot Diriska och satte bestämt händerna i sidan.

"Det var tur att jag kom när jag gjorde", sa hon skarpt. "Han kan ha trott att en del av det som du gjorde var jag. Om han såg något av det."

"Han hade inte lyckats ta sig upp på fötter ännu, mor Mashok", sa Liana upprört. "Men hon har rätt, Diriska. Du har hela tiden pratat om att ta det försiktigt. Att han inte får veta, eller att du inte är redo ännu."

Diriska bet ihop käkarna och stirrade ner i marken. Händerna var hårt knutna mot klänningen. Hon hoppade till när Sareas plötsligt harklade sig. Hon stirrade skrämt på honom. Han såg på henne med ögon som en hök.

"Jag förstår inte riktigt allt som ni pratar om här", sa han med lugn röst. "Vad jag kan säga är att det jag såg idag, i den här striden, borde inte varit möjligt. Jag är den starkaste magikern bland drakriddarna. Ingen, varken levande eller död, har någonsin klarat av att göra mer än sex nomra spjut. Ingen av de som är med oss bland amdorianerna och moskierna kan göra fler än två. Och du gjorde femtio!"

Mira grep tag i hans krage och drog honom närmare sig. Hon stönade till och grinade illa vid rörelsen, men blicken hon gav honom var stadig.

”Det som er helerska här så gärna vill dölja, majorkapten, och lyckats dölja i två år nu”, sa Mira bestämt, ”är att hon är en drake.”

Sareas spärrade upp ögonen och stirrade förbluffat på Mira. Sedan såg han på Diriska och sedan på Liana. När Liana tyst nickade vände han blicken mot Diriska igen och gapade.

”Stäng munnen, Sareas” morrade Mira och började knäppa upp skjortan. ”Det flyttar in fåglar snart.”

Alven stängde munnen med en smäll och gav Mira en irriterad blick innan han artigt vände sig om och lade armarna över bröstet. Samare skrockade muntert och lad sig till rätta bredvid Mira.

”Du menar att du är en drake, Diriska?” sa Sareas utan att vända sig om. ”Som de tre vise?”

”Jag är inte riktigt lika stor”, sa Diriska försiktigt medan hon såg på Miras sår. ”Men jag är mycket större än Samare här.”

Mira drog häftigt in luft mellan sammanbitna tänder när hon rörde vid såret. Med en snabb blick mot Sareas rygg framkallade Diriska en träskål med vatten. Mira blinkade förvånat till, men Liana tog den utan att blinka. Flickan hade sett Diriska göra sådant många gånger innan. Försiktigt började Liana tvätta såret.

”I tusen år har jag varit med Lianas familj”, berättade Diriska utan att se på alven. ”Jag har sett dem växa upp, jag har suttit vid deras sida när de dött. I tusen år var mitt ansikte det första de såg och det sista de såg. Familjen Darik var de enda människorna jag vågade beblanda mig med. Jag var alltid rädd när jag lämnade gården för länge. Balden var den enda värld jag kände till. Sedan dök han… ni upp.”

Sareas sa inget. Han bara såg ner i marken framför sig, lutad mot sitt spjut. Diriska sneglade oroligt mot honom innan hon koncentrerade sig på Miras sår. Försiktigt lade hon tre fingrar strax ovanför det och förde dem sedan långsamt över såret. Mira rös till och såg ner på sin sida. Såret var borta och endast oskadd hud fanns kvar.

”Jag har aldrig varit med om något liknande”, viskade hon och drog handen över såret. ”Det har aldrig känts… kyligt innan.”

”Det jag inte kan förstå”, sa Sareas och såg sig om, hans blå ögon verkade borra sig in i Diriskas. ”Varför gömma dig? Varför inte berätta för oss?”

”Därför att vi skrämmer henne”, sa Mira och knäppte skjortan igen. ”Hon är rädd för människor. Det är också en orsak till att Samare har svårt att fånga hennes doft. På något sätt lyckas hon ta till sig och blanda olika personers och djurs dofter."

Sareas vände sig om och stirrade frågande på Mira.

"Till och med nu drar du till dig andras dofter", sa Samare plötsligt och såg på Diriska. "Speciellt från honom."

Diriska behövde inte fråga om vem han menade. Samare hade aldrig använt hans namn inför henne. Drashin. Hon visste inte varför hon försökte dra till sig hans dofter. Kanske för att han var den farligaste personen som hon kände till. För att alla kände en stor respekt för honom. Mira gav Samare en snabb blick innan hon vände sig mot Diriska igen.

"Det börjar bli svårt för dig att dölja vad du är, Diriska", sa Mira vänligt. "I dag var det mycket nära. Sareas är den enda magikunnige bland drakriddarna här, så han är just nu den enda som vet, bortsett från Liana, jag, Samare och Asama."

"Vet Asama om det här?" frågade Sareas förvånat.

"Självklart", sa Mira med en fnysning. "Hon bor i riddarhuset. Det är inte mer än rätt att han vet om det."

"Asama vet om det, efter som hon bor i riddarhuset", sa Sareas skeptiskt. "Troligen mer för att han är Ca'Draak. Men inte Drashin som är näst högste befäl inom ordern. Dessutom är han ledare för det här uppdraget, Mira. Han borde…"

"Nej!" utbrast Diriska häftigt. Alven och de två människorna tittade förbluffat på henne. Samare reste sig upp och gav henne en vaksam blick. Diriska tog ett djupt andetag och tvingade sig att släppa greppet om klänningen.

"Ni får inte berätta för honom", bad hon med tårar i ögonen. "Snälla, jag ber er. Jag är inte redo. Berätta inte för honom."

"Berätta vad för vem?"

Allihop hoppade till och stirrade förskräckt på Krashak Do'shank som dök upp bland buskarna.

22

Diriska stirrade skrämt på klipptrollet. Han såg lugnt på de fem framför sig med pipan i munnen. Han hade tvättade av sig efter striden, men skjortan var fortfarande fläckig av blod. Hans kishara svängde lätt vid hans rörelser. Hon skymtade det blå tjurhuvudet med de gula hornen på den röda bakgrunden. Kilten var utbytt mot ett par mörka byxor i samma snitt som de övriga drakriddarnas. I sina händer höll han i något vitt.

Samare gjorde en grymtning och sjönk ner på marken igen. Krashak var inget hot. Diriska undrade hur mycket han hade hört. Oroligt sneglade hon på Mira och Liana. Liana rynkade bara fundersamt på pannan. Hon verkade veta något om Krashak som de andra inte visste.

"Hur tacksam jag är över att få låna generalens helerska", sa Mira snabbt.

"Åh", sa Krashak med ett litet leende, "varför skulle ni inte berätta det för honom?"

"Han aldrig glömma bort om jag var skyldig honom en tjänst", sa Mira surt.

Diriska såg tacksamt mot Mira. Helerskan bara nickade mot henne. Krashak skrockade och gned sin haka.

"Jag tror knappast att Drashin anser att du någonsin kommer att bli skyldig honom något, Mira", sa han och gav Diriska ett snabbt leende. "Han anser nog snarare att han är skyldig dig alldeles för mycket. Med tanke på alla gånger som du räddat hans liv och gett honom livet åter."

Miras läppar blev till ett tunt streck. Diriska trodde inte att helerskan hade väntat sig det svaret. Diriska såg oroligt mot Krashak. Han betraktade dem bara lugnt. Han puffade nöjt på pipan.

"Liana har aldrig förvånat mig, med tanke på vem hon är", sa han plötsligt. "Efter Sareas reaktion innan borde jag förstått, och då borde jag ha förstått att Mira också misstänkte, eller visste. Och vet Mira så vet Samare."

"Vad menar du, överste?" frågade Sareas oskyldigt.

Diriska kände paniken stiga inom sig igen. Visste Krashak?

"Drake och drakryttare är ett", förklarade klipptrollet. "Inte sant, Mira?"

Mira nickade sammanbitet. Liana stirrade oförstående på allihop. Diriska ville sjunka ner i jorden och försvinna. I den här takten skulle han också veta utan att hon kunde göra något åt det.

"Låt mig förklara en sak", sa Krashak och räckte över det vita tyget till en förbryllad Sareas. Sedan vände han sig till både Diriska och Liana. "Klipptroll har ett skarpare luktsinne än människor, alver och dvärgar. Inte lika skarpt som en drake, men skarpt nog för att kunna urskilja olika dofter. Till skillnad från en drake behöver jag komma närmare för att känna några speciella dofter."

"Du kan känna min doft?" viskade Diriska undrande.

"Sareas här, till exempel, doftar som de flesta alver", sa Krashak och gestikulerade med pipan. "Men jag skulle kunna skilja ut honom från en grupp ändå. Varje person har en speciell doft. Mira doftar ganska mycket av Samare och han av henne. Det beror på deras relation till varandra och att de spenderat större delen av Miras liv tillsammans. På samma sätt doftar Liana ganska mycket av er. Allt det utöver sin egna speciella doft som gör dem till dem."

Han vände sig mot henne och log vänligt.

"Redan första gången jag träffade dig i Garatur tyckte jag det var något underligt med din doft. Av någon anledning doftade du väldigt mycket av Drashin. Då visste jag inte att du redan hade träffat honom, om än bara kort. Men av någon anledning var den mycket stark. Sedan doftade du nästan som Sultan. Men då han var med oss vid den tiden trodde jag att den doften kom från honom först. Men det andra som förbryllade mig en aning var alla andra dofter runt dig. Djur, människor till och med Samare kände jag en svag doft ifrån. Just då hade jag inte möjlighet att undersöka saken närmare.

Sedan träffade jag Liana. När vi satt där och höll dvärgdraken Gisha sällskap under sin sista tid i livet kände jag åter doften som påminde om Sultan. Fast hos flickan den här gången och svagare. Det gjorde mig mycket fundersam, eftersom flickan inte var en drake."

Diriska stirrade på honom. Hon försökte tänka febrilt.

"Vad pratar du om, överste Do'shank", sa Mira vasst.

"Till skillnad på dvärgdrakar som Samare", sa Krashak och knackade sig på näsan med ett flin. "Kan klipptroll som jag sortera bort dofterna för att komma ner till kärnan som är personen. När vi satt inne i Drashins arbetsrum efter striden om Terabelle för två år sedan såg jag till att jag stod tillräckligt nära dig, Diriska.

Jag plockade bort alla andras dofter och koncentrerade mig enbart på din. Jag måste säga att det var ett svårt arbete. Hela tiden drog du till dig nya dofter från oss alla i rummet, men inte från Hiram av någon anledning. En efter en lyckades jag sortera bort dem. Drashins var den svåraste efter som du hela tiden drog åt dig så mycket av den. Men tillslut återstod endast en. Då visste jag vad du var för något."

Diriska hörde hur de andra runt omkring henne drog efter andan. Samare fnös ljudligt och muttrade något. Själv bara hon stirrade på klipptrollet med gapande mun.

"Så det var så du visste", sa Liana tyst och nickade sakta.

"Så när du, för en vecka sedan, sade att tilltala mig som det bör", viskade hon tafatt och sneglade mot Liana.

"Jag har vetat om att du är en drake i två år, Diriska", sa han och bugade lätt. "Så det rätta tilltalet för er borde vara visa. Men av anledningar som jag inte förstått har du valt att inte tala om vem du verkligen är. Jag har inte berättat för någon vad du är. Inte till Drashin eller Asama. Jag har väntat på att du ska stiga fram själv. Idag trodde jag att du skulle det, när du steg fram för att förvara generalen. Men tydligen började du tveka. Nå dagen som han får reda på det kommer närmare. Det enda du kan styra är om du berättar eller om han tar reda på det själv."

Diriska slog ner blicken och slöt ögonen med en suck. Här var en av dem hon fruktade mest av alla och försökte ge henne stöd. Krashak Do'shank, överste bland drakriddarna, en medlem av Dödens skvadron och stod under befäl av den man som hon fruktade skulle få reda på vad hon var. Fruktade vad han skulle göra om han fick reda på vad hon var. Klipptrollet hade vetat i två år och inget sagt till någon.

"Tack", viskade hon till honom och torkade kinderna. "Tack för att du inte har sagt något."

"Jag var tvungen att tala om det för andra klipptroll, givetvis", sa Krashak runt pipans skaft och hon ryckte till. "Dessutom att de var tvungna att hålla tyst om det. Harinak var den svåraste, han pratar alltid för mycket. Men de femhundra krigarna som är med oss har lite mer vett i huvudet. När de väl visste att det fanns en drake med i leden krävdes det inte mycket för att de skulle finna dig. Men du behöver inte frukta någon av dem."

"Det var därför de gned fingret över näsan när de såg mig", suckade Diriska. "De sorterade ut min personliga doft."

Liana tog tag i hennes hand och kramade den. Diriska kunde inte låta bli att le. Hon hade ägnat tusen år att skydda och trösta familjen Darik. Att trösta Liana. Och nu stod flickan bredvid henne och försökte ge henne tröst och stöd.

"Kanske du skulle fråga honom om du fick bli en del av Dödens skvadron", sa Krashak och tog tillbaka tyget från Sareas.

Diriska såg förbluffat upp på honom.

"Vad säger du för något, Krashak?" exploderade Mira. "Han kan inte ansluta medlemmar till skvadronen som inte tillhör drakriddarna."

"Det har hänt förr, Mira" sa Krashak lugnt och borstade av tyget. "Han var inte först att göra det. Samt, Diriska skulle inte bli den första icke drakriddaren att bli en i skvadronen. Samare är redan en av oss."

Diriska vände blicken förbluffat mot dvärgdraken. Han knep ihop ögonen och satte sina stora händer över huvudet.

"Krashak", muttrade han. "Du och din stora trut."

Mira vände sig långsamt mot draken bredvid henne och stirrade ner mot honom. Liana flämtade till och stirrade först på Krashak och Sareas som lugnt betraktade på Mira, sedan ner på Samare.

"Det är nog sex, kanske sju år sedan nu", sa Sareas, "kort efter första kriget mot Marish. Samare frågade själv om han fick bli en av oss. Drashin tvekade bara en kort stund innan han gick med på det."

"Han ska få höra om det här", morrade Mira och stegade iväg mot det håll dem kommit ifrån. "Han ska få ångra det här."

Med ett knorrande reste sig Samare upp och travade lugnt efter henne. Han gav Krashak en irriterad blick innan han suckade och försvann från gläntan.

Krashak skrockade muntert innan han vände sig, allvarligt, mot Liana. Sareas gav tyget en nyfiken blick innan han fick en igen kännande glimt i ögonen. Han ställde sig med spjutet bakom sin rygg. Krashak steg fram mot Liana och räckte över tyget mot henne. Liana tvekade lite innan hon tog emot det. Diriska undrade var det var för något.

"Generalen sa åt mig att ge dig detta, Liana Darik", sa klipptrollet högtidligt. "Ikväll skall vi göra en vandring. Gör dig redo."

Han väntade inte på något svar utan vände tvärt och lämnade dem. Sareas gav dem två ett snabbt leende innan han också försvann. Diriska undrade vad han menade med vandring. Sedan kom hon ihåg att Drashin hade packat ner ett vitt tyg innan deras avfärd.

"En kishara", viskade Liana upphetsat och vecklade ut tyget. "Betyder det här att...?"

"Jag tror att han beslutat att du är redo att ta klivet", sa Diriska stillsamt. "Från och med ikväll kommer du att vara en drakriddare."

Diriska kände en viss oro över att Liana redan skulle bli en av drakriddarna. Ingen blev en drakriddare innan de fyllt tjugotvå, hade Kalar sagt. Men det hade funnits undantag. Både Drashin och Tirasine hade blivit drakriddare samtidigt och ingen av dem hade fyllt sjutton ännu. Liana var arton nu. Men när hon såg flickans lycka över att få hålla i beviset för att hon var en drakriddare, kände hon en stolthet. Liana hade vuxit upp. Hon var en vuxen kvinna nu.

Det var med en aning lättare steg som de båda gick tillbaka till de väntande soldaterna. Diriska såg hur Mira stod och skällde på Drashin. Han stod lutade bort från henne och gned sig om huvudet. Samare stod en bit bort från de båda och såg roat på dem.

Diriska visade med en gest att Liana kunde gå bort mot de andra drakriddarna som intresserat såg på Mira och generalen. Frash och Rasham stod med dem och flinade stort mot generalen. Själv gick hon fram till Samare. Han gav henne en snabb blick innan han åter tittade på dem två.

"Hon är mycket arg eller hur?" frågade hon tyst.

"Inte egentligen", sa Samare lika tyst. "Även om varken jag eller han sagt något under alla dessa somrar tror jag att hon har misstänkt det. Så snart de varit på uppdrag ovanjord har jag varit med dem. Antingen ensam eller tillsammans med henne. Jag har lytt hans order på samma sätt som dem. Han behandlar oss alla lika oavsett om vi är drake, människa eller klipptroll."

"Så du säger att det kanske inte är så farligt att vara en medlem?" undrade Diriska och såg på Drashin där han försökte lugna den rasande Mira.

"Farligt är det", svarade dvärgdraken med ett kort skratt. "Men det gör inget. För din del kan det vara ett första steg för att våga berätta för honom. Han kommer aldrig att kasta ut dig ur skvadronen, men kanske skälla på dig för att du inte berättat för honom. Men innan du ansluter borde du ställa frågan. Kommer du kunna ta order från en människa?"

Diriska såg fundersamt på mannen framför henne. Ta order från en människa. Från någon som hon innerst inne var rädd för. En man som kanske skulle stöta bort henne om han visste vad hon var.

Drashin fick syn på henne och log stort. Hon log osäkert tillbaka. Mira såg bort mot henne också och himlade med ögonen.

"Det kanske inte är så farligt ändå", mumlade hon.

"Han är pålitlig", sa Samare och började gå bort mot Mira. "Dessutom fick du och han en bra start. Till skillnad med de andra tre. Kanske kommer han bara att banna dig lite för att du inte sagt något tidigare. Kanske vet han redan, men väntar på att du ska berätta. Era öden är sammanflätade, drakmoder. Frågan du borde ställa är: hur är era öden sammanflätade?"

Han lämnade Diriska ensam med sina tankar. Fanns det någon mening att dölja sin egen doft längre. De tre vise, hon fnös vid tanken, fick inget veta ännu. Så kanske skulle hon var lite försiktig runt dem ett tag till. Men en människas luktsinne var svagt. Hon kanske inte behövde vara så försiktig runt dem. Hon rynkade pannan och såg efter Samare. Vad hade han kallat henne? Drakmoder?

Hon började gå bort mot Liana. En tanke slog henne och hon kunde inte låta bli att le. Hon hade redan börjat dela hans tanke om de andra tre drakarna. Att gå runt och kalla sig för vise bara för att man levt i över trehundratusen år. Hon tänkte göra klart att hon inte skulle acceptera en sådan fånig titel. När hon väl kände sig redo att visa omvärlden vem hon var, skulle hon se till att de kallade henne för Diriska. Eller på sin höjd drake Diriska.

När hon kom fram höll Kalar på att visa Liana hur hon skulle knyta sin kishara runt midjan. Diriska hade aldrig tittat närmare på hur drakriddarnas satt fast, men såg nu att tillskillnad från Lianas, som hade band, hade deras spännen som ett bälte.

"Alla nya drakriddare får med band", förklarade Norek när hon påpekade det. "Det är när hon köper sin första egna som spännena sätts dit. Då skräddaren tar alla hennes mått."

Han drog handen genom håret och gned sin orakade kind. Norek var den enda dvärg som Diriska sett utan skägg. Det blonda håret var kortklippt ovanpå huvudet och räckte honom ner till axlarna i nacken. De ljusblå ögonen var trötta.

"Är du skadad?" frågade hon försiktigt.

"Bara trött", svarade Norek med ett skratt. "Vi drakriddare klarade hos bra. Men vi har nästan hundra döda soldater och närmar hundrafemtio skadade. Ändå verkade huvudmålet med angreppet att döda Drashin. Det var långt fler som angrep honom än själva truppen."

"Klipptrollen klarade sig alla", rapporterade Dram när han kom klampandes. "Det krävs mer än några få demoner att fälla oss."

"En strid och han tror sig redan vara en krigare", skrockade Frash och stack ett tjockt finger i örat.

"Kanske kan det bli något av den här pojken ändå", sa Rasham och slängde armen om den yngre Drams axlar.

"Allt för att hålla oss upptagna", sa Tirasine och såg skamset bort mot Drashin. "De måste sett mig när jag red tillbaka. Vägen framför oss var tom och jag hade hittat en bra lägerplats för natten. Jag måste blivit oförsiktig så de fann mig och kunde följa mig till huvudgruppen."

"Ingen klandrar dig, majorkapten", brummade Krashak. "Det kan hända alla."

Diriska nickade tyst. Tirasine bet ihop käkarna och såg skamset ner i marken. Hon muttrade för sig själv. Frash lade en väldig näve på hennes axel och nickade uppmuntrande. Drashin och Mira kom fram till dem. Han nickade mot Liana som strålade mot honom. Han lade en hand på Tirasines andra axel.

"Ta dig samman, Tirasine", sa han vänligt. "Din far lärde dig att inte grubbla över sådant här. Både han och jag har gjort liknande misstag."

Diriska undrade vad Tirasines far hade varit för en person, om Drashin hade så höga tankar om honom.

"Diriska", sa han och vände sig mot henne. "Mira kommer att hjälpa dig då det är så många skadade. Tirasine säger att lägerplatsen är någon timma bort. Vi borde hinna dit innan det blir mörkt, även med det här avbrottet. Tyvärr kan jag inte låta er ta Liana till hjälp den här gången. Hon behöver förbereda sig inför ikväll."

"Det går bra", sa Mira. "Kalar, Sareas, Norek och Ranin duger alldeles utmärkt."

"Tirasine och Meeko hjälper Liana att förbereda sig", sa Drashin med en nick. "Det är beklagligt att vi inte har någon av de tre här. Vi bryter redan mot traditionerna med att ta med oss en lärling *och* upphöja henne till drakriddare. Men det kan inte hjälpas."

Krashak, Sareas och Mira såg uttryckslöst på honom och undvek noga att se mot Diriska. *Jag hade kunnat passera som en av de vise*, tänkte Diriska sammanbitet.

"Mira, skulle du och Samare kunna agera i deras plats?"

"Vad?"

”Samare pratar inte vårt språk. Men du är uppvuxen med de tre så det skulle kunna räknas.”

Diriska och Liana såg frågande på honom.

”Det är alltid någon av de tre, oftast Asmaji, som går med ner till Ma'sharos'tians grottor”, förklarade Drashin tålmodigt. ”Nu har vi ingen av dem här, så vi får improvisera lite. Krashak, kan du komma med mig? Vi får ge de andra överstarna sina order innan vi ger oss av.”

”Ger ni er av?” utbrast Diriska förskräckt.

”Vi måste träffa den vita tigern”, sa Drashin över axeln när han gick iväg. ”Vissa traditioner kan vi inte bryta mot.”

Innan Diriska hann säga något mer tog Mira hennes arm och började leda henne mot de skadade soldaterna. Diriska såg sig om över axeln efter Drashin. Frash och Rasham gick med de två drakriddarna medan Dram vandrade tillbaka bort mot de andra klipptrollen.

”Vi kommer se dem igen ikväll”, sa Mira nästan tröstande. ”Vad du än har att säga till honom kan vänta till dess. Vi har ett arbete att göra nu. Du har ju trots allt tagit på sig rollen som helerska för den här armén.”

Diriska vände sig om igen och nickade med en suck. Hon hade tagit på sig en roll. Från början hade hon försökt intalat sig om att det var för att få hålla sig nära Liana. Men det var något som Samare hade sagt som upprepades i hennes sinne. 'Era öden är sammanflätade.' Hade hon följt med för att få vara med honom?

23

De hann fram till Tirasines lägerplats just som det började skymma. Diriska visste inte om hon borde bli förvånad när hon såg att Krashak och Drashin redan var där. Dem två satt vid en eld och samtalade lågmält. En liten tekanna hängde över elden.

Soldaterna började genast slå upp lägret runt översten och generalen. De andra drakriddarna slog sig ner hos Drashin och Krashak. Diriska och Mira gjorde dem sällskap. Samare hade bara gett soldaterna en sned blick innan han lufsat iväg för att börja hålla vakt.

Klipptrollen slog sig ner i en vid ring runt drakriddarna som vanligt. Rasham, Frash och Dram gjorde sin vana trogen och satte sig vid deras eld för att prata och att röka pipa med Krashak innan det var dags att sova.

"När ska vi börja med vandringen?" fråga Liana upphetsat.

Diriska såg på sin skyddsling. Även om hon inte officiellt var en drakriddare ännu, betraktade soldaterna henne som det. Även Diriska fick erkänna att hon faktiskt såg Liana som en av drakriddarna nu efter att hon fått ta på sig den vita kisharan. Hon undrade tyst varför den inte hade fått sina färger. De fyra klipptrollen skrockade roat.

"Lägret får komma iordning först", sa Drashin med ett skevt leende. "Vi kan inte ha allt detta oväsen runt oss."

"Blir det bara du, jag och Mira som går?"

"Mira och Samare kommer att representera den vise", Drashin fnös kort, "som normalt skulle gå med. Sedan kommer vi som dina mästare att gå med. Alla åtta av oss."

Diriska såg allvarligt på honom över eldens sken.

"Jag kommer inte få gå med", konstaterade hon kort och han skakade på huvudet.

"Du kan följa med en bit", sa han. "Men från det jag säger stopp, måste du stanna och vänta."

"Hade vi varit i riddarhuset hade du fått följa med till biblioteket", förklarade Krashak med pipan mellan tänderna och bläddrade i sin bok. "Men så snart vi öppnat ner till grottorna hade du fått stanna. Dessutom är vandringen där mycket längre än den vi kommer göra idag."

Liana lutade sig intresserat framåt. "Varför är den längre?"

"Du skulle fått gå igenom ditt slutgiltiga prov på vägen", berättade
Drashin. "På vägen skulle du hamnat i strider. Du skulle bli instängd i ett
rum nere i Labyrinten utan några dörrar och få möta demoner att be-
segra. Om du besegrade dem, fick du gå vidare till nästa rum. Två
gånger skulle du strida. Om du överlevde båda striderna kommer du att
få stå framför Ma'sharos'tian i hans verkliga skepnad. Det är inför honom
som du skall svära eden för att bli en drakriddare."

"Eftersom du har överlevt två strider med demoner", fortsatte Krashak
och pekade på henne med pipans skaft. "Så har du klarat av den långa
vandringen. Den vi ska göra ikväll är bara ceremoniell. För att inte solda-
terna skall lägga sig i eller bli skrämda för Ma'sharos'tian."

"Bli skrämda?" undrade Diriska försiktigt.

"Det finns lärlingar som klarat testen i vandringen", sa Tirasine lågt,
"men som sedan flytt i skräck när de träffat den vita tigern."

Diriska nickade sakta. Även personer som var redo att kasta sig in i
strid mot demoner kunde få kalla kårar när en levande legend dök upp
framför dem. Hon undrade förstrött på hur denne Ma'sharos'tian kunde
se ut, om den kunde få unga män som gett allt för att bli en drakriddare
att fly.

Dram lade försiktigt en väldig näve på Lianas axel. Han såg avund-
sjukt ner på henne där hon satt jämte honom.

"En sådan ära för dig att få träffa Ma'sharos'tian", sa han med en
suck. "En sådan ära skulle jag vilja ha en dag."

"Gå och bli en lärling hos drakriddarna", sa Rasham med ett skratt.
"Då kanske du får träffa honom."

Snart började larmet lägga sig runt om kring dem. Lägret började
komma till ro och vaktposter började placeras ut. Drashin nickade bara
när han reste sig. Drakriddarna, Diriska och Mira följde hans exempel.
Sedan följde dem honom ut ur lägret. De tre klipptrollen höjde sina hän-
der i tyst avsked innan de sökte sig till sina egna eldar. Strax dök Samare
upp och slöt upp vid Miras sida. Samtliga bar sina vapen med sig. Endast
Liana var obeväpnad, då Ranin bar hennes svärd och Meeko hennes
långa dolk.

Diriska studerade Samare. Han hade sagt att Mira var hans unge,
även om hon var en människa. I hennes ögon var det ett underligt tän-
kande. Hennes blick gled mot Liana. Men var hon så mycket annorlunda?
Hon hade levt så länge med Lianas familj, uppfostrat barnen i tusen år.
Kanske var det så att alla i familjen Darik hade varit hennes barn på ett

sätt. Ofrivilligt gled hennes blick till Drashins rygg. Men han var något annat. Det var en vuxen människa. En människa som kanske till och med skulle kunna döda henne om hon inte var försiktig.

Men av någon anledning skrämde det henne inte. Hon var inte rädd att han skulle få för sig att döda henne. Hon var mer rädd för att han skulle avvisa henne. Jaga bort henne.

"Diriska", sa Drashin plötslig och stannade. "Nu måste du tyvärr stanna. Nu kan du inte göra mer för Liana."

Diriska stirrade först oförstående på honom, men kom så ihåg vad han hade sagt vid elden innan. Hon nickade stilla.

"Jag går tillbaka och väntar", sa hon lågt och böjde en aning på nacken.

Liana kramade om henne snabbt och viskade att hon snart skulle vara tillbaka. Sedan lämnade de henne. Diriska såg länge efter dem. Efter en liten stund vek hon av en aning från stigen. Drashin hade sagt att hon inte fick vara med vid ceremonin, men inte att hon inte fick se den.

Hon gick längs med stigen en bit in bland träden. Det tog inte lång tid innan hon fann dem igen. Hon sjönk ner på ena knät och iakttog dem.

Liana stod ett steg framför de andra drakriddarna med Mira och Samare vid sin sida. Den vita kisharan som hängde på hennes högra sida lyste nästan i månens sken. Drashin stod i mitten av sin grupp med Krashak vid sin högra sida. Plötsligt sjönk de åtta drakriddarna ner på ena knät och satte sin knutna hand mot marken. Diriska undrade vad de gjorde när hon fick se något vitt komma genom skogen och hon gapade.

En enorm vit tiger, mycket större än hennes riktiga skepnad, dök upp mellan träden. Hon såg i ögonvrån hur Liana först tog ett halvt steg bak innan hon rätade på sig. Den vita tigern stannade en bit ifrån flickan och tittade på henne med stora glänsande, röda ögon. Så detta var Ma'sharos'tians verkliga skepnad.

Mira och Samare steg fram, bugade högtidligt för varelsen och vände sig halvt mot Liana igen. Helerskan började prata, men Diriska var för långt borta för att kunna höra henne. Liana sjönk ner på vänster knä och böjde huvudet. Hon lade höger knytnäve över bröstet och började tala hon också. Diriska visste att hon svor eden för drakriddarna. Diriska visste inte hela eden utan bara den lilla del som Drashin berättat för henne. Att hon skulle ge sitt liv för att andra skulle leva.

Diriskas blick gled mot Drashin som om han vore en magnet. Han hade inte rört sig utan stod fortfarande med ena knät och den knutna handen i marken. Huvudet var lyft och han såg intensivt mot Liana och Ma'sharos'tian.

Diriska vände blicken åter mot Liana. Flickan verkade vara klar med sin ed. Hon hade inte rört sig utan stod fortfarande med knät i marken och näven mot bröstet. Nästan förskräckt såg Diriska hur den vita tigern började gå fram mot henne. Den sträckte sig fram och rörde flickans panna med nosen. Genast dök det svarta band, som de andra drakriddarna hade runt pannan, upp. Diriska behövde inte se det närmare för att veta att guldplattan med den lilla draken fanns där. Sedan började den vita kisharan att ändra färg. Den röda bakgrunden kom först sedan kom mönstret i blått och gult. Draken var för långt borta för att se vad det var. Till skillnad från de flesta nya drakriddarna som bara fick sin skvadrons färger i tre band över kisharan verkade Liana redan fått sitt mönster.

Den stora tigern backade undan igen. Mira höjde sitt spjut och dunkade det i marken fyra gånger. Samare tittade intresserat på Lianas kishara. Drashin och de övriga reste sig upp och bugade djupt för tigern. Strax efter reste sig Liana och bugade även hon. Hon vände sig om och gick fram till sina mästare som en efter en klappade hennes axlar. Drashin var den sista som gjorde det. Mira och Samare vände sig helt mot Ma'sharos'tian, bugade inte riktigt lika djupt som drakriddarna och vände sig sedan om mot drakriddarna. I samlad trupp började de gå tillbaka mot lägret. Den vita tigern stod kvar och såg efter dem när de lämnade.

Diriska väntade lite för att vara säker på att de var borta innan hon försiktigt började röra på sig. Hon började sedan röra sig bort från den lilla gläntan.

"Skulle ni vilja träffa mig, Diriska från Balden?"

Diriska stelnade till och såg sig skrämt omkring. Rösten hade låtit som om den var alldeles bredvid henne, men det var ingen där. Hon såg ner mot gläntan och såg hur tigerns röda ögon såg upp mot henne.

"Det är mycket idag som inte är med traditionerna", sa rösten roat. *"För första gången upphöjs en drakriddare utanför mina grottor. För första gången utan någon av de tre drakarna är närvarande. Dessutom för första gången har en utomstående fått se ceremonin. Skulle ni vilja komma ner till mig, Diriska från Balden?"*

Diriska visste att rösten kom från tigern. Hur hon visste kunde hon inte svära på, men det var den som hade talat. Men dess mun hade inte rört på sig. Hur kunde den tala till henne utan att röra munnen?

Med en viss tvekan började hon gå ner till honom i gläntan. Hon gick försiktigt, redo att fly om han skulle göra något oväntat. Hela tiden såg hon honom i ögonen. Men det var inte det ondskefulla sken i ögonen som hon sett hos demonerna. Ögonen glödde från månens sken. Det fanns en nyfikenhet i dem.

"Jag måste säga", sa tigern när hon stannade en bit framför honom. *"Ni har väkt många frågor hos folk. Främst hos oss med starkt luktsinne. De tre vet inte vad de ska tro om er. De vet inte hur de ska bemöta er och försöker till stor del undvika att träffa er om de inte måste."*

"Jag har inte så mycket att säga dem", sa Diriska försiktigt.

Hon visste inte hur hon skulle ställa sig mot den här varelsen. Drashin och de andra verkade bemöta den med stor respekt. Men hon hade hört också att Drashin även grälat med honom.

"Ni håller er även undan dem, Diriska från Balden. Även mig är ni reserverad mot. Ni håller ert sinne stängt för mig. Tro mig, Diriska från Balden, jag önskar er inget ont."

Diriska sa inget utan såg bara misstänksamt på honom. Hon försökte tänka febrilt. Om hon avslöjade sig för den här varelsen, skulle han avslöja allt för Drashin? Vågade hon avslöja sig för tigern?

"Jag har inte lyckats reda ut er doft heller", sa tigern och lade huvudet på sned. *"Jag vet inte hur klipptrollen gör för att kunna sortera bort dofter som inte hör hemma hos specifika varelser. Men jag har dessutom aldrig mött någon som er. Aldrig förr har jag träffat någon som drar till sig så många dofter."*

"Jag vet inte vad du pratar om", sa Diriska försiktigt och gjorde sig redo att fly.

"Jag vet att det är ett försvar. Ni döljer ert riktiga jag för det som skrämmer er. Ni gömmer er för allt och alla som ni är rädd ska skada er. Jag försäkrar er, Diriska från Balden, jag skall inte skada er. Ni behöver inte gömma er för mig. Jag kan ge er ett skydd, om det är det ni söker."

"Jag vill inte ha ert skydd. Jag behöver inte ert skydd. Jag..."

"Ni söker hans skydd. Drashins beskydd."

Diriska sänkte sin blick. Var det vad hon verkligen sökte? Att Drashin skulle skydda henne? Motvilligt vände hon blicken mot lägret. Han fanns där borta, hon kunde känna det. Nej, det var inte hans beskydd hon sökte. 'Era öden är sammanflätade.' Vad hade Samare menat med det?

"Nej inte hans beskydd", sa hon tvekande. "Men inte heller att han ska stöta bort mig."

"Vad är det då som ni söker hos honom, Diriska från Balden?" undrade tigern och lade sig ner. *"Om inte hans beskydd, varför drar ni åt er så mycket av hans doft? Det är nästan som om ni håller på att göra er själv till hans. Utan att ni vet om det. Vet ni också om att ni sänder er egen doft tillbaka till honom, Diriska från Balden?"*

Diriska ryckte till. Det hade hon inte varit medveten om att hon gjorde. Hon visste inte ens om att hon kunde göra så.

"Det jag lyckats ta reda på har det varit så redan från den första gången ni såg honom för fem år sedan. Trots att ni bara hade ögonkontakt en kort stund och inte pratade med varandra."

Diriska kom ihåg den gången. Drashin hade dykt upp i Balden tillsammans med sin skvadron. Hon mindes inte mycket utav de andra, men Drashin mindes hon mycket väl från den gången. Deras blickar hade mötts och de hade bara stirrat på varandra. Horak hade försökt prata med henne, men hon hade inte hört honom. Det enda som hade funnits för henne då hade varit *han*. Drashin hade inte sagt något den gången, bara tittat på henne.

"Jag vet inte", sa hon tvekande.

Tigern betraktade henne en kort stund innan han reste sig och började vända sig om.

"För första gången på nästan etthundratjugo tusen år", snyftade Diriska och blinkade bort tårarna, "vet jag inte vad som händer med mig."

Ma'sharos'tian stannade och vände sig om mot henne igen.

"Etthundratjugo tusen?"

"Det var då jag upptäckte att jag kunde använda magi. För trehundratusen år sedan stängde vi in oss i den där grottan. Gömde oss från de galna. Endast jag är kvar av dem. Hilar dog från sina skador kort efter att vi gömde oss, Kita dog för nästan tvåhundratusen år sedan. Jag var ensam och rädd. Jag är så rädd."

"Ni är en av dem", sa Ma'sharos'tian förundrat och lade sig ner igen. *"Ni är en drake. Ni är en överlevande från den stora katastrofen, drake Diriska."*

Utan att bry sig om vad han skulle göra med henne, berättade Diriska hela historien för honom. Hon förvandlade sig till och med tillbaka till sin riktiga skepnad bara för att visa honom. Det var en viss lättnad att få berätta den för någon. Men hon fruktade fortfarande hur Drashin skulle reagera när han fick reda på hennes hemlighet. Ändå kände hon mer och mer att hon ville berätta. Men hon var så rädd för att *han* skulle få veta.

Rädd att *han* skulle stöta bort henne. Tårarna rann ner för hennes kinder medan hon berättade sin historia för Ma'sharos'tian, den vita tigern.

24

Drashin satt med korslagda ben på en stor sten en liten bit utanför lägret. Liana hade blivit en aning besviken av att inte hitta Diriska i lägret. Tirasine och Meeko hade erbjudit sig att leta efter Diriska, men Drashin hade sagt nej. Han hade en vag känsla av att Diriska inte hade gått tillbaka till lägret som hon hade sagt. Han hade haft den känslan redan när hon sagt att hon skulle gå tillbaka.

De hade väntat en timma utan att hon hade kommit tillbaka. De andra hade visat en viss oro, men han släppte inte iväg dem från lägerelden. Samare hade hela tiden lugnt legat och iakttagit *honom* av någon anledning. När han ställt frågan till Samare om de skulle leta hade han bara avmätt skakat på huvudet. Mira hade också verkat avvaktande på frågan.

Tillslut hade han beordrat dem att sova. Det var fortfarande tre dagar till Soma och det hade varit en lång dag. Liana hade lagt sina filtar till vänster om honom och han hade fundersamt studerat hennes kishara. Röd bakgrund och den blå draken verkade inte så underlig. Det fanns flera drakriddare som hade drakar på sina kishara. Men den gula delen förbryllade honom. Innanför den blå draken var avbilden av en man och en kvinna i gult som höll varandra i handen. Han kanske skulle fråga Ma'sharos'tian om det någon gång.

Drashin såg ut i mörkret, mot den lilla gläntan där de träffat den vita tigern. Han var säker på att Diriska hade sett den lilla ceremonin på avstånd. Han visste att hon egentligen inte var en del av Dödens skvadron, så rent tekniskt kunde han inte ge henne några order. Men han skulle nog ändå se till att säga henne sin mening om att tjuvkika på något som hon inte hade att göra med.

Kvinnan i sig var fortfarande ett mysterium för honom. Så snart han verkade komma på något om henne visade hon upp en annan bild. Mira och Sareas hade ändrat hur de bemötte henne efter den senaste striden. Nog för att dem försökte ge sken av att dem alltid uppfört sig så runt henne, men till och med Kalar hade tittat lite underligt på sin bror. Krashak... var Krashak, han hade alltid uppfört sig artigt mot henne. Ignorerat henne när hon ogillande sett på hans pipa. Men alltid varit redo att ställa upp med en hjälpande hand. Men sådan var Krashak mot de flesta.

Drashin rev sig på hakan. Sedan hade han ju Samare. Han kunde svurit på att draken hade samtalat med Diriska när han och Mira återvände från sin strid. Det hade inte varit så underligt om det bara varit Samare som pratat, men det hade verkat som om kvinnan hade svarat honom. Han skakade på huvudet och suckade. Det måste varit inbillning.

Dessutom under striden, innan Mira dök upp, var han så yr efter fallet från hästen. Men det verkade vara oerhört många nomra spjut som hade skickats iväg mot demonerna. För många för att Sareas eller Mira skulle klara det. Kanske kunde de göra så många tillsammans. Han var osäker på hur magin fungerade. Diriska hade inte visat mycket av sin magi inom strid innan.

Han hade blivit överraskad över att finna henne vid sin sida, när han satt på marken och allt bara snurrade för honom. Han kunde däremot minnas paniken som sken i hennes ögon när han väl lyckats ta sig upp på fötter och höll i henne. Kanske hade hon insett att de var på väg att dö. Eller var det något annat. Det var nästan samma panik som han sett i hennes ögon alldeles innan Mira kastat upp dörren till hans sovrum i riddarhuset. Då han hade frågat vem hon var.

Han makade sig en aning. Stenen var hård. Han hörde hur vakterna passerade honom lite närmare lägret. De såg honom inte.

Så hörde han ljudet av annalkande steg utifrån lägret. Äntligen. Strax dök Diriska upp i det svaga ljuset från månen. Han gled ner från stenen och gned sig en aning om baken. Den hade varit mycket hård. Han anlade en sträng min och började göra sig iordning för att säga var han tyckte om att hon inte varit i lägret.

"Dags att komma nu", sa han barskt, men lågt.

Hon flämtade till och förde ena handen mot ansiktet. Först trodde han att hon höll den mot munnen, men insåg att hon gned kinderna med den. Hade hon gråtit?

"Jag tog bara en promenad", sa hon ursäktande.

"Så här sent?" frågade han med lite mildare röst. "När vi fortfarande inte är helt säkra på att det inte finns fler demoner runt oss."

Det var för mörkt för att se, men han kunde känna hennes blå ögon stirra på honom. Han suckade.

"Du gjorde oss oroliga", sa han och gick fram till henne. "Liana ville verkligen visa upp sin kishara för dig."

Hon såg upp mot hans ansikte. Månens sken speglade sig i hennes ögon. Han mindes hur hon hade sett ut när Liana och Tirasine hade flätat in de färgade banden i hennes mörkblå hår och tog ett djupt andetag. Hon var en vacker kvinna. Även om håret inte var flätat på samma sätt, så hade hon fortfarande haft banden kvar i håret de senaste dagarna. Han visste inte varför hon hade valt just de färgerna. Han blinkade till. Hon höll tre band i handen. Han rörde lätt vid dem.

"Inte i håret?" frågade han lågt.

"De föll ur", svarade hon lika lågt. "Hur ser den ut? Lianas kishara?"

"Du såg den inte?"

"Jag var för långt borta."

Hennes blick gled ner en aning, mot hans kishara, men for genast upp igen. Hennes blå ögon såg rakt in i hans. Han undrade vad hon egentligen tänkte.

"Röd bakgrund och en blå drake med en gul man och en gul kvinna som höll varandra i handen inuti sig."

"En man och en kvinna?" sa hon dröjande. "Och en… drake?"

"Många drakriddare har en drake i sitt mönster", förklarade Drashin. "Asama är en av dem. Det finns nog femton eller tjugo i Dödens skvadron som har en drake i mönstret. Så det är inget konstigt. Mannen och kvinnan däremot, kan jag inte svara på vad det kan betyda."

Hon sade inget utan bara såg på honom med rynkad panna. Han undrade återigen vad hon kunde tänka på.

"Du pratade med honom", sa han.

Hon blinkade till, men nickade bara. Munnen rörde sig, men inga ljud kom.

"Fick du de svar som du sökte?" frågade han milt.

Hon snyftade till och blinkade flera gånger. Han insåg att hon hade börjat gråta. Hon begravde ansiktet mot hans bröst och grep krampaktigt tag i hans skjorta. Tafatt lade han armarna om henne.

"Jag är så rädd", jämrade hon sig. Det fanns en liten panikartad ton i hennes röst. "Jag är så rädd och så ensam."

Han blinkade förvånat.

"Du är inte ensam", viskade han till henne.

"Jag vill inte bli bortjagad", fortsatte hon som om hon inte hört honom. "Jag vill inte bli bortstött. Jag har ingenstans att ta vägen. Jag är så rädd. Jag har inget kvar. Jag vill inte bli bortstött. Snälla, jag är så rädd. Jag vill inte bli ensam igen. Snälla, jaga inte bort mig."

Drashin visste inte vad han skulle säga. Han strök henne försiktigt över håret och försökte viska tröstande till henne. Hon behövde inte vara rädd. Hon var inte ensam. Hela tiden jämrade hon samma sak.

Så stod dem två en stund. Hon grät och jämrade sig mot hans bröst och han höll om henne. Han såg snabbt bort mot lägret. Vakterna skulle inte komma så nära att de skulle se eller höra dem. Men han tyckte sig se en stor skugga som sakta gled bort från dem. Samare som gjorde en nattlig vaktrunda.

Efter en stund tystade Diriska och snyftningarna började tona bort. Han höll om henne en stund till innan hon varsamt drog sig undan honom. Hon såg inte upp utan torkade sina kinder, med banden som hon höll i. Han tog varsamt hennes händer i sina. Hon lyfte på huvudet och såg på honom.

"Jag vet inte vad som hände", sa hon försiktigt och gav honom ett matt leende. "Allt är bra nu. Jag är bara trött."

"Det är något som tynger dig, Diriska", sa Drashin och drog undan en hårlock från hennes ansikte. "För mig verkar det som om du har anförtrott dig till i alla fall Mira och Sareas. Men du ska veta att jag finns här för dig om du skulle behöva mig."

Hon bara såg på honom. Han suckade och släppte hennes händer. De tre banden gled mellan hans fingrar.

"Det är dina färger", sa hon plötsligt. "Banden har dina färger. Rött, blått och gult."

"Det är färgerna för skvadronen", sa han tvekande.

"Din skvadron", sa hon envist. "Din skvadron och dina färger. Jag vill bli en del av din skvadron."

Han ryckte till och stirrade förbluffat på henne. Han släppte hennes händer och tog ett steg tillbaka.

"Du vill bli en del av Dödens skvadron", sa han sakta.

"Jag vill vara där när Asharak dör", sa hon envist och tog ett steg mot honom. "Jag vill ha min hämnd för att han tog min familj ifrån mig."

Han fick en känsla av att det inte var hela sanning. Innerst inne kände han en viss glädje över att hon vill bli en av skvadronen. Men också en rädsla, en rädsla att kanske förlora henne. Det var en känsla han inte var van vid. Vad var det som gjorde att han drogs till henne? Varför hade han en känsla av att hon måste bli en del av hans grupp?

”Det är egentligen något annat, eller hur?” sa han med mild röst. Han höjde handen när hon öppnade munnen. ”Jag vill inte veta. Just nu är det inte viktigt.”

Hon tog hans högra hand i båda sina, tog ett steg mot honom och såg på honom i ögonen.

”Jag ber dig”, viskade hon med en snyftning. ”Jag vill inte vara ensam längre. Jag vill inte vara rädd.”

Drashin såg hur månens sken speglades i hennes ögon. Utan att tänka satte han sin fria hand på Diriskas kind. Hon blinkade till, men rörde sig inte. Han tvekade bara kort innan han lutade sig fram och kysste henne. Hon stelnade först till, men slappnade sedan av och besvarade hans kyss.

”Du är inte ensam”, sa han och lade sin panna mot hennes. ”Om du vill skall jag acceptera din önskan om att bli en av skvadronen.”

Diriska nickade försiktigt och mötte stadigt hans blick. Han log mot henne och strök handen över hennes kind. Sedan gjorde han sin min allvarlig och tog ett steg bort från henne. Hon fick en besviken min, men den försvann nästan genast.

”Diriska”, sa han med allvarlig röst, ”kommer du lyda mig när jag beordrar dig, oavsett vilken order det blir?”

”Ja, Drashin”, svarade hon. ”Jag skall lyda dina order.”

Han tecknade åt henne att gå ner på knä. Hon rättade bara till den ljusblå klänningen innan hon sjönk ner på ena knät.

”Vi i Dödens skvadron står där striderna är som hetast”, sa Drashin. ”Vi strider i de blodigaste slagen. Där alla andra skulle tveka går vi. Vi räds inget och offrar våra liv för att andra skall få leva. Våra liv för deras. Kan du strida i de blodigaste slagen? Kan du gå där andra tvekar? Kan du offra ditt liv för att andra skall få leva?”

”Jag kan strida i de blodigaste striderna”, svarade Diriska med stadig röst och såg upp på honom. ”Jag kan gå där andra tvekar. Jag kan offra mitt liv för att andra skall få leva. Mitt liv för deras.”

Drashin såg på henne. Vinden tog tag i trädkronorna ovanför dem och släppte fram mer av månens sken. Den lyste upp henne. Hon var så otroligt vacker. Hon gav honom ett snabbt leende innan hon böjde på huvudet och satte ena näven i marken framför sig.

”Jag står där striderna är som hetast”, sa hon med allvarsam röst. ”Jag går dit andra skulle fly. Jag offrar mitt liv för andra ska få leva. Där

Döden går till strid dit går jag. Ty jag är Dödens krigare och jag räds inget. Jag är Dödens skvadron!"

Han blinkade till. Hade hon lagt till något på slutet? Det hade bara varit en låg viskning, men han var säker på att det var något. Med en grymtning lade han höger handen, den hand som skärvan från Tigerns Öga fanns, på hennes huvud.

"Diriska Darik", sa han högtidligt. "Jag tar emot dig och välkomnar dig till Dödens skvadron. Du är nu en av oss."

Plötsligt flammade stenen i hans hand upp. Han spärrade upp ögonen och kände smärtan som strömmade genom handen. Han stirrade vantroget på sin hand. Så hade den aldrig gjort innan. Flimrande bilder forsade in i hans medvetande. Enorma varelser, jorden som förändrades runt honom. Han kunde höra någon som grät, men inte se personen. Allt virvlade i hans huvud utan någon som helst ordning. Han försökte ta bort handen från Diriskas huvud men kunde inte röra den.

Mitt bland alla virvlande bilder fanns en kvinna, Diriska. Hon stod med ryggen mot honom. Han stirrade förvirrat ner på kvinnan framför honom. Diriska var fortfarande på knä framför honom, med blicken mot marken. Han slöt ögonen och försökte ignorera smärtan i hans hand.

Diriska stod framför honom. Han såg henne tydligt i sitt huvud. Fortfarande med ryggen mot honom. Bilderna runt henne virvlade snabbare och snabbare.

Så såg hon sig om över axeln mot honom. När hon såg honom log hon sitt vackra leende och började vända sig mot honom. Han spärrade upp ögonen igen. Medan hon vände sig ändrade hon skepnad flera gånger. Fram och tillbaka så snabbt att han först trodde att det var inbillning. Ena sekunden var hon kvinnan som var på knä framför honom, nästa en enorm varelse med blått skinn och sedan tillbaka till kvinnan.

Med ett dämpat stön sjönk han ner på knä. Han hörde hur Diriska flämtade till. Hon slog undan hans hand från hennes huvud och grep tag i hans armar. Sakta sjönk smärtan undan från hans hand. Bilderna bleknade nästa omedelbart. Han blinkade och såg ner på sin hand. Den blå glöden var borta.

"Drashin", viskade Diriska oroligt.

Han såg upp och mötte hennes blick. En orolig glimt fanns i dem. Det var samma ögon som varelsen hade haft. Omöjligt!

"Det är ingen fara", sa han och gav henne ett vänligt leende.

Hon förde ena handen mot hans kind. Hans blick gled ner längs hennes arm och resten av hennes klänning. Han blinkade till. Den ljusblå klänningen var försvunnen. Själva kjolen hade nu samma blåa färg som på hans kishara, över delen av klänningen var röd. Längs hennes armar slingrade sig gula rankor och runt livet löpte ett brett, gult skärp som var knutet så långa band löpte ner vid hennes högra sida. Över hennes vänstra bröst fanns två horn, med en sten mellan sig i gult. Han lyfte det ena bandet och såg på det. Längst ut fanns hornen och stenen, men i blått.

Hon följde hans blick och flämtade till när hon såg klänningen. Hon reste sig upp och såg på den. Han kunde inte låta bli att stirra på henne där hon med ett skratt snurrade runt. Hennes skratt klingade nästan som ett klockspel. Med ett kort skratt reste han sig upp.

Han undrade kort vad alla bilderna hade betytt. Han såg på kvinnan framför sig där hon glatt såg ner på sin klänning. Om det bilderna visade stämde… Nej, det var omöjligt. Hon kunde inte vara en…

Diriska slutade svänga med kjolarna och såg på honom. Hon såg lycklig ut. Drashin trodde inte att han sett henne så lycklig sedan den dagen i Terabelle, uppe på muren, då hon äntligen varit tillsammans med Liana igen.

”Välkommen till Dödens skvadron”, sa Drashin, ”Diriska Darik.”

”Jag är er, general Drashin”, sa hon och neg djupt för honom.

Han blinkade till och hon skrattade åt hans ansiktsuttryck. Hon gick fram till honom, slog armarna om honom och lade sin kind mot hans axel.

”Tack”, viskade hon.

”Varför hornen och stenen?” frågade han.

Hon såg upp mot hans ansikte och gav honom ett stort leende.

”För att jag är er”, sa hon. ”Jag är en del av ert öde.”

Han rynkade pannan och hon skrattade åt honom. Han undrade vad hon menade med en del av hans öde. Hennes leende fick honom att sluta fundera. Han strök undan en hårlock från hennes ansikte. Han kastade en blick mot lägret sedan såg han på henne igen.

”Vi borde gå tillbaka”, sa han dröjande, egentligen ville han stå kvar där han var med henne. ”Vi borde sova, vi har fortfarande en lång färd framför oss.”

Hon såg honom i stadigt i ögonen. Så lade hon båda sina händer om hans kinder, lade försiktigt sin panna mot hans och slöt ögonen. Han tvekade innan han lade sina händer om hennes midja och slöt ögonen även han. Så stod de en kort stund. När han öppnade ögonen såg hon på honom. Innan han hann säga något kysste hon honom ömt.

"Det borde vi", sa hon sedan med ett litet leende och suckade. "Det är så mycket vi borde."

Hon drog sig undan honom. Han ville hålla henne kvar nära, men lät händerna falla till sidorna. Hon gav honom ett sista leende innan hon vände mot lägret. Hon förde handen mot ögonen. Var det nya tårar?

"Det är så mycket jag vill berätta", viskade hon sorgset. "Men..."

Han tog tag i hennes hand. Hon vände sig om och såg på honom. Det fanns fortfarande en liten rädd glimt i hennes ögon. Han log vänligt mot henne.

"När du är redo", sa han, "så finns jag här för dig, Diriska. Jag kommer aldrig att beordra dig att berätta, det lovar jag. Jag kommer aldrig att tvinga dig. När du är redo att berätta, när du inte längre är rädd. Så finns jag här. Jag kommer inte att lämna dig."

Diriska stirrade på honom. Hennes grepp om hans hand hårdnade en aning. Så släppte hon den, slog armarna om hans hals och kysste honom igen. När hon tog ett steg tillbaka log hon ett strålande leende mot honom.

"Tack, Drashin", viskade hon.

Sedan tog hon hans arm i sin och tillsammans gick dem tillbaka till deras lägereld mitt i lägret. Samtliga låg och sov när de kom. Diriska kramade om hans arm en sista gång innan hon gick och lade sig på sina filtar på andra sidan elden. Drashin kände ett styng av saknad när hon lämnade honom.

Medan han lade sig tillrätta i sina filtar började han fundera på bilderna han sett i sitt inre. Han kunde inte svära på om det var minnesfragment eller bara inbillning. Eller hade stenen i hans hand känt hennes önskan att berätta för honom att den gjorde det för henne? Men det som hade etsat sig fast i hans huvud, var hur Diriska hade skiftat fram och tillbaka mellan sin nuvarande skepnad och den andra.

Det var allmänt känt att han inte var något vidare förtjust i de tre drakarna från Draktand. Kan det vara det som skrämde henne så? Var det orsaken till att hon inte vågade berätta? Men hon var annorlunda än de tre. Han tyckte om henne. Kunde hon verkligen vara en...?

"Drake", viskade Drashin innan han slöt ögonen och somnade

25

ylia As'Laynai såg trött mot den stora staden som närmade sig. Terabelle, Amdorias uråldriga huvudstad, var mycket större än hon hade väntat sig. Den vita muren glänste i morgonsolen och den stora södraporten var öppen. Hon stack tillbaka huvudet innanför fönstret, drog för gardinen igen och lutade sig tillbaka i det bekväma sätet i vagnen och betraktade kvinnan framför sig.

Jali Olinark var en kvinna som man kunde kalla söt på sin höjd. Hon var lite kortare än Aylia och inte heller lika smal. Näsan var en aning stor och ögonen var bruna. Det långa svarta håret hölls samman med ett band i rött. Just nu sov hon liggandes på sätet med händerna under huvudet. Hennes klänning var blå med röda armar och gula blad runt livet och fållen.

Aylia suckade tyst. Kvinnan hade säkerligen tagit denna klänning för att få Drashin att titta på henne. Få honom att glömma att hon var en av häxorna från Spökriket. Aylia trodde dock inte att han skulle glömma det. Själv bar hon en svart klänning med blixtrar i silvertråd fram till och på armarna.

"Jali", sa hon och lade en hand på sin reskamrat. "Det är dags att vakna. Vi är framme i Terabelle."

Jali stönade lite och satte sig upp. Hon gäspade stort och gnuggade sina ögon. Hon log stort mot Aylia när hon ordnade till sitt svarta hår. Hon hoppade till när en soldat knackade på vagnsdörren. Innan hon drog undan gardinen antog hon en sval min.

"Ja, kapten?" frågade Jali svalt.

"Vi anländer vid Terabelles södra port om några minuter, ers nåd", sa han.

"Tack, vi vet detta", sa Jali och drog för gardinen igen. Hon vände sig mot Aylia och slätade till klänningen med händerna medan hon muttrade. "Varför skall de alltid tala om det uppenbara för oss?"

"Det är så soldater är, Jali", sa Aylia med ett kort skratt. "Så är dem allihop, vare sig de är vanliga soldater eller drakriddare."

Den andra kvinnan skrattade också, men röda fläckar dök upp på hennes kinder. Aylia log mot henne. Jali hoppades att få träffa Drashin på denna resan. Hon var mycket förtjust i generalen och hoppades att kunna få lite tid ensam tillsammans med honom.

Vagnen stannade och Aylia hörde röster utanför när soldaterna blev utfrågade om vem som fanns i vagnen. En röst ropade ut order om att hämta någon, Aylia hörde inte vem, och springandes fötter hördes. Vagnen rörde sig fortfarande inte.

Efter en liten stund knackade det artigt på vagnens dörr. Aylia och Jali utbytte varsin blick innan den senare drog undan gardinen. Aylia mötte blicken på en man med blå ögon och blont hår som slutade vid axlarna. Runt hans panna satt en svart läderrem med en lite guldplatta. Han böjde lätt på nacken mot dem båda.

"Välkomna till Terabelle, Aylia As'Laynai och Jali Olinark av Spökriket", sa han. "Mitt namn är Asama Mashok. Jag är Ca'Draak av drakriddarna."

Aylia blinkade förvånat till. De blev mötta av drakledarnas ledare. Det var en stor ära som få fick. Hon böjde lätt på nacken.

"En ära att få träffa er, Ca'Draak", sa hon blygt. "Jag hade inte väntat mig detta."

"Jag ska visa er till ett värdshus i staden och sedan eskortera er till hans majestät", sa Asama. "Era soldater kan få vila i barackerna."

Hon tackade honom vänligt. Han gick före vagnen in i staden. Hon och Jali fick varsitt rum på 'Drakriddarens Gunst' och värdshusvärden, Korat Namser, var artig och visade personligen dem till deras rum. Snart vandrade Aylia och Jali tillsammans med Asama mot det kungliga palatset. Väl där möttes dem av två av de underligaste män som Aylia någonsin hade sett. Båda var långa och helt invirade i svarta mantlar. Den ena mannen hade rött hår som nådde honom till axlarna och röda ögon. Den andre hade brunt hår, även det axellångt, och bruna ögon.

"Så häxorna har sänt sändebud till oss", sa den rödhårige. "Så ovanligt."

"Vise Asmaji", sa Asama och bugade kort mot dem båda. "Vise Sultan. Detta är Aylia As'Laynai och Jali Olinark. Hans majestät väntar på dem."

"Så sant", sa den brunhårige. "Vi kan inte låta kungen vänta på sina gäster, Asmaji. Kom nu."

Asmaji nickade med en grymtning och gick före de andra in i palatset. Aylia hade en känsla av att dem två inte tyckte om henne. Hon förstod inte varför då hon aldrig träffat de två vise innan.

Kungen stod och väntade på dem i tronsalen tillsammans med drottningen och prinsessan Marin. De tre stod och såg ner på en karta och följde den med fingret. Ytterligare en underlig man stod med dem. Han hade kort blont hår och gula ögon. Var detta ytterligare en vis?

"Några nyheter från dem ännu, far?" frågade prinsessan.

"Nej, Marin", svarade kungen tålmodigt. "Men om det som vise Lindramas berättade stämmer borde de inte vara långt från Soma nu. De kanske rent av rider genom Hamapasset just nu."

Aylia runkade fundersamt på pannan. Soma? Hon hade hört rykten om att amdorianska soldater rörde sig söderut mot Soma efter en begäran från kung Lamas, men hon hade avfärdat det som rykten. Kanske var det någon sanning i dem.

Asmaji harklade sig och de fyra vid bordet tittade upp. Den blonde mannen hade ett litet leende på läpparna, men det såg en aning ansträngt ut när han fick se Aylia och Jali.

"Häxor från Spökriket", sa han fundersamt. "Ovanligt att träffa på er utanför rikets gränser."

"Vi är sändebud från högsta häxa Salmera As'Laynai, ers majestät", sa Aylia och neg inför kungen. "Jag är Aylia As'Laynai och detta är Jali Olinark."

"Väl mött, Aylia av Spökriket", sa kungen och böjde lätt på nacken. "Jag hoppas att er resa har gått väl."

"Tack, ers majestät. Den var mycket behaglig."

Asama bugade mot kungen och drottning och steg fram till bordet med kartan. Han såg ner på den och synade den. Aylia rynkade på pannan när hon såg på honom. Var han... orolig? Prinsessan Marin såg helt kort på henne och Jali. Hon rynkade pannan vid åsynen av Jalis klänning men sa inget. Även hon vände åter blicken mot kartorna. Även hon verkade orolig över något.

"Jag undrar vad som Salmera önskar förmedla oss efter som hon skickar sin egen dotter till oss", sa Makar. "Har ni fått reda på något som kan hota världens ordning?"

"Det har varit ovanligt tyst i världen", sa Aylia försiktigt och sneglade mot Jali. "Så vi skickades hit för att se om ni fått reda på något som vi kan ha missat."

Den andra kvinnan stirrade storögt mot prinsessan. Alla visste att Drashin och hans grupp var prinsessans personliga livvakt. En glimt av avundsjuka fanns i Jalis ögon.

"Det enda som vi känner till just nu är att Soma blivit invaderat av de-
moner", svarade Makar med en suck. "Vi vet inte vem som bär ansvaret
ännu. Men Drashin misstänker att det är Asharak."

"Är general Drashin här?" undrade Jali och grep tag i kjolen.

Aylia gav henne en ogillande blick. De måste sköta detta försiktigt.

"Drashin är inte i staden", sa Asama utan att se upp från kartan. "Dö-
dens skvadron och tvåtusen trehundra frivilliga soldater är i detta nu på
väg ner mot Soma. Kanske är de redan där."

Han bet sammanbitet ihop käkarna och stirrade bistert ner på kartan.
Drottning Jesamie lade en hand på hans arm och såg medlidsamt på ho-
nom. Jali släppte besviket klänningen och stirrade ner i golvet.

"Hon kommer att klara sig bra, Asama", sa hon vänligt. "Hon har
Drashin och Samare med sig. De kommer att se efter henne."

"Varför lät jag henne resa?" suckade han. "Varför?"

"Hon anmälde sig som frivillig", sa Marin och lyfte blicken från kar-
torna. "Mira valde själv att resa och strida tillsammans med Dödens skva-
dron."

Drakriddaren grymtade surt utan att lyfta blicken från kartorna. Aylia
funderade på det lilla som hon visste om drakriddarnas högste ledare.
Asama Mashok var trettio år gammal, gift med helerskan Mira från
drakryttarna. Hon lika gammal som honom. En av de yngsta ledarna för
drakriddarna någonsin, endast Mantera Lombras hade varit yngre än ho-
nom.

"Vi tycker lika illa om det som du gör, Asama", sa Asmaji irriterat. "Men
när hon väl har bestämt sig för något är det lättare att flytta på ett berg än
att få henne att ändra sig."

"Hur som helst", sa Sultan och vände sig mot Aylia och Jali. "Häxorna
lämnar inte Dran'Kar utan anledning. Att påstå att man ger sig av för att
undersöka om andra regenter känner till något är en väldigt underlig an-
ledning."

"Ni har fått reda på något", sa mannen med dem gula ögonen. "Nu vill
ni se hur mycket vi vet om det."

"Lindramas har rätt", muttrade Asmaji och ställde sig jämte den andre.
"Vad har ni fått reda på?"

Aylia såg snabbt på Jali som bestämt skakade på huvudet. Hon nick-
ade sakta. Deras upptäckt var inte menad för dessa personer enbart. Det
berörde Drashin mer än det gjorde dem.

"Det är beklagligt att general Drashin inte är här", sa Aylia svalt. "Jag skulle ha funnit det mycket intressant att få prata med honom."

De tre underliga männen grymtade surt vid hennes ord. Asama lyfte hastigt blicken och såg på henne. Kungen och drottningen blinkade förvånat, medan prinsessan sneglade mot de tre med ett litet leende.

De tre verkade inte tycka om att Drashin skulle vara närvarande och ta del av vad det nu var som Aylia och Jali hade att dela med sig. Aylia kände en viss tillfredsställning med det. Dessutom verkade prinsessan finna det roande att de tre inte fick det de ville ha. Lindramas öppnade munnen, men hindrades av att luften framför bordet skimrade till.

"Hallå? Hur fungerar den här saken egentligen? Hallå?"

"Sluta slå på den! Koncentrera dig istället på den."

Aylia stirrade förbluffat när en otydlig blid av en man dök upp framför dem. Hon kände vagt igen Drashin där han stirrade ner på något som han höll i handen. Han var klädd i skjorta och byxor och längs hans högra ben hängde hans kishara med hornen och stenen. Hon tyckte han såg underlig ut då hela han var blekt blå.

Han tittade upp, blinkade till och skrattade kort.

"Mira", sa han, "jag tror att Ma'sharos'tian gav dig en trasig sak. Jag ser en riktigt ful en här."

"Skärp dig", sa en kvinnoröst och en hand dök upp och slog honom i bakhuvudet.

"Drashin", suckade Asama och skakade på huvudet. "Hur kan du dyka upp så där?"

"Fråga inte mig, Asama", svarade Drashin och gned sig om huvudet. "Mira fick denna av Ma'sharos'tian när vi upphöjde Liana Darik till drakriddare för några dagar sedan. Det är med hennes hjälp som vi får den att fungera."

"Tala tystare ni två", morrade kvinnan och tryckte in sig jämte Drashin så hon också syntes. "De andra har inte vaknat ännu och vi har inte mycket tid innan den här slutar fungera."

Aylia kände inte igen kvinnan. Jali gjorde en liten grymtning och Aylia såg en avundsjuk glimt i hennes ögon igen. Hon ville säkerligen stå så nära Drashin som den andra kvinnan gjorde.

"Mira, Drashin", sa Sultan. "Gott att se er igen. Hur är det med Soma?"

"Kaos", svarade Mira. "Det var det i alla fall när jag och Samare kom ner för tre veckor sedan. Läget börjar bli allt mer akut där nere. Alram Manros och huvuddelen av Dödens skvadron har varit där i några dagar nu. Kanske har de lyckats få en lite mer jämnvikt i striderna, men det är tveksamt."

"Vi har övernattat vid Hamapasset", fortsatte Drashin. "Vi ska påbörja marschen genom passet om någon timma. Vi borde vara i Soma om bara några timmar." Hans ansikte sprack upp i ett stort leende. "Sedan kan vi få lite roligt också."

"Du är hopplös, Drashin" muttrade Asama. "Har ni några fler möjligheter att rapportera på det här viset?"

"Tyvärr inte", sa Mira. "Detta var den enda jag fick av Ma'sharos'tian och han sa att den endast kunde användas en gång."

"Vi försöker att skicka bud så snart vi kan", sa Drashin. "Jag kan inte lova något, men om det som Mira har berättat stämmer..."

"Så ser det mörkt ut", sa Makar sorgset. "Gör vad ni kan. Rädda vad ni kan rädda. Drashin, Mira. Vi litar på er."

Drashin nickade allvarligt. "Vi har med oss världens mäktigaste magiker till detta." Mira sneglade misstänksamt på honom. "Med deras hjälp kanske vi kan göra underverk."

Mira vände sin blick mot Asama och log varmt mot honom innan hon försvann. Drashin såg snabbt efter henne och sedan mot de tre vise innan han gav Asama en frågande blick. Ca'Draak skakade tyst på huvudet. Drashin nickade med en grymtning. Hans blick gled som hastigast mot Aylia och Jali, och han fick en fundersam min. Sedan såg han mot Asama igen.

"Mot gravens mörker, min vän", sa han med ett flin innan han också försvann.

"Och gryningens ljus", fyllde Asama tyst i. "Framåt marsch Dödens skvadron."

Aylia och Jali såg på varandra. Hon undrade om hon såg lika tvivlande ut som Jali gjorde. Världens mäktigaste magiker? Hon visste att Sareas Dobai var en av medlemmarna i Dödens skvadron och han var starkare än hennes själv. Det var vad som sades i alla fall. Hon visste väldigt lite om Mira Mashok, men hon skulle vara stark inom magin. Vad som förbryllade henne var blicken som Mira gett Drashin. Den hade varit misstänksam och undrande på samma gång. Vad var det som de dolde?

"Det var tråkigt att ni inte fick möjligheten att tala med Drashin", sa Marin plötsligt. "Han hade säkerligen velat veta vad ni hade att säga honom."

”Det kan vänta tills han återvänder, ers höghet”, sa Aylia osäkert och sneglade på de tre underliga männen.

De tre såg fundersamt på varandra och nickade sedan med små flin. Aylia blev mycket misstänksam och samlade sin magi för att eventuellt behöva försvara sig.

”Ni kan säkerligen tala om vad det är han behöver veta för oss”, sa Asmaji oskyldigt och slog ut med armarna.

”Som jag sade”, sa Aylia vaksamt. ”Det…”

Ett skarpt ljussken omslöt henne och Jali och hela världen försvann för henne.

Asama stirrade förbluffat på den plats som Aylia och Jali stått på. Dem två unga kvinnorna hade bara försvunnit. Han hörde hur Lindramas och Sultan grymtade nöjt och Asmaji sänkte sina händer med ett tillfredsställt leende.

”Vad gjorde ni?” undrade Makar andlöst.

”Hon ville prata med Drashin”, sa Asmaji med en axelryckning och vände sig mot dörren. ”Så vi skickade henne till honom.”

”Hur kan ni göra något sådant mot dem?” utbrast Marin bestört. ”Han är ju på väg in i en krigszon!”

”De blir hans problem nu”, sa Lindramas avmätt och öppnade dörren för sina bröder. ”Vill de inte tala med oss, behöver de inte vara här.”

Dörren stängdes bakom de tre och Asama stirrade bestört på den. De tre hade helt kallt skickat iväg två kvinnor till ett krig mot deras vilja. Han kunde inte förstå hur de kunde agera så oansvarigt. Det kunde ju bli deras död!

”Vad gör vi?” undrade Jesamie tyst.

”Jag trodde aldrig att de tre vise skulle göra något sådant”, sa Makar lika tyst. ”Aldrig någonsin.”

”Vise?” viskade Asama och såg ner i golvet. ”Drashin har rätt om dem.”

Han knöt sina händer så hårt att dem darrade. Han kände hur de andra tre såg frågande på honom. Ilsket vände han sig om och såg på dem, en och en.

”Drashin har haft rätt om dem i snart sju år”, morrade han. ”De är inte visa. De är kräk. Avskum! Ingen skulle någonsin göra något sådant mot någon! Aldrig mer skall jag någonsin kalla dem för vise igen. Aldrig mer skall jag söka upp dem för råd.”

Makar tog ett steg framåt och lade en hand på hans axel. Asama blinkade till och mötte hans blick. Det fanns en tyst fråga i de bruna ögonen.

"Jesamie, Marin", sa han över axeln. "Kan jag få vara ensam med Asama en liten stund."

Dem två kvinnorna nickade tysta och lämnade tronsalen. Makar visade mot två stolar. Asama tvekade en aning innan han satte sig ner på den ena. Makar satte sig mittemot honom och lade upp höger foten över vänster knä.

"Jag tänker inte tvinga dig", sa han lugnt. "Men efter vad du sagt här idag och vad jag sett de tre göra mot de två stackarna. Så ber jag dig att berätta för mig. Vad är det du och Drashin håller på med som får regenter att skicka arga brev till mig? Varför tycker ni så illa om de tre vise? Snälla, Asama, jag ber dig, som din vän. Berätta för mig."

Asama tvekade och såg sammanbitet på sin kung. Han undrade vad han kunde berätta utan att de tre fick reda på något. Han tog ett djupt andetag och såg stadigt in i kungens ögon.

"Om jag berättar", sa han slutligen. "Kan ert liv hänga på att ni aldrig berättar det vidare till någon annan. Vid alla gudar, Makar, ni kan vara i fara bara för att jag berättar för er."

"Jag är villig att ta den risken, Asama", svarade Makar lugnt.

Asama slöt ögonen och tog ännu ett djupt andetag. Sedan berättade han allt för Makar. Allt som han och Drashin uppdagat för sju år sedan och deras jakt under alla dessa år. Han berättade allt om de tre vises svek mot Mira, som såg dem som hennes familj.

<h1 style="text-align:center"><u>26</u></h1>

Tidigt på morgonen, red de genom Hamapasset. Den sista biten mot Soma. Liana red bredvid Diriska alldeles bakom general Drashin och de fyra överstarna. Hon kunde inte låta bli att beundra klänningen som Diriska bar. Idag var kjolen röd och överdelen blå. Guldtråd slingrade över hennes armar och bildade vackra rankor med stora blad. Över vänster bröst var samma horn och sten i gult som fanns på Drashins kishara. Liana visste att samma symbol fanns i blått på banden till det långa gula bälte som fanns runt hennes midja. De hängde ner för hennes högra ben.

Liana och de andra hade blivit mycket överraskade när de vaknat dagen efter Lianas upphöjning till drakriddare, och funnit att även Diriska nu var en av Dödens skvadron. Mira hade inte sett speciellt glad ut, men hade beundrat och givit Diriska hjärtliga komplimanger för hennes vackra klänning. Diriska log stort över allas komplimanger till henne. Drashin hade bara suttit och lett ner i sin mugg med te.

Liana tyckte att Diriska hade blivit mycket gladare efter den kvällen. Nästan som om något hade lyft från hennes axlar. Hon red oftare och samtalade med Drashin än vad hon gjort på hela resan. Även han verkade inte lika avvaktande längre. Men hon hade inte berättat för honom ännu vad hon var. Liana hade frågat henne så snart hon varit ensam med Diriska.

"Han sa att han skulle finnas där när jag var redo", hade Diriska sagt med ett litet leende. "Han skulle vara där för mig."

Hon hade låtit lycklig när hon sa det. Det var länge sedan Liana sett Diriska vara så lycklig. Liana vände, med ett kort leende, uppmärksamheten mot Drashins rygg framför henne. Även han verkade ha lätt för att börja le de här sista dagarna. På något sätt verkade dem två, draken och drakriddaren, närmare vandra än tidigare. Även om han nu bar en allvarlig min och såg sig lite vaksamt omkring.

"Vi är snart i Soma, Liana", sa Diriska lågt. "Är du redo för vad som komma skall?"

"Ja", svarade Liana lika lågt. "Nu kommer vi till kriget. Inte kriget till oss, som det var förra gången."

Hon gned sin om ögonen. Hon mindes soldaten som skurit halsen av Nala framför ögonen på henne. Diriska klappade henne tröstande på armen.

"Jag saknar dem också, hjärtat", viskade hon ömt.

"När vi reser hem, Diriska", sa Liana bestämt. "Vill jag besöka Balden. Jag vill besöka deras gravar."

Draken nickade bara och såg på Drashins rygg.

"Jag tror nog att han kan gå med på det", sa hon bara.

Drashin lyfte på huvudet och såg sig omkring. Han studerade klipporna som reste sig runt dem. Liana såg till sin förskräckelse hur han plötsligt klättrade upp och ställde sig med fötterna på sadeln. Diriska flämtade till när han vinglade lite, men strax hade han funnit balansen. Hans stirrade upp i luften och snurrade försiktigt runt på sadeln. Krashak höll ut en arm, redo att fånga honom om han skulle falla. När han fullgjort ett varv satte han sig ner igen.

"Vi har sällskap", sa han lugnt.

"Mira är där uppe", sa Krashak och såg upp. "Kanske fler drakryttare?"

"Inga drakryttare, Krashak", svarade Drashin. "Dessutom är Mira strax framför oss och kontrollerar passets öppning. Vårt sällskap är alldeles ovanför oss."

Liana såg vaksamt upp mot klipporna. Hon hörde en del av soldaterna muttra oroligt sinsemellan. Minnet från bakhållet för några dagar sedan var fortfarande i färskt minne. Diriska muttrade oroligt för sig själv bredvid henne.

"Nu är skvadronen nästan komplett, Krashak", sa Drashin med ett kort skratt. "Bara hon saknas nu. Undra om hon dyker upp."

"Komplett?" undrade överste Kalat. "Menar ni att detta inte är *hela* Dödens skvadron?"

Osram Kalat var den yngre av de två moskiska överstarna, kanske bara fem år äldre än Drashin. Liana tyckte att han såg ganska bra ut, med sitt axellånga svarta hår och mörka ögon.

"Vi har Alram Manros och hans trehundrafemtiosju drakriddare som redan är i Soma", sa Krashak och lyfte ett finger i luften. Han lyfte ett andra finger. "Sedan är det Hiram, som vakar över Dödens dal."

"Och så har vi Samare och dem", sa Drashin och pekade uppåt.

Liana följde hans finger och flämtade till. Högst upp från kanten av klippan stirrade fyra drakar ner på dem. Endast deras huvuden rörde sig när de studerade soldaterna under sig. Ett uppskattat mummel hördes från klipptrollens krigare. Egentligen var det Diriska som de studerade. Intensivt såg de på kvinnan med det blåa håret. Liana kunde höra hur de talade upphetsat till varandra. Diriska stelnade till i sin sadel och stirrade på drakarna.

"Mira vet inte om det ännu", sa Drashin över axeln. "Men när Samare blev en medlem i Dödens skvadron, så blev hela hans familj det också. Först bara hans, men sedan anslöt sig mer, och innan jag visste ordet om det, så var fem familjer med dvärgdrakar en del av skvadronen. Trehundratolv vilda drakar."

"Det är första gången som vi strider tillsammans i ett riktigt krig", lade Krashak till.

Liana stirrade på drakarna ovanför sig med gapande mun. De var en del av skvadronen. Drakarna drog sig tillbaka och lite småsten föll ner i passet. När Liana sänkte blicken såg hon Samare och Mira komma tillbaka. Samare gick på marken.

"Ni är snart igenom", rapporterade hon. "Inget finns på andra sidan, så jag gjorde en liten spaning i den närmaste omgivningen. Strax söder om oss, kanske en timmas ritt från passet pågår strider. Både somiska soldater och drakryttare är inblandade, så jag misstänker en större grupp demoner. Överste Manros rör sig mot striden i detta nu. Han har en bit kvar innan han ansluter till den då de går."

"Från vilket håll anfaller Somas lejon och drakryttarna?" frågade Drashin skarpt.

"De kom mot demonerna söderifrån. Manros verkar komma norr om dem. Vi skulle komma ikapp honom strax innan de når striden."

Drashin nickade och vände sig mot överstarna.

"Sarasha, du tar amdorianerna och svänger av mot väster. Gör en vid sväng och anfall därifrån. Kalat och Ramo, ni tar moskierna och går mot öster. Gör samma manöver och anfall. Idag anfaller vi dem."

"Som ni önskar, general", sa överstarna i mun på varandra.

"Var vill du ha oss?" undrade Rasham.

"Ni kan gå till strid med Dödens skvadron i dag, Rasham. Vi kan dela upp er vid ett senare tillfälle."

Klipptrollet nickade allvarligt och blickade framåt.

"En ära att få strida med er vid vår sida", brummade Dram uppskattat.

"Mira", sa Drashin. "Flyg till Alram och be honom vänta in oss. Dödens skvadron ska anfalla från norr. Vi anfaller tillsammans med Taur, Gosh och Ramen."

Mira nickade bara och vände Samare. Liana såg på honom när han tog tre snabba steg och lyfte med kraftiga vingslag.

"Vi delar oss så snart vi lämnar passet", beordrade Drashin med hög röst. "Amdorianer mot väst. Moskier mot öst. Ära vare Amdorias drakar! Ära vare Moskers vargar!"

"Ära vare drakriddarna!" svarade de tre överstarna i kör. "Ära vare Dödens skvadron!"

Strax red de ut ur passet. Solen stod högt på himlen och värmen slog mot Liana som en vägg. Utan ett ord delade sig kollumen i tre delar. Amdorianerna gick mot sydväst, moskierna mot sydost. Drakriddarna red nu i bredd rakt söderut, flankerade av klipptrollen.

Diriska red på Drashins högra sida, Krashak på hans vänstra. Liana red bredvid Diriska och hade Tirasine, Kalar och Norek på sin andra sida. Ranin, Meeko och Sareas red på Krashaks andra sida. Liana såg Samare cirkulera i luften i bit bort. Hon gissade på att överste Alram Manros väntade på dem där borta.

Efter en halvtimma blev en marscherandes grupp synlig. De höll en stadig takt mot sydost. Liana såg att de skulle ansluta sig till henne och de andra strax. Mira lät Samare glida lågt ovanför drakriddarna. När hon fick se Drashins grupp gjorde hon en lång gir mot dem.

"Hisa! Hisa!" ropade hon.

"Hoja! Hoja!" röt den stora massan med krigare framför dem.

Mira svängde Samare bort mot Drashin. Han gled långsamt fram över deras huvuden.

"Hisa! Hisa!" ropade helerskan igen.

"Hoja! Hoja!" svarade Drashin och drakriddarna.

"En gammal hälsning mellan drakryttare och drakriddare", förklarade Tirasine lågt när de närmade sig resten av Dödens skvadron.

Skvadronen hade stannat och väntade tålmodigt in sin general. Överste Manros höjde en knuten näve till hälsning. Liana såg att dem alla bar på svarta hattar.

"Var hälsad, general Drashin", ropade han. "Allt väl?"

"Var hälsad, överste Manros", svarade Drashin och satt av hästen. "Allt väl. Några förluster?"

"Lite små skador, men inget allvarligt", rapporterade översten. "Vi har mest promenerat fram och tillbaka över den här förbannade öknen. Känns skönt att ni äntligen kommit."

Han synade sällskapet framför sig. Han blinkade bara hastigt till vid åsynen av Lianas kishara, sedan böjde han lätt på nacken med ett leende. Diriska stirrade han förbluffat på. Men han sa inget. Han blinkade till när han såg alla klipptrollen.

"Mira nämnde soldater från både Mosker och Amdoria", sa han undrande. "Jag ser att vi fått sällskap från klanerna."

"Det är strider framför oss så jag har delat upp dem. Amdorianerna kommer från väster, moskierna från öster. Med Salaam och Jarom från söder och vi från norr."

"Så har vi dem omringade", sa Alram med ett flin och fläktade sig med sin svarta hatt.

Samare landade framför dem och Mira hoppade av hans rygg. Nu bar hon den underliga hjälmen formad som ett drakhuvud och sitt långa spjut. När hon pratade lät rösten en aning metallisk.

"Om vi går nu når vi striden om mindre än en halvtimma", sa hon. "Salaam och Jarom är svårt ansatta och behöver all hjälp som de kan få."

Drashin nickade och tecknade åt de andra drakriddarna att sitta av. Även klipptrollen hoppade av sina riddjur. Efter en snabb diskussion stannade femtio krigare med djuren. Drashin gick fram till Diriska som fortfarande var på sin häst. Han räckte henne sina tyglar. Hon tog emot dem med en frågande blick.

"Jag vill inte att du rider in i striden, Diriska", sa han och såg henne stadigt i ögonen.

"Jag kan hjälpa", började hon.

"Jag vet", sa han och log snett. "Du stannar en bit från striden. Alldeles innan vi når fram vill jag att du framkallar något som öppnar upp deras led. Döda så många du kan med vad du än skickar. Nomra spjut, eldklot, jag bryr mig inte om vad du skickar mot dem. Bara det dödar dem."

Liana såg Diriskas osäkra blick innan hon nickade. Hon såg lite överraskad ut över hur ömt Drashin lade sin hand mot hennes lår.

"Jag litar på dig", sa han och log varmt.

När hon nickade med ett litet leende vände han sig om igen. Liana såg hur han log fundersamt. Han misstänkte något, det var hon säker på. Nu tänkte han få bekräftelse för sina misstankar. Hon fick ingen chans att säga åt Diriska att vara försiktig. De andra drakriddarna gav tyglarna till kvinnan på hästen och nickade uppmuntrande mot henne.

"Vi går", beordrade Drashin bistert. "Alram, om jag får be."

"Då rör vi på benen igen, era glosögda, fårtarmade ursäkter till krigare!" röt översten. "Mot gravens mörker och gryningens ljus! Framåt marsch Dödes Skvadron!"

Spridda skratt hördes från drakriddarna och man började marschera söderut. Drashin gick i mitten och Dödens skvadron bredde ut sig om båda hans sidor. Krashak på hans högra sida och Manros på hans vänstra. Rasham brölade fram några order på klipptrollens språk och de ställde upp sig på vardera sida om drakriddarna.

Liana vred sig om och såg efter Diriska. Hon kom sakta efter dem på hästen. Samare gick en kort bit bredvid henne innan han tog ett skutt upp i luften med Mira på sin rygg.

"Samare", röt Drashin. "Kalla på dem!"

Liana hörde hur Samare gjorde ett långt utdraget ljud från halsen. Han upprepade det tre gånger innan han tyst gled över deras huvuden. Liana såg mot passet bakom sig och såg hur himlen blev mörk när drake efter drake lyfte från bergen. De kom sakta glidandes mot dem. Det var inte samma fart på dem som det varit när Terabelle försvarades för två år sedan, då de kommit i hög hastighet och susat förbi ovanför deras huvuden. Nu kom dem sakta ikapp drakriddarna där de marscherade. Det var inte ett överrasknings anfall man skulle göra. Fienden skulle få veta vilka de skulle få slåss mot. Döden och hans krigare hade kommit till Soma.

Liana vände blicken framåt. Ett svart moln steg mot himlen strax framför dem och ett dovt muller hördes. Ännu ett moln och fler dova explosioner och muller hördes över sanddynorna. De klev över en av dem och Liana stirrade sammanbitet på scenen som dök upp framför dem.

Hon såg ett stort grönt baner med ett rött lejon som stod på bakbenen. Nedanför det stred tusentals ryttare och flera hundra drakryttare mot en hord av demoner. Förskräckt såg Liana vart striden var på väg. Demonerna var långt fler än soldaterna där nere.

En lång hornstöt hördes och så stormade de tvåtusen trehundra amdorianska soldaterna in i demonerna från väster. Amdorias vita baner med den röda draken fladdrade där det rusade fram. Ännu ett horn ljöd och tretusen moskier kom galopperandes från öster, med Moskers blå baner med silver liljan i täten, och brakade samman med demonerna. De nya soldaterna verkade göra demonerna förvirrade och de somiska soldaterna och drakryttarna kunde dra sig ur striden för att omgruppera.

"Diriska", ropade Drashin över axeln. "Här stannar du. Var redo för anfall. Lyssna efter Krashaks horn."

"Som ni befaller, general", ropade Diriska tillbaka.

Liana såg sig över axeln. Hon såg Diriska sammanbitet stanna sin häst och stirra efter dem. Klipptrollen som skulle hålla deras riddjur slog en ring runt henne och spanade runt sig med dragna vapen. Deras riddjur stod lugnt innanför ringen. Dvärgdrakarna, som sakta kom ikapp, gled ner mot henne och gjorde en snabb cirkulation runt henne. Liana tyckte det lät som om de ropade åt henne. Sedan for de ikapp drakriddarna och klipptrollen.

"Alram!" röt Drashin. "Gör dem uppmärksamma på vilka som kommer."

Alram höjde ett mässings horn till läpparna och blåste. En dov metalliskt ton ekade över öknen. Liana såg hur demonerna vände sina blickar mot norr.

Dvärgdrakarna sjönk sakta ner mot drakriddarna och gled alldeles över deras huvuden nu. Liana kunde nästan känna hur de väntade på Drashins order om anfall. Hon såg ur Samare gled så långt ner att han nästan rörde vid Drashins huvud med sina framklor. Mira hade krupit ihop i sin sadel och höll sitt långa spjut i ett hårt grepp, höll det vinklat längs med drakens huvud. Det såg nästan ut som om hon och Samare var ett. Ingen av drakriddarna tittade upp på dem. Allt som existerade för dem var demonerna framför dem.

Drashin gjorde ett nytt tecken med handen och alla ökade takten en aning. Nu förstod Liana varför man hade haft alla dessa löpträningarna. Ingen sprang snabbt utan det var en lätt språngmarsch framåt. Klipptrollen vid hennes högra sida började flina upphetsat.

Demonerna framför dem hade insett vad som var på väg emot dem och lämnade bara tillräckligt med styrkor för att kunna uppehålla de irriterande soldaterna. Den verkliga faran var den som sakta, men säkert närmade sig från norr.

"Krashak, låt hornet ljuda!" beordrade Drashin.

Krashak lyfte sitt stora horn. Liana undrade vad för slags varelse som hade sådana stora horn. Han satte det mot läpparna och blåste. En dov hög ton överröstade allt ljud framför dem.

"Dödens skvadron!" röt Drashin. "Utplåna!"

Drakriddarna började springa mot sina fiender och drog sina vapen. Ljusglimtar till höger och vänster om henne visade att drakriddarna kallade fram sina rustningar. Liana kallade fram sin egna blå rustning. Drakarna ovanför dem vrålade efter demonernas blod. Klipptrollen vrålade ut sina stridsrop och det dunsade när deras fötter slog ner i marken.

"Sar Ma'sharos'tian ki Niorta!" vrålade drakriddarna. "Ki niorta!"

Liana såg hur de gylleneringarna för nomra spjuten bildades. Fler och fler bildades på himlen. Hon misstänkte att Diriska hade fyllt himlen framför dem med över hundra stycken. Flera av drakriddarna flämtade förbluffat till. Drakarna vrålade upphetsat.

"Diriska", viskade Liana sammanbitet. "Är du verkligen redo?"

Hon hörde plötsligt någon som skrattade. Flera drakriddare och klipptroll såg sig förvirrat omkring. Liana fick syn på Drashin. Han hade ännu inte kallat fram sin rustning ännu. Han stirrade upp mot himlen och skrattade. Liana var tillräckligt när för att höra honom.

"Jag visste det", skrattade han. Han log med hela ansiktet. "Jag har en egen drake!"

Innan Liana hann fundera ut hur hon skulle kunna förvarna Diriska släppte draken loss sina nomra spjut. Hundratals ljusspjut for in bland demonerna och dödade tusentals. Så snart de gyllene ringarna försvunnit lär Diriska eldklot stora som hästar falla ner bland horden framför dem. Hundratals blixtar föll bland fienden. Lemlästade kroppar flög åt alla håll och stora gapande hål bildades överallt bland demonerna som förvirrat stirrade omkring sig. Sedan brakade Dödens skvadron och klipptrollen samman med demonerna. Dvärgdrakarna flög lite längre och störtade sedan med full fart ner bland demonerna med Samare och Mira i täten.

Liana duckade för en demon med tre ögon som svepte sina klor efter henne, skar ett djupt sår i dess vänstra knä, snurrade runt, skar halsen av en demon med fyra armar och drev sedan sitt ena svärd i halsen på den första. Så fortsatte hon framåt genom leden av demoner. Parerade en demon som svingade en yxa samtidigt som hon skar upp buken på en annan och sedan smidigt gled hon förbi yxan och drev svärdet genom ryggen på den första.

Hon fick en snabbt skymt av Drashin som smidigt gled mellan demonerna. Det såg nästan ut som om att han dansade fram i sin silverfärgade rustning. Demonerna föll döda omkring honom. Tirasine dansade nästan på samma sätt bland monstren i sin ljusblå rustning och den hökformade hjälmen.

Explosioner hördes över stridslarmet och sand och sten regnade ibland över Liana. Diriska fortsatte sina angrepp mot demonerna, men verkade nu vara mer uppmärksam på var hon skickade ner sina eldklot och blixtar. Drakriddarnas magiker hade hämtat sig från den första överraskningen och slungade sina egna formler mot demonerna.

En plötslig explosion lite för nära fick Liana att tappade fotfästet och föll omtumlad till marken. Genast dök en demon upp och högg efter henne med sitt stora svärd. Hon lyckades stoppa hugget i sista stund. När den höjde svärdet för ytterligare ett hugg dök en drake upp bakom den och grep tag med sina stora klor. Med ett kraftigt ryck slet draken demonen itu och kastade bort den.

Liana mötte drakens gula blick. Den sträckte fram en kloförsedd hand mot henne och hon tog tag i den. Utan minsta ansträngning lyfte den upp henne på fötter igen. Sedan vände den henne ryggen, men stannade kvar nära henne. Ett klipptroll kom med ett hopp in i deras lilla cirkel och krossade skallen på en demon med sin väldiga stridshammare. Han flinade mot Liana och draken. Hon nickade tacksamt mot jätten och ställde sig med ryggen mot honom och draken. Så stred de tillsammans. Liana försvarade drakens och klipptrollets ryggar medan dem försvarade hennes.

Från väster, öster och söder hördes hornstötar. Plötsligt upptäckte Liana en ung man som stred till fots inte långt från henne. Soldaten hade inte Amdorias vitröda uniform eller Moskers Grönsilvriga. Utan under allt damm och blod syntes samma röda och gröna färg som Somas baner. Han svingade sitt svärd desperat mot demonerna som flockades runt honom.

Liana svor och slog lätt draken bakom henne i ryggen med svärdhjaltet. När det såg på henne pekade hon mot den unge mannen. Den nickade kort och tillsammans tog de sig till honom. Dödade alla demoner som kom i deras väg. Klipptrollet kom klampandes strax bakom dem.

Soldaten gapade först när han fick se draken dyka upp framför honom och slet tre demoner i stycken. Sedan vände han sin skräckfyllda blick mot Liana som nickade kort. Innan för hjälmen var det svartaste ansikte hon någonsin hade sett. Hon hade alltid trott att alla människor var vita, men här stod en svart man framför henne. Hon fick inte tid att fundera över det, för demonerna gjorde allt för att komma åt henne, mannen, draken och klipptrollet.

Draken gav henne och de tre andra ett lite utrymme att hämta andan i. Den fyllde sina lungor med luft och blåste sedan ut sin heta eld. Tjugo demoner dog omedelbart med höga tjut. Liana drev båda sina svärd in i bröstet på en demon som lyckades undkomma drakens eld. Klipptrollet grep tag i en annans huvud, vräkte ner den i sanden och slog sedan hammaren i dess rygg.

Plötsligt stod Mira och ytterligare två drakryttare intill henne och de andra. Liana undrade frånvarande var Samare var någonstans. Mira röt något på ett språk Liana aldrig hört innan. De båda andra ryttarna nickade genast och framkallade varsina eldklot som exploderade bland demonerna framför dem. Bakom henne hörde hon hur klipptrollet skrattandes krossade skallar och bröstkorgar med sin stora stridshammare.

Mira snurrade sitt spjut i händerna för att hålla demonerna undan sig. Utan förvarning dök plötsligt Samare upp framför henne. Där han stormade fram for sten, sand, eld och kroppsdelar omkring. En demon lyckades ta sig nära Mira, men innan den lyckades sticka sitt spjut i henne grep Samare tag i den. Han for upp i luften i en spiral, grep tag i demonens båda käkar och bände upp dem. Sedan blåste han sin eld in i dess mun och brände upp den inifrån.

Liana hade aldrig sett något så fruktansvärt innan. Endast bilden av Nala som fick halsen avskuren kunde jämföras med av vad Samare gjorde. Han kastade den döda demonen åt sidan, lyfte huvudet mot himlen och vrålade.

"Kungen av drakarna är i krig", sa Mira flämtande till Liana över axeln. "Det är vad Samare kallas ibland. Drakarnas okrönte kung. När han kallar till strid så kommer de andra."

"Jag skulle inte vilja möta honom på fel sida av slagfältet", muttrade jätten bakom dem.

Liana såg hur Samare gjorde en snabb spiral högre upp i luften innan han störtade ner i striden igen. Han slog vilt omkring sig med sina stora klor. Slet upp bukar och bröst på alla demoner som fanns i hans räckvidd. Den stora kraftiga svansen krossade ryggar och ben där den svepte fram.

"Ner, flickor och pojkar!" brummade klipptrollet.

Liana såg hur drakryttarna gick ner på knä och hon och den somiska soldaten gjorde det samma. Sex demoner kom flygandes mot dem i långa hopp. Liana kände vinddraget när den stora hammaren passerade deras huvuden och slog undan alla sex bestarna.

När Liana tog sig upp på fötter igen högg hon av ena armen av en fyrarmad demon och när den drog sig bort från henne drev den somiska soldaten sitt svärd in i dess bröst. Hon hörde hur Mira visslade gällt.

Samare virvlade runt och kastade kroppar omkring sig för att snabbt komma till Mira. Han slet huvudet av en demon med fyra ögon som sträckte sig efter helerskan. När han kom fram till henne hoppade hon, via hans framben, upp i sadeln.

Liana parerade ett svärd framifrån och en yxa bakom sin rygg. Demonerna var överallt. Demonen bakom hennes rygg försvann när klipptrollet grep tag i den. Liana hörde det motbjudande ljudet när hammaren krossade dess huvud. Hon drev sitt svärd genom bröstet på den framför sig.

"Ner!" ropade Mira.

Liana grep tag i soldatens krage och kastade sig mot marken. Hon hörde dunsen när klipptrollet landade bredvid henne.

"Samare, eld! Full kraft!" röt Mira.

Med ett vrål sprutade Samare sin eld. Liana skrek när hettan slog mot henne. Hon vred på huvudet och såg soldaten i ögonen. Hans mörka ögon sken av skräck och upphetsning. Klipptrollet skrattade upphetsat åt det hela. Så snart elden försvunnit for Liana upp på fötter igen. Hon såg sig omkring. Runt henne fanns inga demoner kvar.

Samare röde sig långsamt runt i en cirkel. Ett dovt morrande hördes från honom medan han rörde sig. Men runt dem fanns inga fiender längre. Liana såg flera drakriddare som flämtande såg sig om.

Norek rufsade om håret på en ung dvärg som sjunkit ner på knä. Meeko och Ranin satt, pustande, med ryggarna mot varandra. Liana såg Tirasine snurra runt i sin dans med tre demoner som föll ner till marken. Kalar hade fått tag på sin båge och sköt en sista pil i ögat på en enögd demon. Sareas lutade sig tungt på sitt spjut strax intill sin bror.

Liana undrade var Krashak och Drashin var någonstans. Strax fick hon syn på generalen som sakta kom gåendes mot henne. Han hade framkallat sin rustning. Hjälmen, som var formad som ett mänskligt kranium, gled sakta fram och tillbaka över stridsfältet. När han fick se Liana flimrade rustningen till och försvann. Han nickade mot henne.

Ett vrål till höger om henne fick henne att hoppa till. Hon fick se Krashak slå sin stora näve i ansiktet på en demon, klyva en andra på mitten med sin ena yxa, sedan i svingen driva yxan från huvudet ner till midjan på en tredje. Medan den första vacklade efter slaget skallade han den för att sedan krossa dess skalle med yxans flata sida. Drakriddaren i den svarta rustningen gjorde allt detta till synes utan ansträngning.

Liana såg sig omkring igen. Den somiska soldaten hade satt sig på marken bredvid henne och flämtade. Hon kände sig fruktansvärt trött själv, men tvingade sig att stå upp. Men var hon än vände blicken fann hon inga levande demoner kvar.

"Krashak!" ropade Drashin, "Alram! Få fram vilka förluster vi lidit, från alla håll. Jag vill veta hur många drakriddare, klipptroll, drakar, drakryttare, moskiska, amdorianska och somiska soldater som vi förlorat. Skynda på!"

Liana såg honom komma gåendes mot henne. Med en tung suck sjönk hon ner på knä i sanden. Hon vände blicken mot soldaten som hon och draken räddat. Han log matt mot henne och torkade svetten ur ansiktet. Hon undrade frånvarande var draken tagit vägen, när den tyst lufsade förbi henne. Den gav henne en gillande blick och nick innan den vandrade vidare mot de andra vilda drakarna. Blod rann jämns med dess huvud och kraftiga framben.

"Jag tror att du funnit en ny vän, Liana", sa Drashin när han kom fram till henne.

Hon lyfte matt blicken mot honom. Det verkade inte som om han hade haft sin rustning på sig under hela striden. Svetten rann ner för hans kinder och han andades tungt. Hans kläder var smutsiga och fläckiga av blod. Liana undrade trött om något var hans. Hon koncentrerade sig och hennes rustning försvann.

Klipptrollet som stridit vid hennes sida skrattade sitt bullriga skratt och lade en jätte näve på hennes huvud när han promenerade iväg med sin stora hammare över axeln. Även den somiska soldaten fick en klapp på huvudet från jätten.

"Väl stridit båda två", brummade han. "En ära att strida vid er sida. Detta borde vara värt en tunna öl, eller vad säger du, Drashin?"

"Om du står för tunnan, Maersk", skrattade Drashin innan han såg sig över axeln. "Krashak, kalla hit Diriska. Det är säkert nu."

Liana kom plötsligt ihåg vad han hade sagt när de sprungit mot demonerna. Hon sneglade på soldaten bredvid henne. Hon hörde Krashaks horn ge ifrån sig tre korta stötar.

"Ni vet", sa hon.

Generalen såg först bara på henne. Sedan vände han sig mot den somiska soldaten. Klipptrollet tvekade bara kort innan han ryckte på axlarna och gick vidare till sina kamrater.

"Återvänd till din general, soldat", sa han. "Hälsa att jag möter honom alldeles strax."

Soldaten kämpade sig upp på fötter och bugade sig djupt för Drashin. Han vände sig mot Liana och bugade, om än inte lika djupt, för henne också. Sedan skyndade han sig iväg för att ansluta sig till sin armé. Drashin såg honom försvinna och såg sig sedan noga omkring. Liana såg att ingen var inom hörhåll, men han sänkte rösten ändå.

"Jag har haft mina misstankar sedan det senast bakhållet, Liana", sa han lågt. "Men jag har valt att hålla tyst. Jag har väntat på att hon skall säga något. Nu när vi gick till anfall..." Han tystnade och såg mot det håll de kommit ifrån. Han log trött. "Hade inte våra magiker visat sin förvåning så öppet." Han skrattade till. "Då hade jag fortfarande bara haft mina misstankar. Men det var tack vare dem som jag listade ut det."

"Vad tänker du göra?" frågade Liana försiktigt. Hon var för trött för att vara upprörd, även om hon ville.

"Inget", sa han och log mot henne. "Diriska är inte redo att berätta något ännu. Något skrämmer henne så jag kommer att fortsätta att se åt ett annat håll tills hon är redo. Jag ber dig därför att inte säga något heller."

Hon blinkade förvånat mot honom.

"Varför?"

"Hon är fortfarande rädd", förklarade han. "Jag tror att om hon får reda på att jag vet utan att hon berättat något, så kan det få henne att fly av rädsla. Även om hon inte vill vara ensam, så kan det sluta med att hon gömmer sig från oss igen. Då blir hon ensam. Jag vill inte det. Därför väntar jag tills *hon* är redo."

Han såg upp och hans leende blev en aning bredare. Liana följde hans blick och fick se Diriska komma ridandes över en sanddyna med deras hästar efter sig, fortfarande var hon omringad av klipptrollen. Hon kämpade sig trött upp på fötter och vände sig mot sin äldsta vän.

"Det stör dig inte att hon är en drake?" frågade Liana försiktigt.

"Hon är annorlunda än de andra tre", sa han med ett skratt. "Jag tycker om henne."

Liana såg på honom. Han såg på Diriska som kom närmare. Klipptrollen hade fortfarande en ring runt henne och spanade åt alla håll. Han log stort. Hon hade aldrig sett honom le på det viset innan. Hon hade sett honom le elakt, slugt, glatt. Men hon hade aldrig sett honom le med ett så ömt leende. Han såg på henne och lyfte frågande på ena ögonbrynet. Liana kunde inte låta bli att le tillbaka.

"Jag skall inget säga", lovade hon honom. "När Diriska är redo, då kommer hon att komma till dig."

Han blinkade till, men sedan kastade han bak huvudet och skrattade.

"Sergeant", sa han muntert, "du kan mycket väl gå långt inom drakriddarna. Kanske skulle du en dag kunna bli den första kvinnliga Ca'Draak. Det var väl stridit idag."

"Det har gått väl, förstår jag", sa Diriska försiktigt när hon kom inom hörhåll.

"En seger", sa Drashin och nickade.

Han gav Liana en snabb blick innan han helt vände sin uppmärksamhet mot Diriska. Draken vek aldrig med blicken från hans. Liana kände sig en aning olustig där de två stirrade så intensivt på varandra. Klipptrollen stannade sina djur och lät Diriska rida vidare ensam.

När Diriska kommit tillräckligt nära gled hon smidigt ur sadeln. Drashin klappade Liana på axeln och gav henne ett kort leende innan han gick Diriska till mötes. Krashak passerade Liana med långa kliv på sin väg mot generalen och draken. Han lade sin jättehand på hennes huvud.

"Du hörde honom också?" undrade Liana tyst.

"Den som inte hörde hans skratt innan striden vore döv eller död", muttrade Krashak. "Men ja, jag hörde honom också. Så även Alram och flera andra. Det kommer att spridas snabbt inom skvadronen. Det kommer hon inte tycka om."

"Det skulle kunna få henne att stänga ute allt", sa Liana och såg dystert mot Diriska. "Kanske till och med fly."

"Jag ska prata med honom."

Krashak stegade vidare mot general Drashin och Diriska. Liana såg åter mot dem två. Hon kunde inte låta bli att le när hon såg hur de tittade in i varandras ögon. Diriska hade inget att frukta. Drashin skulle aldrig lämna henne ensam igen. Så länge som han levde skulle draken aldrig behöva vara ensam.